반 도 의 디 바

왕 수 복

반 도 의 디 바

왕 수 복

——

이윤경 소설

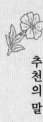

　소설 《반도의 디바 왕수복》은 1930년대 최고의 대중가요 인기 스타였던 실존 인물 왕수복(王壽福, 1917~2003)을 그렸다. 소설에는 왕수복이 기생을 거쳐 최고 인기 스타의 자리에 오르기까지의 이야기와 그녀를 또 한 번 스타로 만들어 주었던 연애 사건들, 그리고 파란만장했던 삶과 질곡의 세월, 아련한 이야기들이 마치 파노라마처럼 펼쳐진다.

　당시 '설레는 바다'로 비유됐던 왕수복은 타고난 청아한 목소리와 풍부한 성량을 자랑했다. 우리 민족 특유의 '한'이라는 정서에 잘 어울렸고 높은 예술적 경지에 올랐다는 평가를 받았다. 시대마다 노래를 잘하는 사람은 많지만 정말 노래를 부를 줄 아는 사람, 그리고 그 능력을 제대로 평가받는 사람은 드물다. 그러나 왕수복은 확연히 다른 가수였다.

　왕수복은 평양 기생학교에서 전통 민요, 가곡, 가야금, 무용, 미술 등 예술적 소양을 키웠고, 일본에 유학해 서양 음악을 공부하기도 했다. 그리고 마침내 '10대 가수'의 여왕이 되었다.

소설 《반도의 디바 왕수복》은 한 편의 영화를 보는 듯하다. 등장인물 중 왕수복, 박사장, 양기선 등의 자유로운 시점 이동으로 가독성을 높이고 있다.

소설의 문체는 어깨에 힘을 빼고 쉽게 써내려가면서 대중 스타였지만 조선의 기생이었고, 사랑에 목말랐던 여성의 이야기를 담았다. 그녀는 집안을 책임지는 가장이었고, 아픈 조선에서 태어난 조선의 딸이었다. 각각의 역할에 대해 의미를 부여한 것은 작가의 또 다른 분주한 노력이라고 짐작된다.

이처럼 《반도의 디바 왕수복》은 왕수복의 평전 자료가 놓치는 부분을 작가의 상상력으로 메우면서 '반도의 디바'였던 그녀의 삶을 밀도 높게 형상화하고 있다.

중앙대 교수, 《평양기생 왕수복 － 10대 가수 여왕되다》 저자
신현규

**목
차**

말하지 못한 비밀을 털어놓으며

일본이 진주만을 공습하면서 시작된 태평양 전쟁은 무려 4년 넘게 계속되고 있었다. 금방이라도 동아시아 전체를 집어삼킬 것 같았던 일본의 기세는 미국이 물량 공세를 퍼붓자 주춤하기 시작했고 한번 꺾인 승기는 좀처럼 회복될 기미를 보이지 않았다. 그러다 쇼와 천황이 무조건 항복을 선언하고 시게미쓰 마모루 외무대신이 항복문서에 서명하면서 전쟁은 거짓말처럼 끝났다.

1945년 8월 15일.
그날을 어떻게 잊을 수 있을까.

나라 잃은 설움에 지옥 같은 삶을 살아야 했던 반도인들은 한꺼번에 거리로 쏟아져 나와 그간의 울분을 폭발하듯 쏟아 냈다.

어떤 이는 하염없이 괴성을 질렀고 어떤 이는 실성한 것처럼 춤을 춰 댔다. 관청으로 몰려가 기름을 붓고 불을 붙이는 자도 있었다.

하지만 개중에는 그날을 온전히 기뻐할 수 없었던 나 같은 사람도 있었으리라. 일본이 항복을 선언하고 조선이 꿈같은 독립을 얻어낸 그때, 나는 결혼을 약속했던 약혼자로부터 버림받았고 평생 우정을 나누자고 약속했던 단 하나뿐인 친구와 영원히 이별했다. 하늘은 기쁨에 겨워 더없이 높고 쾌청했지만 내 마음은 복날에도 엄동설한이었다.

환호하는 사람들 속에 있자니 내 비참한 처지가 더 처량하게 느껴졌다. 나는 왜 내 젊은 날을 들뜨게 했던 그들과 결별해야 했을까. 나는 그들을 내 인생 한가운데 들여놓았던 그 시간을 들여다보기로 마음먹었다.

지금부터 시작할 이야기는 평양 기생학교 1기 최우등 졸업생이자 한때 내가 부러워하고 좋아하고 질투했던 친구, 평생지기라 믿었지만 그러지 못했던 평양 기생 출신 유행가 가수 왕수복에 관한 이야기다.

두 사람

약속 시간까지는 아직 삼십 분 정도 남아 있었다. 간밤에 잠을 설친 남자는 백화점 입구에 차를 세운 뒤, 차에서 내려 담배를 피워 물었다. 경성 거리를 걷던 사람들의 시선이 대형 세단에 머물렀다가 이내 남자에게로 옮겨 갔다. 통 넓은 판탈롱에 몸에 꼭 끼는 세무 조끼, 아무렇게나 걷어붙인 스트라이프 셔츠는 남자의 패션 감각이 하루아침에 만들어진 것이 아님을 느끼게 했다. 게다가 오렌지 색의 페도라까지.

　남자는 사람들의 시선을 느끼며 담배 연기를 폐부 깊숙이 빨아들였다. 백화점 직원 하나가 총총거리며 달려와 허리를 숙여 뭐라고 말하자 괜찮다는 듯 왼손을 내저어 보인 남자는 고개를 들어 다시 정면을 바라보았다.

　이제 막 전차가 도착한 거리는 내리려는 사람과 타려는 사람이 뒤엉켜 혼잡했지만 수많은 인파 속에서도 남자는 단박에 그녀를 알아보았다. 흰 무명옷을 입은 사람들 사이로 연분홍 투피스를 입은 그녀는 누구보다 도드라졌다.

단지 신식 옷차림 때문은 아니었다. 풍성하고 굵게 굴곡진 검은 머리는 우아하게 물결쳤고 연분홍 투피스의 네크라인을 따라 드러난 눈처럼 하얀 목과 피부는 잘록한 허리선과 더해져 관능미를 더했다. 커다랗고 검은 눈동자는 하얀 얼굴과 대비를 이루며 광채를 뿜어냈고 이따금 주위를 둘러보는 눈빛에는 세상에 대한 호기심과 자신감이 가득했다. 곧게 뻗은 콧등 위로 잡히는 주름에는 앳된 소녀의 귀여움이, 앵두처럼 빨간 입술에는 농염한 여인의 원숙함이 스며 있었다.

하지만 무엇보다 그녀를 돋보이게 하는 것은 걸음걸이였다. 대부분의 여자들이 몸을 움츠리며 종종걸음 하는 것과 달리 그녀는 불룩 솟은 가슴을 한껏 내밀고 주저 없이 성큼성큼 걸었다. 힐끗대는 주변의 시선에도 주눅이 들거나 움츠러들지 않고 자신만의 보폭으로 성큼성큼.

남자는 호흡을 멈추고 점점 가까이 다가오는 여자를 홀린 듯 바라보고 서 있었다.

"저, 늦었어요?"

콧잔등에 주름이 잡혔다. 귀여운 매력. 남자는 끙, 소리를 내며 겨우 아니, 하고는 여자의 소맷부리를 잡아당겼다.

백화점 입구에 나란히 선 직원 둘이 문을 열어젖히자 진귀한 물건들이 눈앞에 융단처럼 펼쳐짐과 동시에 향긋한 분내가 후각을 자극했다. 여자의 입에서 하아, 탄성이 터져 나오자 남자의 얼굴에 흐뭇한 미소가 걸렸다. 기대에 찬 여자의 눈동자는 어린아이처럼 반짝였다. 여자는 호기심을 넘어 경이로움을 느끼고 있었다. 평양에서 경성까지 아홉 시간이나 기차를 타고 오느라 쌓였던 피로가 한순간에 사라진 기분이었다. 원숙한 여인의 모습은 온데간데없이 사라지고 호기심 가득한 앳된 소녀가 미소 짓자 남자의 눈가가 파르르 떨려 왔다.

엘리베이터는 두 사람을 삼 층에 내려놓았다. 경성 데파트 삼 층에는 미용부와 양장부가 나란히 입점해 있었다. 예약제로 운영된다고 하지만 총독부 관리들이나 사대문 안의 부잣집 사모들만 출입하는, 말하자면 회원제로 운영되는 곳이었다. 경성 미용부의 점장 오엽주는 남자의 당부 사항을 받아 적으며 여자를 곁눈질로 힐끗거렸다.

"바탕이 좋은데요, 박사장님? 생각한 것보다 과감하게 해야겠어요. 엊그제 내지*에서 들어온 화장품으로 깜짝 놀라게 해 놓을 테니 염려 마셔요."

오엽주는 남자에게 슬쩍 몸을 비벼가며 자신만만해했다. 남자는 의자에 앉아 신기한 눈으로 매장 안을 두리번거리는 여자에게 다가갔다.

"긴장되오?"

---

* 일본 본토를 의미한다.

고개를 들어 남자를 바라보는 여자의 까만 눈동자에 물기가 어렸다. 남자는 무릎을 바닥에 짚고 눈높이를 맞춰 삐져나온 여자의 잔머리를 귀 뒤로 넘겨주었다.

"나, 잘할 수 있을까요?"

남자는 조심스레 여자의 등을 끌어당겼다. 등을 토닥이자 긴장으로 바르작대던 여자의 호흡이 차츰 안정되기 시작했다.

"오늘 밤, 당신은 반도 최고의 가희가 될 거요."

여자가 점장과 함께 들어가는 것을 확인한 남자는 스카이라운지로 향했다. 백화점 개점 이래 가장 중요한 행사를 앞둔 터라 전 직원이 긴장한 상태로 남자를 맞이했다.

"첨탑 장식도 다 끝난 건가?"

행사 총괄 직원이 첨탑을 가리키자 네온사인으로 각인된 네임보드가 시야에 들어왔다. 문구가 마음에 들어 직원의 어깨를 힘차게 툭툭 치는데 양손 가득 레코드 다발을 든 콜롬비아 레코드 문예부장 이하윤이 너스레를 떨며 남자 앞에 멈춰 섰다.

"나 참, 더럽게 꼬여서 일정 맞추느라 혼났습니다, 박사장님."

그리고는 공장에서 막 출고된 레코드 한 장을 꺼내 보였다. 남자는 잇몸이 드러날 정도로 활짝 웃어 보였다. 백화점 직원들이 테이블마다 레코드를 세팅하는 모습을 보며 하윤은 담배를 꺼내들었다.

"잘 되겠죠?"

하윤을 바라보는 남자의 눈이 자신감으로 반짝였다.

"콜롬비아야 손해 볼 게 없는 투자 아닙니까."

"그야 그렇지만, 사장한테 보고도 안 하고 저지른 거라 뒤통수가 근질근질해서 말입니다."

"깊이가 없으면 기피하게 되고 기피하지 않으면 깊이 알게 된다더군요."

선문답 같은 소리에 '네?' 하고 반문하자 남자는 하윤의 삐딱해진 넥타이를 고쳐 매어 주며 말했다.

"기생이 레코드 내는 일이야 어제오늘의 일이 아니지만, 유행가는 처음 아닙니까. 제가 2년이나 투자해서 흙 속에서 캐낸 진주입니다. 제 촉을 믿으십시오. 엄청난 파장을 불러일으킬 테니."

그때 멀리서 한 무리의 양복쟁이들이 몰려왔고 남자는 손을 번쩍 들어 보였다. 빅타, 오케, 포리도루 등 조선 반도에서 레코드 사업을 한다 하는 작자들이 다 모인 것이다. 맨 뒤로 걸어 들어오는 포리도루 문예부장 왕평의 대머리가 조명을 받아 반짝였다. 그의 등장이 못마땅한 듯 이하윤은 테이블 위에 놓인 물컵을 신경질적으로 집어 들었다.

"자기들 소속도 아닌데 신곡 발표회는 왜들 저렇게 쫓아다니는지 원."

그러다 눈을 돌려 남자를 의심스러운 눈으로 바라보았다.

"혹시 박사장이 불렀습니까?"

"귀한 보석일수록 소문을 내야죠. 괜히 딴 마음 먹지 않도록."

하윤을 향해 씩 웃어 보인 남자는 왕평에게 다가가 손을 내밀었다. 콜롬비아 레코드의 신곡 발표회였지만 레코드 관계자들과 언론사 기자들, 일본 축음기 상회* 관계자들과 총독부 산하 경무국 관리들까지 경성 데파트로 속속 모여드는 중이었다.

참석자들이 삼삼오오 모여 전황이 어떠니, 경기가 어떠니, 잡다한 수다를 나누고 있을 즈음, 제복 차림의 순사들을 앞세운 경무국 소속 관리들이 거들먹거리며 라운지에 들어섰다. 경무국장 이케다 기요시는 의전 담당 직원의 에스코트를 받으며 주빈석으로 향했다. 라운지에 모인 사람들의 시선이 일제히 기요시 일행에게 향했다.

기모노로 성장盛裝한 젊은 여자가 게타를 신고 총총걸음으로 기요시를 바짝 뒤따랐다. 짙은 화장으로 감추고 있었지만, 기껏해야 열일곱에서 열여덟 정도로밖에 보이지 않았다. 어디서 본 낯익은 얼굴인 것 같았지만 선뜻 떠오르지 않았다. 남자는 궁금증을 해결하지 못한 채 허리를 숙여 기요시에게 예의를 갖추었다. 기요시는 호탕한 웃음을 날리고는 기모노를 입은 여자의 어깨를 감싸 안으며 라운지를 휙 둘러보았다.

"직접 와 보니 경성 데파트 규모가 놀랍습니다. 동아 백화점까지 인수하셨다던데. 건물 두 개를 잇는 구름다리가 아주 인상적입니다. 하하하."

그때 남자가 갑자기 무릎을 꿇으며 기요시 앞에 머리를 조아

---

* 줄여서 '일축'이라고도 부른다. 조선에서는 '닙보노홍(Nipponophone)'이라는 레이블을 만들어 조선의 음악을 녹음, 판매했다. 해방 이후 철수했다.

렸다.

"무리하게 인수한 터라 어떻게든 매출을 올려야 하는데 백화점은 죄 엘리베이터 타러 오는 사람들뿐이고 지갑 여는 사람이 없습니다. 국장님, 도와주십쇼!"

당황한 눈빛으로 주변을 살피던 기요시는 어색하게 웃으며 남자를 일으켜 세웠다.

"박사장 덕에 축음기 판매량이 크게 올라갈 텐데 당연히 내가 보답해야지. 그럼, 그럼."

그리고는 기모노 여인을 향해 목소리를 높였다.

"명실이. 내일 당장 경성 데파트에서 쇼핑하시오. 기생학교 동기들한테 선물도 하고 필요한 건 모두 경성 데파트 가서 사시오, 알겠소?"

기생학교라. 남자는 그제야 기모노 여인의 정체가 생각났다. 평양 기생학교 졸업식 날, 김교장을 기다리고 있을 때 수정과를 내려놓으며 몸을 숙여 가슴골을 드러냈던 아이. 난데없이 소녀의 속살을 마주하고는 얼마나 당혹스러웠던지. 그날의 기억이 어제 일처럼 생생한데 그 아이가 기요시의 여자가 되었다니. 기요시가 조선 여인이면 사족을 못 쓴다는 소문은 익히 들었지만, 그의 마수가 평양까지 뻗쳤다는 게 내심 놀라웠다. 박사장은 속내를 감추고 기요시를 행사장 한편에 마련된 별실로 안내했다.

이를 먼발치에서 지켜보던 이하윤은 조선신문 학예부장 김기림의 귓가에 대고 속닥거렸다.

"박사장 목표가 경무국장이었어?"

"그래 보입니다."

"이제 조선 광고는 박사장이 쓸어 담겠구만, 그렇지?"

"원님 덕에 나팔 좀 불려나. 하하하."

"조선신문 부수가 제일 많은데 말하면 입 아프지."

"레코드 판매량 오르면 부장님이 노나는 거 아닙니까, 하하하. 혹시 압니까? 기록적인 매출을 올려 본국으로 승진해 가실지?"

그럴 수도 있으려나. 하윤의 눈이 기대에 차 반짝거리자 기림이 술잔을 들어 보였다.

"잘 되면 모른 척하기 없습니다. 간빠이!"

비루한 현실을 견디게 하는 건 미래에 대한 희망이다. 혹시나하는 기대를 품게 된 하윤은 샴페인을 한입에 털어 넣었다. 알싸한 탄산이 식도를 촉촉하게 적셨지만, 목 넘김은 맥주를 못 따라왔다. 아쉬운 듯 입맛을 쩝쩝대는 순간 조명이 꺼지고 라운지 전체에 흑막 같은 어둠이 내렸다.

이어 첨탑 조명과 네임보드가 켜지며 그녀가 등장했다. 상앗빛 드레스를 펄럭이는 그녀의 모습에 사람들은 압도당한 듯 반쯤 입을 벌렸다. 무대 위를 바라보던 남자는 미동도 하지 않은채 여자의 몸짓 하나하나에 몰입했다.

길게 늘어뜨렸던 머리는 겹겹이 굵게 말아 화관과 함께 올렸고 그 바람에 드러난 하얀 목덜미는 당장 입을 갖다 대고 싶을만큼 관능적이었다. 풍만한 가슴과 잘록한 허리, 익을 대로 익은 커다란 엉덩이는 상앗빛 드레스와 함께 고혹적인 보디라인을 만들어 냈다. 조선 여인이라고는 믿어지지 않는 농염한 풍채였다.

무엇보다 도톰한 입술 사이로 쏟아져 나오는 그 우렁찬 소리가 압권이었다. 기생 가수가 으레 그렇듯 민요 가락을 예상했던 사람들의 눈초리가 순식간에 달라졌다. 라운지 전체를 들었다 놨다 할 만큼 시원하게 뻗어 오르는 고음은 사람들의 가슴을 설레게 했다. 모두가 말을 잃은 채 오늘 첫선을 보이는 노래와 새로운 얼굴에 풍덩 빠져들었고 노래가 끝나자 약속이나 한 듯 일어서서 손이 부서져라 박수를 쳤다.

조명이 꺼지고 다시 어둠이 내려앉으며 가희는 사라졌다. 다시 조명이 켜지자 마법에서 풀려난 사람들은 새로운 가희에 대한 이야기로 활기를 찾았다. 무대에서 가장 가까운 주빈석에 앉았던 경무국장의 눈빛이 유난히 이글거렸다. 옆에 앉은 명실의 존재를 잊기라도 한 듯 기요시는 다급한 목소리로 박사장을 찾았다.

"노래가 기운차고 시원해 10년 묵은 체증이 한 번에 씻겨 내려간 느낌이오. 조선에 와서 오늘처럼 기분 좋은 날은 처음입니다."

"과찬이십니다, 국장님."

"아까 한 약속은 반드시 지키겠소. 그러니 말입니다."

이어질 다음 말에 촉각을 곤두세우며 남자는 기요시의 눈을 응시했다.

"오늘 밤 만나야겠소."

순간 명실과 남자의 시선이 얽혔다. 역시. 예상했던 반응에 남자는 부러 말을 더듬었다.

"글쎄. 제 말을 들을는지……."

"박사장 말을 안 들을 리가 있습니까."

"세상 물정을 모르기도 하고."

"이번 기회에 제대로 알게 해야지."

"기생학교 최우등 졸업생 예기라는 자부심도 있고 또…."

명실의 어깨를 당겨 안은 기요시 국장의 입가에 비릿한 미소가 피어났다.

"결국 기생 아닙니까. 누가 먼저 갖느냐가 중요하지. 오늘 꼭 만나야겠소."

기요시의 팔이 명실의 허리를 휘감았다. 욕망을 분출하면서도 또 다른 욕망을 꿈꾸는 그의 모습이 남자를 당황스럽게 했다. 기요시가 매창불매음*을 철저하게 지켰던 일패**의 존재를 모를 리 없을 텐데. 남자의 머릿속에 조선 예인들을 창기로 전락시킨 총독부 관리들의 얼굴이 주마등처럼 스쳤다.

항간에는 총독부가 촉탁 가수***라는 해괴한 제도를 만들어 조

---

* 매창불매음(賣唱不賣淫)은 '노래를 팔지언정 몸을 팔지는 말라'는 기생의 원칙이다. 성리학이 기조였던 조선 사회에서 매춘은 법으로 엄격히 금지돼 있었기 때문에 기생은 공식적으로는 매춘할 수 없었다. 매춘하는 기생은 '창기(娼妓)'라 불렸다.
** 조선 말기에 이르면 기생이 일패(一牌)·이패(二牌)·삼패(三牌)로 나뉜다. 일패 기생은 관기(官妓)를 총칭한다. 대개 예의범절에 밝고 남편이 있는 유부기(有夫妓)로서 몸을 내맡기는 일을 수치스럽게 여겼다. 이들은 우리 전통 가무의 보존자이자 전승자로서 뛰어난 예술인들이었다.
*** 조선총독부의 촉탁을 받아 황국 정신을 주입하는 노래를 부르는 가수.

선 예인을 총독부 전용 매춘부로 취급한다는 소문이 공공연히 떠돌고 있었다. 어떻게 지금의 위기를 넘길 수 있을까. 두 사람 사이에 어색한 침묵이 흘렀다. 그럴듯한 이유를 찾느라 입술이 바짝 타들어 갈 무렵, 비서관이 달려와 귓속말로 속삭이자 기요시의 얼굴이 벌겋게 달아올랐다. 예상하지 못한, 어쩌면 좋지 못한 일이 발생한 게 틀림없어 보였다.

"박사장. 오늘은 날이 아닌 것 같소. 내 급히 총독부에 들어가야겠소."

아, 안도의 한숨을 속으로 내쉬며 남자는 아쉬운 듯 애석한 표정을 지어 보였다.

"어떻게든 만남을 주선하려고 했는데….

"또 날이 있겠지요."

"조만간 자리를 마련하겠습니다. 급한 일부터 처리하시지요."

남자의 말에 낭패감으로 어두웠던 기요시의 얼굴이 다시 환하게 밝아졌다. 오십이 넘었어도 여전한 수컷의 본능을 가진 기요시를 보며, 남자는 이참에 쐐기를 박기로 했다.

"그런데 말입니다, 국장님."

남자는 기요시 귓가에 입술을 바짝 갖다 대고 낮은 목소리로 말했다.

"마음을 움직이려면 그럴듯한 선물이 필요할 것 같은데 말입니다."

"그게 뭐 어렵다고."

기요시는 흔쾌히 남자의 제안을 받아들였다. 남자의 얼굴에 만족스러운 미소가 퍼졌다.

남자는 호텔 매니저에게 부탁해 둔 특제 도시락과 와인을 챙겨 들고서 호텔 방문을 열었다. 여자는 화장도 지우지 않고 무대에 올랐던 의상 그대로 카우치 소파에 모로 누워 잠들어 있었다. 상앗빛 드레스가 위로 밀려 올라가 하얀 발이 애처롭게 드러나 있었다. 남자는 바닥에 무릎을 대고 앉아 종일 고단했을 여자의 발을 감싸 쥐었다. 발등부터 종아리까지 천천히 쓰다듬자 여자의 입에서 얕은 신음 소리가 나왔다. 그러다 반짝 눈을 뜨고는 남자와 눈이 마주치자 황급히 몸을 일으켜 세웠다.

"사장님."

여자의 뺨이 발그레하게 달아올랐다.

"저녁도 안 먹고 자면 어쩌누."

여자는 남자가 건넨 도시락을 잠시 쳐다보더니 이내 시선을 남자에게 옮겼다.

"저 어땠어요?"

대답 대신 여자의 손에 젓가락을 쥐여 준 남자는 와인잔을 집어 들었다.

"밥부터. 천천히 들어요."

여자는 아무 말 없이 도시락을 먹기 시작했고 남자는 와인을 마셨다. 테라스 밖으로 어둠이 내려앉자 종로통이 한눈에 들어

왔다. 한낮의 소란이 어둠 속으로 몸을 숨긴 세상은 쥐 죽은 듯 고요했다. 창밖에 머물던 남자의 시선이 여자에게 향하자 여자는 먹기를 멈추고 도시락 뚜껑을 덮어 버렸다.

"왜 더 먹지 않고?"

걱정스러운 눈으로 묻자 여자는 말없이 남자를 바라보았다. 표정은 무감했지만 눈빛은 해사했다. 그 눈빛에 남자의 심장이 내려앉았다.

"그렇게 보고 계시는데 밥이 넘어 갈까요. 배 안 고파요. 이제 말해 주세요. 나, 어땠어요?"

콧등에 주름이 잡힌 줄도 모르고 아이처럼 보채는 모습에 애간장이 녹아내릴 지경이었다. 쿵쾅대는 가슴을 진정시키며 남자는 도시락을 들고 여자 앞에 바짝 앉아 아이에게 먹이듯 아, 하며 수저를 내밀었다. 포기한 듯 여자의 입술이 벌어졌다. 눈앞에 여자의 붉은 혓바닥이 드러난 순간, 남자의 단전 아래로 피가 몰렸다. 당황한 남자는 일부러 헛기침을 해 댔지만, 여자는 입안 가득 들어찬 밥을 씹으며 연신 입을 오물거렸다. 결국 남자는 저도 모르게 여자의 뺨에 쪽, 입맞춤하고 말았다.

남자의 갑작스러운 행동에 밥을 씹던 여자의 눈이 휘둥그레졌다. 도시락을 내려놓은 남자는 작정한 듯 여자의 뺨을 감싸고는 그녀의 촉촉한 눈을 뚫어져라 응시했다. 깊이를 알 수 없는 그윽한 눈빛. 짙은 속눈썹이 깜빡일 때마다 여자의 눈동자가 까만 보석처럼 반짝였다.

남자는 손을 뻗어 천천히 여자의 얼굴을 쓰다듬었다. 눈썹 결을 따라 내려오던 손가락은 곧게 뻗은 콧잔등을 타고 내려와 입술 위에 머물렀다. 도톰하고 붉은 입술이 손가락이 누르는 대로 이리저리 일그러졌다. 손가락에 힘을 줬다 빼는 시간이 빨라짐에 따라 남자의 호흡도 가빠졌다. 여자의 손은 열 오른 남자의 얼굴을 더듬었고, 여자의 말간 눈은 남자를 바라보았다. 누구의 것인지 모를 침 삼키는 소리가 귓가를 울렸다.

그 순간 여자는 남자의 얼굴을 감싸 쥐고는 그의 입술 위에 자신의 입술을 포갰다. 까끌까끌한 턱수염이 여자의 뺨에 닿자 남자는 하아, 탄성을 내지르며 여자의 허리를 끌어당겼다.

유행가 가수로 첫선을 보인 1933년 5월의 어느 날.
평양에서 온 여자는 그렇게 경성 남자와의 첫 밤을 맞이했다.

평양 기생학교

학예부장 김기림으로부터 평양 기생학교* 졸업식 취재 지시를 받는 순간, 기선의 귓가에 어머니의 목소리가 환청처럼 들려왔다.

'아랫도리로 흥한 년, 아랫도리로 망한다.'

어머니의 말은 기생들에게 아랫도리를 혹사했던 아버지에 대한 원망이기도 했고 아직 어린 딸의 아랫도리를 단도리하려는 훈육의 수단이기도 했지만 어린 기선은 늘 의아했다. 아랫도리를 함부로 놀린 건 아버지인데 왜 욕은 기생이 먹는 걸까. 정작 아버지 앞에서는 입도 뻥끗 못 하면서. 아버지는 기선이 여덟 살 되던 해 비명횡사하고 말았지만, 아버지가 돌아가신 후에도 어머니의 아랫도리 타령은 계속되었다.

---

* 1921년에 평양의 기성 권번이 설립한 학교. 8~20세까지 입학이 가능했으며, 3년간 시조·가곡·검무·가야금·거문고·한문·행서·일본어 등의 교과과정을 익히는 종합 예술 학교였다.

편협하고 부당하다고 생각했지만, 결과적으로 어머니의 교육은 어느 정도 효과적이었다. 기선은 남성을 멸시하게 되었고, 독신주의자라는 소리를 듣게 되었다. 남자라면 치가 떨리게 싫었다. 다만, 이상하게 기생에 대한 호기심은 잦아들지 않았다. 어떤 여자들이기에 멀쩡한 남자들도 기생을 만나면 처자식을 외면하는 건지 궁금했는데 드디어 기생을 가까이에서 만날 수 있는 공식적인 기회가 찾아온 것이다.

경성역에는 동행하기로 한 경성 데파트의 박춘식 사장과 그의 꼬봉으로 보이는 젊은 남자가 기선을 기다리고 있었다. 당꼬바지에 가죽점퍼를 입은 남자는 모자를 깊이 눌러써 얼굴 절반이 가려진 채였다.

반도 최고의 갑부 중 하나로 추정되는 박사장은 경성 최고의 플레이보이이자 패션 가이로 통했다. 경성의 웬만한 기생들은 다 박사장을 거쳤을 거라고도 했다. 항상 몸에 꼭 맞는 양복에 페도라를 쓴 박사장은 멀리서도 눈에 띄는 미남이었다. 그가 보통학교도 나오지 못한 무식한 종자라는 사실은 그다지 중요하지 않았다.

기차가 출발하자 박사장은 평양 기생학교 얘기를 줄기차게 늘어놓았다. 이제 조선이 살 길은 기생 사업밖에 없다며, 앞으로 평양 기생학교 출신 기생들이 온 조선을 사로잡을 거라고 호탕한 웃음을 터뜨렸다.

"고작 기생들이 조선을 사로잡는다고요? 그 치들이 뭐 얼마나 대단하다고."

기선의 삐딱한 질문에 박사장은 웃음을 멈추고 물끄러미 기선을 바라보았다.

"평양에 왜 내지 관광객이 많은 줄 압니까?"

"그야 뭐 산세 좋고 물 맑고."

"평양 기생학교를 왜 만들었을까요?"

"……체계적으로 기생을 양성하려고?"

"그러니까 왜 학교까지 세워 기생을 양성하느냐 이겁니다."

박사장은 기선 앞으로 당겨 앉으며 신이나 떠들었다. 돈 많은 내지인이 단체 관광을 오기 시작하자 관광객들을 위한 여흥 거리를 고민하게 됐고 가장 간단하고 빠른 방법으로 기생들의 놀음*이 대두됐다는 말이었다. 연회가 끝나면 개개인의 놀음이 이어진다는 말에 기선은 대동강 변으로 뱃놀이를 나가던 기생들의 모습을 떠올렸다. 박사장 말이 전혀 근거 없는 것은 아니었다.

"평양 기생학교를 나온 기생들은 예기가 아니라 창기다, 이 말씀이세요?"

갑자기 날아든 기선의 날카로운 질문에 순간적으로 박사장의 말문이 막혔다.

"칼로 무 자르듯 그렇게 나뉘겠습니까. 경우에 따라 다르겠죠."

* 기생이 손님에게 가무와 술을 제공하는 것을 말한다. 권번에 연락하면 기생이 인력거를 타고 요릿집에 나와 접대했다. 통상 두 시간 반에서 세 시간 동안 진행됐으며 시간에 따라 돈을 받았다.

기차는 출발한 지 아홉 시간 만에 평양역에 도착했다. 홍수라고 불리는 당꼬바지의 남자는 경성역에서 출발할 때처럼 허리를 꼿꼿이 세우고 한점 흐트러지지 않는 자세를 유지하고 있었다. 그는 사람보다 기계라는 표현이 어울릴 만큼 박사장 뒤에 바짝 붙어 지시 사항을 따랐다. 먼저 말하는 경우는 없었고 박사장이 말을 하면 겨우 네, 아니오, 짧게 답을 할 뿐이었다.

인력거를 타고 연광정에서 대동강을 끼고 오르니 어디선가 거문고 가락이 들려왔다. 그 소리를 따라 한참을 걷다 보면 양식 반, 조선식 반으로 지어진 기생학교가 눈에 들어왔다. 학교 안으로 들어서자 간드러진 어린 여자의 웃음소리와 동백기름 냄새가 코를 찔렀다. 기생들이 생활하는 곳이라는 것이 후각으로 청각으로 촉각으로 느껴졌다.

기대했던 졸업식은 전형적이고 지루했다. 교장의 기념사와 재학생의 송사가 이어졌고 최우수 성적으로 졸업하는 학생에게는 최우등 상장과 부상이 수여됐다. 평양 기생학교의 후원자로 연단에 오른 박사장은 미래와 희망에 관한 내용으로 졸업 축하 연설을 했다.

졸업식 후에는 기생들의 가두 행렬이 예정되어 있었다. 양산을 받쳐 든 졸업생들이 평양 시내를 돌며 인사를 했고 권번 직원들은 기생 엽서를 뿌리며 홍보했다. 대개의 기생 엽서는 땅에 떨어져 발에 밟히는 처지였지만, 간혹 이를 소중히 간직하는 양복쟁이들도 있었다. 기선은 그저 여자만 보면 불끈하는 하등한 수

컷들이라 툴툴거리며 멀찍이 떨어져 행렬을 지켜보았다.

선두가 행렬을 멈추자 장구와 가야금 소리가 울려 퍼졌다. 같은 옷을 입은 이십여 명의 소녀가 합창하는 모습은 말 그대로 장관이었다. 기생이라는 단어만 지운다면 조선 예인들의 격조 있는 공연이라 해도 무방할 정도였다. 그때 최우등상을 받은 학생이 대열을 빠져 성큼성큼 앞으로 걸어 나왔다. 여느 학생들보다 큰 키와 체구 특히 당당한 걸음걸이가 기선의 시선을 사로잡았다. 길게 땋아 켜켜이 쌓아 올린 머리는 하얀 목선을 돋보이게 했고 부드러운 눈썹은 좀스럽지 않은 평양 기생의 기개를 품은 듯했으며 물기를 머금은 커다란 눈동자는 까만 보석처럼 유려했다. 곧게 뻗은 콧등과 도톰한 입술에서는 단아함이 묻어났다.

어린 시절 막연하게 그렸던 기생의 얼굴을 마주한 기선은 잔뜩 긴장했다. 그 순간, 그녀의 목소리가 웅장하게 퍼져 나왔다. 윙윙대던 거리의 소음이 그녀의 목소리 아래 자취를 감추었고 사람들은 시원하게 뿜어져 나오는 소리에 넋이 나간 듯 풍덩 빠져들었다. 아, 무슨 말로 그녀의 목소리를 표현할 수 있을까.

기선은 카메라를 내려놓고 그녀를 바라보았다. 그녀는 허리를 곧추세우고 거침없이 팔을 휘두르며 우렁차게 목소리를 뿜어냈다. 그녀의 소리는 세상을 향해 포효하는 사자의 울음 같다가도 고음으로 올라갈수록 은쟁반에 옥구슬 구르듯 간드러졌다. 노래를 쥐락펴락하는 기술에 혼을 빼앗길 정도였다.

기선은 결국 경성행 기차를 놓치고 말았다. 그녀를 만나 보고 싫어 예정에 없던 인터뷰를 부탁했기 때문이었다. 기선의 명함을 받아든 김교장은 기생 특유의 색기 어린 미소를 지어 보였다. 인터뷰 제안을 마친 기선이 밖으로 나와 하염없이 답을 기다리던 중 박사장이 나타났다.

"김교장한테 얘기해 뒀습니다. 양기자, 경성 가서 봅시다."

박사장 덕에 인터뷰가 성사되었다. 기선은 교장실에 앉아 거리 공연을 복기하기 시작했다. 그녀에게는 사람을 끌어당기는 흡인력이 있었다. 그 힘의 근원이 무엇일까 생각해 보았지만 쉽게 답을 찾을 수 없었다. 기생에게서 흔히 뿜어져 나오는 천박한 기운이 아닌 뭔가 더 근원적인 힘인데 그걸 뭐라고 표현해야 할지…. 그때 문이 열리고 빼꼼히 안을 들여다보는 커다란 눈동자와 기선의 눈이 마주쳤다.

"양기선 기자님이시죠?"

노래로 듣던 목소리와는 사뭇 다른 목소리였다. 단어 하나하나에 악센트를 준 똘똘한 목소리가 기선의 주의를 환기시켰다. 사투리를 감추려는 전략 같기도 했고 기자 앞에서 자존심을 세우려는 것 같기도 했다.

"조선신문 학예부, 양기선입니다. 노래 참 잘하던데요?"

지극히 의례적인 칭찬에 도도했던 그녀의 태도가 와르르 무너져 내렸다.

"정말요?"

콧등 위로 주름이 잡히는 모습이 대여섯 살 아이처럼 천진난

만했다. 큭, 기선의 입에서 웃음이 터져 나왔다.

"근데 평양 아가씨가 경성 말을 쓰네요?"

"어색해요? 이상하죠?"

얼굴을 붉힌 소녀는 걱정스러운 눈으로 기선의 눈을 바라보았다. 그 모습이 막냇동생처럼 귀엽게 느껴져 기선의 입에서 또다시 웃음이 나왔다.

"그렇게 이상하지는 않아요. 조금만 더 연습하면 고향이 경성이래도 믿을 것 같아요. 그나저나 춤 연습도 많이 했을 텐데 가두 행렬에선 노래만 불러 속상했겠어요?"

그러자 소녀가 눈을 반짝이며 기선을 바라보았다.

"기자님, 제 춤 한번 보실래요?"

기선을 바라보는 그녀의 속눈썹이 파르르 떨렸다. 말은 대담했으나 속으로는 긴장하고 있는 것 같았다. 기선이 뭐라 대답하기도 전에 허리를 꼿꼿이 세운 그녀가 춤을 추기 시작했다.

느릿느릿 손을 뻗어 둥글게 곡선을 만들며 구름 속을 휘젓듯 부드럽고 우아하게 움직이다가 손으로 치마폭을 움켜쥐자 하얀 버선발이 드러났다. 버선발은 좌로 우로 수줍게 딸깍거리다가 사뿐사뿐 걸음을 내디뎠다. 사부작사부작 비단 스치는 소리가 청각을 자극했다.

압권은 눈빛이었다. 춤 자락을 마무리한 소녀는 기선과 눈을 맞추다가 살포시 눈을 내리깔며 바닥을 응시했다. 그 찰나의 순간에 맑은 웃음을 짓던 어린 소녀는 원숙한 여인이 되어 방 안 가득 향기를 뿜었다. 기품있는 고전적인 향기. 아이처럼 순진한 얼굴이 이토록 순식간에 달라지다니. 자기도 모르게 기선은 달뜬 목소리로 소리쳤다.

"최고예요. 너무 좋았어요. 이런 춤은 처음 봐요."

기선의 반응이 기대에 못 미친 건지 아니면 아직 춤을 추지 못한 아쉬움이 해갈되지 않은 건지 반짝이던 눈동자가 시큰둥해졌다. 그녀의 눈동자는 이내 테이블 위에 놓인 신문으로 향했다. 그녀의 시선을 따라가던 기선의 눈에 윤심덕* 기사가 들어왔다.

"윤심덕 좋아해요?"

"……잘은 몰라요."

"〈사의 찬미〉**는 알죠? '광막한 광야에 달리는 인생아 너의 가는 곳 그 어디냐.' 이 노래!"

노래까지 불러가며 애를 썼지만 그녀는 음정이 엉망인 기선의 노랫소리에 깔깔대기만 할 뿐이었다. 모르기가 힘든 노래인데 맑간 눈으로 거짓말이라도 하는 게 아닌가 의심스러웠다. 윤심덕이 현해탄에 몸을 던지고 일주일 후 발매된 〈사의 찬미〉는 일본에서도 조선에서도 불타나게 팔려 나간 레코드인데 이 노래를 모른다는 게 말이나 되나.

---

* 윤심덕(1897~1926)은 1915년 관비 유학생으로 일본 동경 음악학교 사범과를 졸업해 소프라노와 연극배우로 활동했다. 작가 김우진과 현해탄에서 정사(情死)한 이후 일동 축음기에서 발매한 〈사의 찬미〉가 널리 알려졌다.

** 1926년 발표된 번안가요로 원곡은 이바노비치의 〈다뉴브 강의 잔물결〉이다. 조선 최초의 성악가였던 윤심덕의 유작으로 당시 십만 장 이상 판매되었다.

"동기들이 말해 줘서 노래 제목은 알고 있었지만, 학비도 겨우 낼 형편에 축음기도 없는데요, 뭘. 내지 유학까지 다녀온 사람이니 저랑은 다른 사람이라 생각해 일부러 관심 안 가졌어요."

기선은 다른 신문을 꺼내 보였다. 윤심덕의 생존설을 다룬 기사였다. 죽은 줄 알았던 윤심덕이 이태리 나폴리 식당에 나타났다느니 로마에서 악기상을 한다느니 익명의 제보자들이 목격했다는 기사가 꼬리에 꼬리를 물었다.* 윤심덕의 부고가 난 지 3년이 훌쩍 지났음에도 그랬다. 윤심덕의 삶과 음악은 그만큼 강렬했다. 신문을 읽던 그녀의 눈에 갑자기 눈물이 맺혔다. 자신과 처지가 다른 사람이라더니 왜 갑자기 우는지 당황스러웠다. 어떻게 해야 할지 몰라 허둥대는 기선의 모습을 보고서는 또 웃음을 터뜨렸다.

"울다가 웃으면 어떻게 되는지 알죠?"

그 말에 웃음소리는 한층 더 높아졌고 어느새 기선도 그녀와 함께 깔깔대기 시작했다. 특별한 얘기를 나눈 것도 아닌데 뭐가 우스운지 모르겠다며 또 한 번 웃음이 터졌다. 그러다 불쑥 다시 그녀의 눈동자에 슬픔이 어렸다.

"윤심덕이 부러워요."

"뭐가 부러워요?"

"죽은 지 3년이나 됐는데 사람들이 윤심덕을 잊지 않고 그리

---

* 삼천리 1931년 1월 호에 수록된 기사 〈불생불사의 악단 여왕 윤심덕〉은 윤심덕의 생존설을 다루었다.

워하잖아요. 노래도 그렇고. 노래할 때는 신나고 좋은데 박수 치던 사람들이 사라지면 허무하고 허탈해요. 노래가 끝날 때마다 초라한 기분이에요."

"풉. 당연하잖아요. 영원한 게 어디 있겠어요."

"……윤심덕이요."

기선이 고개를 들자 금방이라도 툭 하고 떨어질 듯 그녀의 눈가에 눈물이 그렁그렁했다.

"그건 레코드 때문이고."

겨우 생각해 낸 위로의 말이었는데 말을 뱉고 나서도 개운하지 않았다. 그때 문이 열리고 김교장이 들어섰다. 그 덕에 기선은 정식 인터뷰를 시작할 수 있었다.

"기생학교는 어떻게 입학한 거예요?"

"학비가 싸서요."

"정말? 그게 이유예요?"

"보통학교 삼 학년까지 다녔는데 학비 때문에 포기했어요. 두 살 때 아버지가 돌아가시고 어머니 혼자 삼 남매를 키우셨는데 언니가 일찍 기생이 됐어요. 언니가 돈을 벌어서 그나마 보통학교를 삼 학년까지 다닐 수 있었죠."

기선은 어릴 적 아버지가 돌아가신 후 고향을 떠나 경성 이모네에서 더부살이했던 시절이 떠올랐다.

"나도 아버지를 일찍 잃었어요. 원래 황해도에서 살았는데 아버지 돌아가시고 친척 집으로 이사 갔어요. 그때 혼자 있으면서 책을 많이 읽기 시작했고."

"제가 더 가난했을 거예요. 전 일곱 살 때부터 남의 집 일하러 다녔어요."

"말도 안 돼. 일곱 살짜리가 무슨 일을 한다고."

억울한 듯 그녀의 눈이 왕방울만큼 커졌다.

"진짜예요. 어머니가 교회 일을 하셨는데 거기 성가대 선생님 심부름을 했어요. 그 선생님이 정말 예쁘셨는데."

"혹시… 마리아 선생님?"

"그걸 어떻게 아세요?"

기선이 두 손을 모으고 노래를 부르기 시작했다.

"참 아름다워라 주님의 세계는 저 솔로몬의 옷보다 더 고운 백합화."

"맞아요, 맞아. 마리아 선생님이 처음 가르쳐 주신 노래에요."

"혹시 나 기억 안 나?"

기선의 말투가 바뀌었다.

"마리아 선생님이 명륜교회에서 노래 제일 잘하는 아이라고 소개했었는데."

"모리나가* 캬라멜!"

기선과 수복이 동시에 외쳤다.

"맞아, 그때 주머니에 있던 캬라멜을 네게 통째로 내줬었어."

---

* 1910년에 설립된 일본의 제과 주식회사. 모리나가 밀크 캬라멜이 가장 유명하며, 조선에서는 1922년부터 시판됐다.

"세상에 이게 웬일이에요."

두 사람은 팔짝팔짝 뛰며 믿기지 않는 눈으로 서로를 바라보았다. 열두 살 되던 해 여름 방학에 기선은 평양에 있는 둘째 이모를 보러 갔었다. 마리아 선생님이 기선의 둘째 이모였다. 둘째 이모는 교회에서 가장 노래 잘하는 아이를 기선에게 소개해 주겠다며 한 아이를 데리고 나왔는데 그때 그 어린아이가 어찌나 노래를 잘하던지 기선은 그 노래에 감동을 받아 홀린 듯 캬라멜을 통째로 주고 말았었다.

"일곱 살 때도 노래로 감동을 주더니 열다섯에도 여전하네. 어릴 때 얼굴 그대로야. 정말 잘 컸다. 경성 오면 연락해. 내가 〈사의 찬미〉도 들려주고 창경원도 데리고 갈게."

"평양 기생이 경성 갈 일이 있을까요?"

"놀음 없을 때 오면 되지. 경성 데파트에서 커피도 마시고 오엽주 미용부에서 머리도 하고."

"엘리베이터는요? 불란서 빵도 있다던데."

"그건 또 어떻게 알았어? 경성 데파트나 미쓰코시에 엘리베이터가 있지."

"타 보고 싶었어요. 경성에 갈게요, 꼭."

"참, 근데 있잖아."

망설이듯 한참을 머뭇거리자 그녀가 잔뜩 긴장하며 의아한 눈빛으로 기선을 바라보았다.

"너, 이름이 뭐야?"

두 사람의 입에서 동시에 웃음이 터졌다. 처음 만났을 땐 그렇다 치더라도 몇 시간을 떠들어 댄 오늘도 이름을 모르다니. 한번 터진 웃음은 잦아들 줄 모르고 한동안 계속되었다. 터져 나오는 웃음을 겨우 참으며 그녀는 기선의 수첩 위에 또박또박 글씨를 적어 내려갔다.

'평양 기생학교 1기 최우등 졸업생 왕수복.'

왕수복이라. 이름에서 좀스럽지 않고 대범한 평양 기생의 기개가 느껴졌다. 기선과 수복은 다섯 살 나이 차를 뛰어넘어 친구가 되기로 약속했다. 까칠한 성격 탓에 변변한 친구 하나 없던 기선에게는 특별한 날이었다. 고단한 하루였지만 표현할 수 없는 뜨거운 무언가가 기선 안에서 샘솟았다.

기선을 배웅하고 돌아선 김교장은 우두커니 서서 한숨부터 내쉬었다. 아이들이 모두 돌아가고 나니 좁게만 느껴졌던 학교가 휑하니 을씨년스러웠다. 절반은 기숙사고 절반은 권번 사무실이니 따로 학교라 부를 공간도 없었지만 첫 번째 졸업생을 배출한 평양 기생학교 교장 김미라주는 만감이 교차할 수밖에 없었다. 첫 졸업생을 탄생시키기까지 얼마나 마음을 졸였던지. 지난 몇 달간 부산했던 마음을 날려 보내려 어릴 적 친구이자 권번 사무소장인 하교진과 술상 앞에 마주 앉았다.

"님자 역시 기개가 아주 남달라."

"이거이 또 뭔 소리네?"

"소리만 잘하는 줄 알았지, 교장질도 이케 잘할 줄 알았네?"

"갑자기 웬 뚱딴지같은 소리네?"

익숙하지 않은 칭찬에 타박을 놓긴 했지만, 혼자였다면 엄두도 못 낼 일이었다. 평생 놀음판을 떠돌며 명창 소리를 들어왔지만 학교를 세우고 학생들을 교육하는 건 완전히 다른 일이었다. 지난 시간이 떠오른 김교장은 교진의 어깨를 두드렸다.

"인자와 하는 말이디만 님자도 욕봤다 야. 친구가 좋구나. 궂은일 좋은 일 함께하고 말이디."

"그케 생각하네? 그럼 어디 노래나 한 자락 해 보라."

김교장이 괜히 샐쭉거리며 탁주 한 잔을 한입에 털어 넣자 교진이 감자전 한쪽을 집어 입에 밀어 넣었다.

"이 에미나이 종일 굶고 술부터 털어 넣으면 그 속이 남아나간?"

교진의 잔소리가 밤하늘 공기 속에 흩어졌다.

"이만하면 학교 운영은 꽤 한 거겠디?"

"잘했디. 행렬할 때 말이디 심장이 벌렁대서 보지도 못했다 이 말이야. 님자가 잘 갈킨 결과 아이갔네?"

"엽서는 잘도 뿌리더만, 엄살은. 기카구 님자레 놀음 나가네? 니 심장이 왜 벌렁대난 말이야."

"두고 보라이. 내일부터는 말이디 권번 전화통에 불이 날 거니까는."

"큰놈을 낚아야지. 그깟 요릿집 사장 몇 명 갖고 양이 차간?

사내새끼 간땡이가 콩알만 해서 어디다 쓰갔네. 당장 그 고추부터 떼버리라."

"고추야 제구실 못 한 지 오래됐디. 암튼 경성에서 전화가 아주 불나게 올 테니 님자레 돈 셀 궁리나 하라."

"뭐이네. 경성에서 무슨 연락이라도 있었네?"

갑자기 교진이 김교장 앞으로 몸을 바짝 당기며 목소리를 낮추었다.

"경성 데파트 박춘식 사장 말이야."

"그 치가 왜."

"박사장 눈이 보통이 아니디 않네?"

"기생 한두 명 후린 인사가? 화류계는 그놈 손아귀에 있디 않캇어?"

계속 귓속말을 하는 게 답답한 듯 김교장은 교진의 몸을 밀어내며 버럭 소리를 질렀다.

"그놈 참 어지간히 뜸들이누나 야."

화들짝 놀라 눈을 껌뻑이던 교진이 금세 표정을 바꾸고는 말을 이었다.

"수복이 보는 눈빛이 남다르다 싶었는데 해우채*를 묻는다 이기야."

"고깟 걸로 오두방정이가? 기카구 기생 초야가 뭐 별거네?"

---

* 매매춘에서 대가를 지급하는 말인 '화대(花代, 꽃값)'에 해당하는 말로 해의채(解衣債)에서 유래되었다.

김교장은 술잔에 탁주를 콸콸 따르며 교진을 노려보았다.

"2년간 후원금을 낼 테니 다른 데 보내지 말라 신신당부를 하더라 이 말이야."

"이거이 또 무슨 소리가. 내레 이런 일이 생길까 봐 수복이를 실습 교사로 삼은 거 아이네."

"그거는 내레 벌써 말을 했디 않칸? 2년간 수복이 봉급 박사장이 낸다는 데 을매나 좋은 조건이가. 기카구 2년 뒤에 박사장이 요청하믄 말이디 우선적으로 자기한테 보내달라 이기야."

아무리 생각해도 박사장과의 계약 조건이 뿌듯한 듯 교진의 얼굴에는 자신감이 피어났다.

"삭회* 때 봐라이. 보나 마나 수복이 놀음 값이 최고를 찍는다, 이기야."

* 일제강점기 권번 소속 기생들이 자체적으로 기강과 규율을 지켜 나가기 위해 매달 한 번씩 가진 모임을 말한다. 삭회 때 기생의 표창과 징계 그리고 행정 당국의 지시 사항 등이 전달됐다.

기생 놀음

이제부터 기성 권번*에 기적을 둔 직업 기생이 되는 거라는 생각에 수복은 해가 뜨기도 전에 눈을 떴다. 첫 놀음에 나서는 날이라 잔뜩 긴장한 채 일찌감치 권번으로 향했다. 권번 사무소가 가까워질수록 심장이 두근거렸다.

교진은 전화통 앞에서 옴짝달싹 못 하는 중이었다. 전날의 예언처럼 책상 위에 놓인 전화기 세 대가 불이라도 붙은 듯 번갈아 울려 댔다. 어떻게 알았는지 요릿집 사장들은 하나같이 기존 기생이 아닌 졸업생들의 이름을 불렀다. 일정표에 졸업생들의 이름을 적어 넣는 교진의 입꼬리가 올라갔다. 김교장이 그 모습을 보며 걸음을 멈춰 섰다.

"어디 아픈 거 아이네? 아침부터 왜 그렇게 히죽거리네?"

---

* 평양의 기생 조합으로 당시 경성의 조선 권번, 한양 권번과 함께 가장 유명한 권번이었다.

교진은 자신만만한 표정으로 졸업생들의 이름이 가득 찬 일정 표를 가리켰다. 수복, 명실, 일선, 묘향, 수란은 말할 것도 없고 막내인 저것들을 어떻게 놀음판에 내놓나 걱정했던 쌍둥이 자매 소담과 정담까지 모두 저녁 놀음이 잡혀 있었다.

"내레 거리 행렬을 반드시 해야 한다고 했디. 지금 그 덕을 보고 있다 이 말이야."

김교장은 교진에게 한마디 올려붙일까 하다가 몸단장을 마친 아이들이 하나둘 모여드는 탓에 입을 닫았다. 아이들은 모두 웃고 있었지만 긴장한 모습이 역력했다.

"실수하면 어쩌디? 소리하다가 망치면 어카네."

일선의 얼굴에 긴장과 걱정이 서렸다. 수복이 일선의 손을 따뜻하게 감싸 쥐었다.

"실수하면 어떠네? 다시 하면 되디. 머이가 걱정이네?"

"창피하다 이 말이디. 직업 기생 아이네."

그때 소담이 둘 사이에 끼어들었다. 소담은 수복과 일선의 팔을 제 양팔에 끼우며 제법 어른스레 다독이고 나섰다.

"오마니 말씀 기억 안 나네? 물처럼 살아라 하셨잖네. 높은 데서 아래로, 흐르는 대로. 동그란 그릇을 만나면 동그란 모양으로, 네모난 그릇을 만나면 네모난 모양으로. 고여 있디 않으면 물은 언제든 생명력을 갖고 있으니 썩지 않는다 그러셨잖네."

수복도 거들었다.

"어렵게 생각할 거 머이네. 고저 돈 생각만 하라. 서너 시간 놀음하고 월사금을 버는 건데 이러구 저러구 말할 거 있간?"

"그 말이 딱 맞는구나 야. 잠깐 창피한 거 그거이 뭐가 문제갔어. 안 그러네?"

소담의 쌍둥이 동생, 정담도 나섰다. 수복이 말도 맞고 정담이 말도 맞았다. 그제야 일선이 웃어 보였다. 사정은 달랐지만 모두 돈이 필요한 형편이었으니까. 걱정할 시간에 다 같이 연습이나 하자는 수복의 말에 졸업생 모두 한자리에 앉았다. 밖에서 듣고 있던 김교장의 입가에 미소가 피었으나 금세 사라져 버렸다. 3년 내내 품었던 자식들을 전쟁터에 내보내는 심정이라 마음이 무거웠다.

예약 시간이 다가오고 있었다. 요릿집으로 기생들을 데려갈 인력거꾼들이 속속 도착했다. 교진의 호명에 따라 하나둘 짐을 챙긴 이들은 권번 마당으로 모여들었다. 김교장은 처음 놀음에 나서는 아이들을 배웅하며 마지막 한마디를 잊지 않았다.

"오늘부터 너희는 기성 권번에 기적을 둔 직업 기생이다. 재능 팔아 돈 버는 사람이다 이 말이다. 놀음 자리서 무슨 일이 생기든 그 자리에서 털고 하룻밤 지나면 잊어야 한다. 알갔네? 위에서 아래로 흐르는 물처럼 살아라. 아이처럼 징징댈 거면 기생질 집어치라. 내 말 알아 들갔네?"

3년 내내 귀에 딱지가 앉을 만큼 들었던 말인데도 여기저기서 훌쩍대는 소리가 들려왔다. 김교장의 말에는 시집가는 딸에게

친정어머니가 하는 마지막 잔소리처럼 애잔한 데가 있었다. 수복을 비롯한 평양 기생학교 1기 졸업생들은 김교장에게 반절을 올리고 인력거에 올랐다.

그때, 말수가 적고 내향적인 막내 정담이 앞으로 뛰어가 김교장의 품에 안겼다. 김교장 눈에 왈칵 눈물이 고였다. 여리디여린 막내 정담이 나갈 놀음 장소는 평양관*이었다. 정담보다 나이가 많은 다른 아이를 대신 보낼까 고민할 만큼 신경 쓰이는 놀음자리였다. 평양 축구단이 경평축구전** 끝난 것을 기념하는 뒤풀이 연회였는데 하필이면 언니들이 모두 다른 예약이 잡힌 탓에 정담의 몫이 되었다. 일반 손님들이야 걱정할 게 없지만, 승패가 갈리는 운동선수들의 연회는 유독 마음이 쓰였다. 혹여 몸싸움이 생기지 않을지, 고래 싸움에 새우 등 터지는 격으로 기생한테 불똥이 튀지 않을지 조마조마했다. 정담을 끌어안은 김교장은 한동안 말없이 정담의 등을 토닥였다.

"서러워 말고 억울해 말고 버티라, 알갔네?"

정담은 눈물이 그렁그렁 맺힌 눈으로 고개를 끄덕였다. 감정을 추스른 정담이 인력거에 오르자 기생들을 태운 인력거 행렬이 시작되었다. 교진이 뒤늦게 뛰어나와 소리를 질러 댔다.

---

* 평양의 고급 요릿집.
** 1929년부터 1942년까지 개최된 경성-평양 대항 축구전으로 조선신문이 주최했다. 1929년 10월 8일 휘문고등학교에서 1회 대회가 열렸다. 1931년 중단됐다가 1933년부터 재개됐으나 1942년 일제의 구기 종목 금지로 다시 중단되었다. 1946년 서울 운동장에서 마지막 경기가 열렸다.

"어쨌든 남자 마음을 잡아야 한다 이 말이야. 아랫도리까지 잡으면 금상첨화고. 알갔네?"

교진의 마지막 외침이 수복의 귀에 박혔다. 아랫도리를 잡는 건 창기한테나 할 소리인데…. 고개를 가로저으며 마음을 다잡았다. 사실 수복도 첫 놀음에 긴장하고 있었다. 학교에서야 늘 보던 선생님들과 동기들이었기에 노래건 춤이건 자신감이 넘쳤지만 오늘은 달랐다. 수복은 일찌감치 기생 생활을 시작한 언니를 떠올렸다. 매일 밤 술에 취해 들어와도 다음 날 아침이면 어김없이 제시간에 일어나 몸단장을 하고 권번에 나갔던 언니 영실이 새삼 존경스러웠다.

인력거는 개성집 앞에 멈춰 섰다. 평양에서 제일 큰 요릿집인 개성집에서는 난다 긴다 하는 관리와 돈 많은 부자가 모여 매일 밤 연회를 열었다. 때로는 나라 잃은 설움에 술잔을 기울였고 때로는 어지러운 시대에 한몫 잡아 보자는 모의가 이뤄졌다.

인력거에서 내린 수복은 허리를 곧추세우고 크게 심호흡했다. 주눅 들지 말자. 나는 평양 기생학교 최우등 졸업생 왕수복이다. 수복은 가슴을 쫙 펴고 개성집 안으로 성큼성큼 발걸음을 옮겼다. 란 특실. 수복은 문 앞에 서서 '란蘭'이라 적혀 있는 걸 뚫어지게 바라보았다. 방 안에서 들려오는 소음이 다잡은 마음을 흐트러뜨렸지만 수복은 자신이 창기와 다르다는 주문을 수없이 되뇌며 문이 열리기를 기다렸다.

'도라지 도라지 백도라지'

고즈넉한 호수에 던져진 조약돌이 작은 파문을 일으키듯, 수복의 목소리가 울려 퍼지자 기생을 끌어안고 추태를 부리던 남자들의 시선이 수복에게 향했다.

'한두 뿌리만 캐어도 대바구니로 반 실만 되노나'

속살이 은은하게 비치는 적삼 저고리를 입은 어깨가 선율을 타며 하늘거렸다. 수복의 커다란 눈을 마주한 남자들은 감전된 듯 몸을 떨며 납작 엎드렸다. 하늘대며 사부작사부작 소리를 내던 치맛자락 사이로 버선발이 드러나자 입맛을 다시는 사내도 있었다. 자신이 만들어 내는 작은 움직임에 남자들이 반응하자 수복의 긴장했던 마음은 오히려 평온해져 갔다. 수복이 눈을 감고 몸으로 가락을 타자 남자들은 입을 모아 '에헤요 에헤요 에헤 에야…' 후렴구를 합창하며 수복의 놀음에 집중했다. 방문 앞을 오가던 사람들의 시선도 란 특실에 꽂혔다. 감았던 눈을 뜬 수복은 스스로도 만족한 듯 남자들을 향해 허리를 깊이 숙였고 남자들은 모두 일어나 박수를 쳤다. 수복은 첫 놀음치고 나쁘지 않다는 생각에 자신감에 찬 표정을 지었다. 그때 개성집 사장이 버선발로 뛰어와 수복의 소맷부리를 잡아끌었다.

"평양관에서 연락이 왔는데 말이야, 정담이 일이라고 하던데. 평양관으로 급히 와 달라는데?"

"네?"

무슨 일이 생겼나 싶어 수복의 입술이 바짝 말랐다. 멀쩡하던 하늘에서 후두둑 소리가 나며 비가 내리기 시작했다.

때아닌 빗소리에 권번 사무소 점검을 나갔던 교진도 평양관 사장의 다급한 전화를 받았다. 전화를 끊은 교진의 얼굴이 하얗게 질렸다.

"평양관에서 무슨 일이가."

"가 보면 알갔디 뭐."

김교장은 장난기가 사라진 교진의 낯빛을 놓치지 않았다.

"정담이한테 무슨 일 난 거이 아니네?"

김교장의 목소리도 미세하게 떨리기 시작했다. 두 사람의 시선이 불안하게 뒤얽히는 동안 인력거꾼이 도착했고 교진은 그대로 뛰어나갔다. 교진이 허둥대는 모습은 난생처음이었다. 제법 굵은 빗줄기가 권번 마당을 흠뻑 적시고 있었음에도 김교장은 정화수를 한 사발 떠 놓고 하늘을 올려다보았다. 흰 구름과 먹구름이 뒤엉켜 달빛이 사라진 칠흑 같은 밤이었다.

인력거에 올라탄 교진은 연신 바지춤에 손을 비볐다. 닦아도 닦아도 손바닥에 땀이 차올랐다. 권번을 운영하며 별의별 일을 다 겪어 더 이상 놀랄 일이 있을까 싶었던 교진이었지만 평양관 사장의 다급한 목소리가 환청처럼 되살아나 그의 숨통을 조였다.

평양관 앞에 도착하자 세찬 빗줄기를 맞으며 인력거에서 내리는 수복의 모습이 보였다. 수복아, 하고 목소리를 높여 이름을 부르는 순간 탕! 하는 총소리가 밤하늘에 울려 퍼졌다. 교진과 수복이 동시에 바닥으로 주저앉아 머리를 숙였다. 천둥소리인가 싶어 주변을 살피는 수복과 교진 사이로 정담의 몸이 툭, 떨어졌다. 이윽고 무장한 순사들이 우르르 쏟아져 나와 바닥에 나동그라진 정담을 에워쌌다. 연이어 남자의 날카로운 고함이 들렸다.

"신다카 타시카메테미로*(죽었는지 알아봐)!"

교진과 수복이 놀란 얼굴로 서로를 바라봤다. 둘은 몸이 벌벌 떨리는 와중에도 기어서 정담에게 다가가려 했지만 순사들의 저지에 한 발짝도 나아가지 못했다. 방금 전 총소리는 정담을 쏜 총에서 난 소리였다. 상반신이 드러난 정담의 옆구리로 총알이 지나간 구멍이 보였다. 총상에서는 검붉은 피가 뿜어져 나왔다.

'하이' 소리와 함께 순사 하나가 정담의 몸을 헤집기 시작했다. 그는 거침없는 손놀림으로 정담의 감긴 눈을 까뒤집고 가슴을 파헤쳤다. 하얀 정담의 속살이, 어린 처녀의 가슴이 달빛 아래 고스란히 드러났다. 교진의 눈동자가 희번덕거리며 뒤집혔다.

"안 돼!"

그가 고성을 지르며 달려들자 또 다른 순사의 군홧발이 교진의 복부를 걷어찼다. 종잇장처럼 공중을 날아 바닥으로 떨어진 교진은 눈이 허옇게 뒤집힌 채로 순사들 사이를 비집고 들어가 정담의 반라에 자신의 옷을 덮었다. 그리고는 축 늘어진 정담의 몸을 부둥켜안았다.

---

* 死んだか確かめてみろ.

"정담아. 눈 뜨라이. 눈 뜨라 말이야. 이 에미나이 왜 길바닥에 자빠져 있네."

하늘에 구멍이라도 난 듯 빗줄기가 점점 더 사나워졌다. 멍한 표정으로 정담을 바라보는 수복의 눈에 황망함이 서렸고 포효하는 교진의 울부짖음은 빗소리와 함께 하늘 위로 서럽게 울려 퍼졌다.

긴 밤이었다. 날이 새도록 빗소리는 좀처럼 잦아들지 않았다. 권번은 그날부터 일주일간 문을 닫고 정담의 죽음을 애도했다. 얼결에 초상을 치르고 화장까지 마쳤지만, 누구도 정담의 죽음을 받아들이지 못하는 듯했다.

시신을 화장하여 뒷산에 뿌린 수복과 동기들은 산비탈에 듬성듬성 둘러앉았다. 정담을 혼자 두고 가자니 차마 발걸음이 떨어지지 않았다. 아무리 울어도 또 눈물이 흘렀다. 무거운 분위기를 깬 것은 뾰로통한 표정의 명실이었다.

"뭐 아무 이유 없이 총을 맞았갔네?"

수복이 발딱 고개를 들고 명실을 노려보았다.

"그거이 무슨 말이네?"

명실은 수복의 날 선 말투에 움찔했지만 손톱을 물어뜯으며 구시렁댔다.

"고분고분하게 말을 잘 들었으면 총을 맞았겠나 이 말이야. 기생질 할라믄 각오를 했어야디."

순간 수복이 명실의 머리채를 휘어잡았다.

"기카면 기생은 싫다 소리도 못 한다, 이 말이네?"

명실의 배에 올라탄 수복은 명실의 뺨이 벌겋게 부어오를 정도로 연거푸 올려붙였다. 소담이 뒤에서 수복을 끌어안았다.

"이런다고 정담이가 살아 오간? 그만하라. 그만하라!"

잠시 멈칫한 수복은 소담의 팔을 뿌리치고 명실의 머리채를 다시 낚아챘다. 그리고는 억지로 명실의 몸을 일으켜 세워 잡아먹을 듯 큰소리로 고함을 쳐 댔다.

"최명실이 니 창기 짓 할 거면 당장 나가라. 내레 창기랑 같은 년 취급받기 싫으니까네!"

"왕수복. 정신 차리라. 기생이 별거가? 해우채든 놀음비든 손님 돈 받아먹는 직업이다 이 말이야. 물 흐르는 대로 살아라. 그게 뭔 소린디 모르네? 놀음서 무슨 짓을 하든 참아라 그 소리디. 바보같이 예기 어쩌구 하면서 뻗대니까 총 맞은 거 아이네? 까짓거 눈 딱 감고 해치우면 원하는 걸 얻을걸. 정담인 지가 지 복을 걷어찬 거라 이 말이야, 알갔네?"

눈이 뒤집힌 수복이 명실의 머리채를 향해 다시 한번 손을 뻗자 소담이 괴성을 지르며 수복을 향해 몸을 날렸고 둘은 그대로 바닥에 쓰러져 버렸다.

평양 선수단은 경평축구전 첫날 경기에서 가까스로 무승부를 기록했다. 둘째 날부터 승기를 잡더니 마지막 날, 그러니까 정담이 총을 맞은 날, 극적인 역전승을 거뒀다. 정담이 놀음을 나간 연회는 승리의 기쁨에 취한 평양 선수단이 연 연회였다. 죽은 정담은 말이 없었지만 김교장도 교진도 수복도 알고 있었다. 정담이 억울하게 죽었다는 것을. 부당하게 죽었다는 것을.

그러나 정담의 부모를 만난 타다요시 평양 경찰서장은 정담이 칼을 휘두르는 바람에 발포 명령을 내렸으며 이로 인해 경찰이 손해를 입었으니 피해 보상을 청구하겠다는 협박을 하고 나섰다. 정담의 아버지는 하루아침에 금쪽같은 딸을 잃고도 타다요시의 바짓가랑이를 붙잡고 용서해 달라며 애원할 수밖에 없었다. 그 모습을 바라보던 소담은 풀썩 자리에 주저앉고 말았다.

더 기가 막힌 건 정담의 죽음에 누구도 억울하다고 말할 수 없다는 것이었다. 조선인이니까. 아무리 억울하고 분한 죽음일지언정 억울하다고 말할 수 없는 것. 그것이 일본의 속국이 된 조선의 현실이었다.

"수복이 당분간 놀음 내보내지 말라우, 알간?"

"그거이 무슨 소리가?"

"놀음 나가 무슨 짓을 당할지 네 눈으로 보지 않안? 수복이는 내레 좀 애껴 주고 싶어 기카는 거 아이네."

"수복이만 애낀다는 게 지금 말이 된다 이거네?"

"수복이는 소리꾼으로 더 옹골차져야 한다 이 말이야."

"박사장 부탁 때문이 아이고? 실습 보조 교사 임금이 얼마나 된다고. 수복네 사정을 뻔히 알면서도 기카네? 목사님이 교회 문

닫고 미국 간다 소리 듣고도?"

"산 입에 거미줄이야 치갔네?"

"거미줄은 안 쳐도 당장 사택서 쫓겨나면 그 많은 식구들이 다 어데 간단 말이네?"

모두가 충격에서 헤어 나오지 못하는 나날이었다. 교진은 날이 밝으면 으레 전화통 앞에 앉아 요릿집 예약 전화를 받았지만, 얼굴은 흙빛이 된 지 오래였다. 김교장도 허구한 날 술이었다. 밥알이 넘어가지 않으니 술이라도 마실 수밖에. 김교장은 초점 없는 눈으로 하늘을 바라보았다. 장마철도 아닌데 웬 비가 이렇게 쏟아지는지.

경성 남자

한낮의 어지러운 일상이 태양과 함께 넘어가기 시작할 무렵이었다. 경성 최고의 요릿집 명월관* 앞으로 잘 차려입은 사람들이 몰려들기 시작했다. 명월관은 명성답게 크고 화려했다. 화려한 중정을 중심으로는 크고 작은 연회실이, 이 층에는 장춘각이라 불리는 특실이 있었다.

오늘 명월관의 분위기는 평소와 사뭇 달랐다. 평소대로라면 손님들 사생활 보호를 위해 굳게 닫혀 있어야 할 각 방의 문, 심지어 장춘각의 문까지 활짝 열려 있었고 중정 가운데에는 낮은 평상 위로 기름칠이 잘된 축음기가 번쩍번쩍 광을 내고 있었다. 가장 특이한 것은 이 층부터 중정 바닥까지 길게 늘어진 현수막이었다. 현수막에는 '이애리수 신곡 발표회'라는 문구가 적혀 있었다.

* 1909년경 궁내부(宮內府) 주임관(奏任官) 및 전선사장(典膳司長)이던 안순환이 현재의 서울특별시 종로구 세종로에 개점한 최초의 조선 요리옥.

행수 기생은 손님 맞을 준비로 이 방 저 방을 뛰어다니며 부산하게 움직였다. 한껏 멋을 낸 신사 숙녀들이 하나둘 명월관 안으로 들어섰다. 대부분 턱시도 차림이라 조선인인지 일본인인지 알 수 없었지만 개중에는 제복에 칼을 찬 사람도 있었다. 여기에 화복和服을 입은 일본 여인, 한복을 입은 조선 여인까지. 사람들이 몰려드는 사이, 빅타 레코드 문예부장 이기세가 이애리수의 레코드를 축음기에 올렸다.

"이부장님. 수고가 많으십니다."

경성 데파트 박춘식 사장이 들어서며 손부터 내밀었다.

"제가 뭐 한 게 있어야지요. 하하하."

레코드 관계자들이 속속 모여들자 이기세는 박사장에게 콜롬비아 문예부장 이하윤과 포리도루 문예부장 왕평을 소개했다.

"여기 박사장님이 지금이야 백화점 사업으로 날리고 있지만 몇 해 전만 해도 패물로 조선 반도 돈을 다 끌어모았다니까. 촉이 좋아. 지금은 레코드 업계의 최고 든든한 투자자지."

박사장은 기세의 칭찬에 멋쩍은 미소를 지었다.

"어떻게든 조선인들이 잘 먹고 잘 살아야죠. 참, 콜롬비아도 계약을 많이 한다고 들었습니다."

하윤이 반짝 고개를 들어 박사장을 응시했다.

"쥐도 새도 모르게 하려고 했는데 어떻게 아셨을까. 하하하."

이번엔 머리가 많이 벗어져 실제 나이보다 훨씬 많아 보이는 왕평이 나섰다.

"박사장이야 총독부에 경무국에 닿는 인사가 한둘이 아니니 척하면 착 아니겠습니까. 아, 그나저나 중정 반대편 방에서 예쁜 숙녀분들이 박사장님을 찾으시던데요?"

"그럼 이따가 다시 뵙겠습니다."

박사장이 자리를 뜨자 왕평이 꺼림칙하다는 눈빛으로 기세를 바라보았다.

"멀쩡한 다방 놔두고 신곡 발표회를 왜 요릿집에서 하는 게 야? 한두 푼 드는 게 아닐 텐데."

"어쩌겠나. 박사장이 여기를 고집하니 별수 없지."

"경성 기생은 다 한 번씩 건드렸다는 천하에 둘도 없는 양아치 가 왜 자꾸 레코드에 얼씬대는 건데?"

"돈 가진 놈이 장땡 아니겠나. 자넨 그런 말 하면 안 돼. 자네 가사비가 어디서 나왔겠나."

이애리수의 레코드를 만지작대던 하윤이 눈을 반짝이며 끼어 들었다.

"진짜 박사장이 레코드 투자를 한다는 게야?"

"매일 기생집을 들락거려 소리 좀 한다는 기생은 죄 꿰뚫고 있 으니 그중에 손님들이 좋아하는 기생을 골라 레코드를 내면 그 만큼 위험 부담이 줄지 않겠나?"

"이번에 동아 백화점 인수한 것도 레코드 투자 수익금으로 했 다는 소문이던데?"

왕평도 이하윤도 이기세의 말에 수긍하는 듯 말이 없었다. 두 사람 모두 본국으로부터 레코드 판매량을 늘리라는 압박을 받는 처지였다. 하지만 레코드는 고가의 축음기가 있어야만 들을 수 있는 사치품 중의 사치품 아닌가. 그러다 보니 레코드의 수요층은 직업적으로 노래를 불러야 하는 기생들이 태반을 차지했다. 레코드 사업에서 기생들의 역할은 여기에 그치지 않았다. 기생들이 좋아하는 레코드는 기생을 찾는 손님들에게도 전해졌다. 기생들이 레코드의 소비자이자 생산자인 셈이었다.

어둠이 깔리자 중정을 중심으로 사람들이 자리를 잡았다. 행수 기생을 위시한 기생들이 커다란 교자상을 내려놓자 신곡 발표회가 시작되었다. 이애리수의 〈황성의 적〉*은 인기가 많은 노래였다. 원래 신일선이나 이애리수가 막간 가수**로 많이 부르던 노래였는데 빅타에서 정식 레코드로 발매하면서 신보 대열에 합류하게 된 것이었다. 손님들 사이에 끼어 앉은 기생들은 술을 따르고 안주를 집어 주며 시중을 들다가 행수 기생의 눈짓에 맞춰 하나둘 일어나 준비한 공연을 시작했다. 어떤 기생은 남도 민요를 구성지게 불렀고 어떤 기생은 〈사의 찬미〉를 불렀으며 또 어떤 기생은 아리랑 고개를 넘었다.

그러나 하윤에게는 허구한 날 듣고 보던 공연에 불과했다. 입

* 1928년 전수린이 작곡하고 왕평이 작사한 곡. 이후 순회곡단에서 불리다가 1932년 빅타 레코드사에서 이애리수가 부른 레코드가 정식 발매됐다.
** 막과 막 사이 무대 전환이나 배우들의 준비 시간에 관객들이 지루하지 않도록 무대에서 노래 부르는 가수를 말한다.

이 찢어져라 하품을 하던 하윤이 왕평에게 술잔을 건넸다. 그때 옆에 있던 조선신문 양기선 기자가 불쑥 둘 사이에 끼어들었다.

"근데 부장님, 검열 아직이라면서요?"

하윤은 안주를 집어 먹으며 두 사람의 대화에 귀를 기울였고 왕평은 씁쓸한 표정으로 술잔을 비웠다.

"결과를 기다리는 중이라지만 벌써 이만 장 나갔다던데?"

하윤과 왕평의 입에서 동시에 웃음이 터져 나왔다. 삼삼오오 무리를 지어 왁자지껄한 사이 이기세는 테이블마다 돌며 이애리수의 레코드를 내밀었다. 이어서 이기세의 수신호로 흥행사*가 중정 무대에 올랐고 스피커에서는 애잔한 이애리수의 목소리가 흘러나왔다. 눈을 지그시 감고 슬픈 곡조를 감상하던 하윤이 번쩍 몸을 일으켰다.

"근데 이기세는 왜 갑자기 〈황성의 적〉 레코드를 낸 거야?"

"박사장이 추천했다지?"

"박사장?"

"이애리수가 단성사**에서 불렀는데 난리가 났잖아. 총독부가 가창 금지***를 시켰는데도 이애리수가 공연만 가면 사람들이 〈황성의 적〉 부르라고 성화였으니. 그때 박사장이 총독부가 금지시켰으니 사람들이 오히려 더 찾을 거라며 레코드로 내자 했다더

---

* 연극·영화·서커스·쇼 등 흥행을 직업으로 삼는 사람을 가리킨다.
** 1907년 서울시 종로구에 설립된 한국 최초의 상설 영화관.
*** 이애리수가 〈황성의 적〉을 불러 '민족의 연인'이라는 별명을 얻을 정도로 인기를 얻자, 조선 총독부 경무국에서는 그 파급효과를 막기 위해 〈황성의 적〉 판매 및 가창 금지령을 내렸다.

라고. 그래서 바로 동경 가서 녹음하고 레코드를 낸 거지."

박춘식 이름이 빠지는 곳이 없었다. 지물업 하다가 귀금속으로 꽤 큰돈을 번 후 경성 기생이나 후리고 다니는 인사라고만 알았는데 도대체 무슨 재능이 있는 건지 알 수 없었다. 하윤은 기생들에게 둘러싸인 박사장을 의심스러운 눈초리로 노려보았다. 그러다 눈이 마주치자 어색하게 웃어 보였다.

그때 흥행사가 고조된 목소리로 이애리수의 이름을 외쳤다. 이애리수가 무대에 올라 〈황성의 적〉을 부르기 시작하자 좌중은 모두 박수를 치며 열광했다. 폐허가 된 허무한 조선의 현실에 대한 넋두리가 슬로우 왈츠 멜로디에 얹어져 심금을 울렸다.

하윤은 슬며시 자리에서 일어나 밖으로 나갔다. 하윤의 눈에 그 자리를 먼저 차지하고 선 그림자가 들어왔다. 하윤이 담배를 입에 물자 검은 인영이 라이터를 켜며 하윤의 옆으로 다가왔다.

"어떠세요, 부장님?"

박춘식이었다. 하윤은 담배 연기를 길게 내뱉으며 허공을 바라보았다.

"〈황성의 적〉이야 워낙 인기가 많은 노래니 뭘."

"그래도 레코드 판매는 다른 문제지요. 축음기가 있어야 들을 수 있으니."

박사장의 걱정스러운 눈을 보며 하윤은 싱긋 미소를 지어 보였다.

"천하의 이기세 아닙니까. 벌써 이만 장 나갔다니 오만 장은 너끈할 겁니다. 하하하."

얼굴에 화색이 돈 박사장은 바지 뒤춤에서 뭔가를 꺼내 하윤 앞으로 내밀었다. 기생 엽서였다. 양산을 받쳐 든 기생이 어색한 미소를 짓고 있었다.

"이게 뭡니까."

하윤이 묻자 좌우를 살피던 박사장이 낮은 목소리로 속삭였다.

"이 친구가 아주 매력적입니다."

하윤이 엽서를 뚫어져라 바라보았다.

"부잣집 맏며느리감이지 노래할 재목으로는 안 보이는데."

"아직 어려서 젖살이 빠지지 않아 그렇지, 제 평생 이런 소리 꾼을 본 적이 없습니다. 저음부는 우렁차고 힘 있고 시원한데 고음부는 절묘하게 꺾이는 게 몹시 간드러집니다."

그러나 하윤의 반응은 미지근했다. 하윤의 눈치를 살피던 박사장은 그쯤에서 입을 닫고 말았다. 행사는 새벽이 되어서야 끝이 났다. 모두가 술에 절어 몸을 가누지 못할 정도였지만 박사장은 이기세와 함께 손님들을 모두 인력거에 태워 보내고서야 명월관을 나섰다. 두세 시간 후면 새로운 해가 떠올라 또 다른 하루가 시작될 시간이었다.

박사장은 담배를 피우며 사무실에 들어섰다. 홍수가 의자에 앉아 있었다. 박사장은 홍수가 건넨 사진 더미에서 눈을 떼지 못했다. 2년 전 평양 기생학교 졸업식 때부터 실습 보조 교사를 하는 최근의 모습까지.

"젖살이 많이 내렸구나. 제법 여자 태가 나네."

박사장 입가에 미소가 번졌다.

"평양에서는 이미 꽤 유명한 기생입니다, 사장님."

말꼬리가 긴 건 의외라는 듯 박사장의 눈이 힐끗 홍수를 향했다가 이내 지그시 감겼다. 기생 행렬에서 들었던 수복의 노래가 다시 들려오기 시작했다. 은은한 체향과 함께 보석처럼 반짝이던 까만 눈동자가 지워지지 않았다. 박사장은 빛나는 눈 아래로 도톰하게 부풀어 오른 수복의 입술을 떠올리며 침을 꿀꺽 삼켰다. 눈이 시릴 만큼 뽀얗고 매끈한 목선은 당장 이를 처박고 싶을 만큼 희고 순결해 보였는데….

박사장은 목석처럼 앉아 있는 홍수를 향해 손가락을 들어 보였다. 벌떡 일어난 그가 박사장 앞에 섰다.

"계속 지켜봐. 다치지 않게, 때 타지 않게. 티 나지 않게 조심하고."

박사장은 서랍 속에서 지폐 다발을 꺼내 홍수에게 던지고 다시 등받이에 머리를 기대 눈을 감았다. 홍수는 그림자처럼 조용히 사무실을 빠져나갔다. 달칵. 문 닫히는 소리에 눈을 뜬 박사장은 손가락으로 책상을 두드리며 한동안 망설이다 전화기를 집어 들었다. 수화기 너머 잠이 묻은 교환원의 목소리가 들려왔다. 박사장은 마른 입술을 혀로 핥으며 또박또박 발음했다.

"평양 기생학교 연결해 주시오."

불멸의 노래

이른 새벽 기차를 탄 수복은 밤새 한잠도 자지 못했다. 어젯밤 김교장은 수복에게 삼천 원을 쥐여 주며 깊은 한숨을 내쉬었다.

"경성 놀음 값이다. 삼천 원이나 되는 돈이니 그만큼 대가를 치러야 한다 이 말이디. 내레 그동안 말을 아꼈더랬는데 말이야, 목숨보다 더 중한 것은 없다. 알았네? 지난 2년간 실습 교사로 일하면서 얼마나 많은 일을 봐 왔네? 세상이 어떻게 변하든지 간에 소리하는 사람이라는 생각은 절대 버리지 말라. 알았네?"

정담이 사고 후 김교장은 수복의 놀음을 직접 챙겼다. 그 때문에 수복이 놀음에 나간 건 손에 꼽을 정도였다. 그럼에도 평양에서 수복의 명성은 하늘을 찌를 정도였고 그 덕에 수복은 서도 민요를 탄탄하게 수련할 수 있었다. 그런데 왜 갑자기 경성 놀음일까. 어머니 같은 김교장이니 그만한 이유가 있겠지 싶어 수복은 두말 않고 경성행 기차에 올라탔다.

아홉 시간 만에 도착한 경성은 그야말로 요지경이었다. 일본인과 조선인이 뒤섞여 분간되지 않았다. 한동안 두리번거리다 우편국을 발견한 수복은 한걸음에 달려가 전화기를 집어 들었다. 박사장을 만나기 전 꼭 만나야 할 사람이 있었다.

2년 만에 걸려온 전화였지만 기선은 상대의 목소리를 듣자마자 수복인 걸 알아챘다. 총독부 입맛에 맞게 알아서 잘 쓰라는 학예부장에게 온갖 욕을 다 해 대며 신경질적으로 펜을 휘갈기고 있을 무렵 사환이 전화기를 흔들어 보였다. 바쁠 때면 찾는 사람도 많다. 퉁명스럽게 조선신문 양기선입니다, 하자 명랑한 목소리가 수화기 너머로 통통 튀었다.

"언니. 나 경성 왔어요."

그 한마디 말에 기분 나쁜 기운들이 눈 녹듯 싸악 사라졌다.

"수복이, 너 수복이지?"

"너무 오래전이라 내 목소리 잊은 줄 알았는데."

"일곱 살 왕수복도 기억해 냈는데? 근데 진짜 경성에 온 거야?"

"경성 오면 제일 먼저 언니를 만나고 싶었어요."

"당연하지. 지금 어디야?"

기선은 재빠르게 머리를 굴려 수복과 만날 장소를 생각해 보았다.

"경성 우편국*? 그럼 전차를 타고 경성 데파트에서 내려. 경성

---

* 현재 서울중앙우체국 자리에 있었던 우편국으로 6·25전쟁 때 반파되어 철거되었다.

데파트 건너편에 조선호텔이 있거든? 거기 일 층 팜 코트*에서 만나자. 일단 경성 커피부터 맛을 봐야지."

기선은 학예부장의 고함을 뒤로하고 황급히 신문사를 나와 조선호텔로 향했다.

"그동안 무슨 일이 있었던 거야, 왜 이렇게 말랐어?"

기선이 걱정 어린 눈으로 수복을 바라보았다. 2년 만에 만나는 수복은 눈에 띌 정도로 살이 내렸고 어색했던 말투도 완벽한 경성말로 바뀌어 있었다. 수복은 지난 이야기를 덤덤히 털어놓았다.

"학교 졸업하고 고작 2년이 흘렀는데 그사이 많은 일이 있었네."

"정담이 일은 평생 못 잊을 거예요. 근데 명실이는 그러려니 해요."

"진짜? 명실이랑 너랑 조선 최고의 예기가 되겠다고 했었잖아."

"목구멍이 포도청이니까. 기생학교에 내지 관광객들이 왜 그렇게들 오나 생각했었어요. 단체 관광 와서는 요릿집에서 연회를 하고 그러다 한둘은 대동강으로 뱃놀이도 나가고."

"뱃놀이?"

---

* 1914년 조선호텔 개관과 함께 영업을 시작한 우리나라 최초의 현대식 호텔 식당. 당시 국내 유일의 프랑스 요리 전문 레스토랑이었다.

"그것도 놀음이니까. 그러다 어떤 애가 누구 첩으로 갔다, 그런 소리가 들려오고 하니까. 명실이가 경무국장 첩으로 들어간 건 놀랍지도 않았어요. 경무국장이잖아요."

식어 버린 커피가 더 씁쓸하게 느껴졌다.

"넌 괜찮아?"

같은 학교를 졸업한 동기들이니 수복의 미래도 별반 다르지 않을까 싶어 걱정이 앞섰다. 수복이 머쓱한 웃음을 짓자 커다란 눈이 반달 모양으로 접혔다.

"반달 눈은 살이 내렸어도 여전하네."

"근데 언니, 여기가 그렇게 유명한 곳이에요?"

수복은 팜 코트를 두리번거리며 눈을 쫑긋거렸다.

"여기가 바로 최승희*가 매일 커피 마시는 곳이야."

"무용가 최승희요?"

"응. 커피 마시고 나가자. 광화문에 양과자점이 새로 오픈했는데 거기 쇼쿠팡**이 예술이래."

"……쇼쿠팡이 뭐예요?"

기선은 수복을 잡아끌고 광화문 네거리에 개점한 양과자점으로 향했다. 가게 앞에는 쇼쿠팡을 사려는 사람들로 벌써부터 길게 줄이 늘어서 있었다.

---

* 최승희(1911~1969)는 조선을 대표하는 무용가다. 두 차례 일본 유학 이후 국내에서 독자적인 근대 무용 공연을 하며 대중적 인기를 끌었다. 이후 영화 출연, 자서전 발간을 할 정도로 유명세를 얻었으며, 1930년대 후반에는 칠레를 비롯한 해외 국가에서 활발하게 활동했다.
** 식빵의 일본식 발음.

"쌀로 만든 빵인데 입에서 살살 녹는다네. 이거 먹고 미쓰코시 백화점*에 옷 구경 가자. 그리고 또 경성 데파트 가서 〈사의 찬미〉도 듣고. 아니다. 경성 데파트 먼저 갈까? 엘리베이터는 경성 데파트가 좋아. 근데 경성은 갑자기 어떻게 온 거야?"

잔뜩 들떠 쉴 새 없이 떠드는 기선을 바라보며 수복은 해사한 웃음을 지어 보였다.

"기생이 놀음 있는 곳이면 어디든 가야죠."

"오늘 놀음 있어?"

"오늘은 없어요. 경성에 일주일쯤 있을 거예요. 어쩌면 더 있을 수도 있고."

"일주일이나? 중요한 놀음인가 보네. 총독부 연회 그런 건가?"

"그런 건 아니고……."

말끝을 흐린 수복의 표정이 어두워졌다. 기선은 수복의 손에 깍지를 끼고 밝게 웃어 보였다.

"설마 너 잘 데 없어서 걱정하는 거야? 경성에 있는 동안 우리 집에서 지내. 알았지?"

두 사람은 쇼쿠팡을 하나씩 들고 거리로 나섰다. 미쓰코시와 경성 데파트도 갈 작정이었지만 일주일이나 머문다니 서두를 필요가 있나 싶었다. 평생 평양을 벗어나지 못했던 수복에게는 모든 게 낯설고 신기해 경성 거리 구경만으로도 충분했다. 흐드러지게

---

* 1929년 10월 24일, 지금의 신세계 백화점 본점 자리에 세워진 우리나라 최초의 근대적 백화점. 미쓰코시 백화점 경성점으로 불렸다.

핀 벚꽃이 기선과 수복의 머리 위에 꽃비가 되어 내려앉았다.

"창경원 갈까? 창경원이 야간 개장 시작했다는데 밤 벚꽃이 장관이래. 거지 같은 일본이지만 조선에 해 주는 것도 다 있어. 그치?"

수복이 놀란 토끼 눈을 하고 주변을 살피며 기선의 팔을 냅다 잡아끌었다.

"기자라는 양반이. 무슨 말을 이렇게 함부로 해요."

"글도 맘대로 못 쓰는데 말이라도 해야지. 고마워서 그래, 고마워서. 사전 검열에 걸려 거지 같은 기분 벚꽃으로 순화시켜줘서 고맙고 자기들 입맛에 맞게 쓰도록 새 힘을 줘서 고맙고. 쇼쿠팡! 이런 것도 먹게 해 주고. 그뿐인가? 조선 예인들 씨를 말리려고 어찌나 들들 볶는지. 오죽하면 경성 기생들이 동인지를 다 냈을까."

"동인지요?"

"경성 기생들이 《장한》*이라는 동인지를 냈어. 총독부 반대로 정간되긴 했지만."

"그 사람들이 뭘 한 건데요?"

"노래만 부르지 말고 생각 좀 하라는 거지. '동무여 생각하라. 조롱 속에 이 몸을.'"

"동무여 생각하라, 조롱 속에 이 몸을……?"

---

* 경성 권번 소속 기생들이 만든 월간지로 1927년 1월 10일에 창간되었다.

"그런 표어를 내 걸 정도로 기생들이 조롱받고 있다는 얘기지. 에잇, 썩을 놈들. 난 아버지 때문에 기생을 혐오했는데 커서 보니까 그건 창기들 얘기지 예기들 얘기는 아니었거든."

청산유수처럼 말을 뱉던 기선이 입을 닫고 걸음을 멈췄다. 수복의 낯빛이 유난히 창백해 보였다. 혹 제 이야기에 충격을 받은 건 아닌지 가슴이 철렁 내려앉았다.

"맞아요. 기생학교 졸업하면 반도 최고의 예기가 될 줄 알았는데. 3년 동안 이를 악물고 목이 터져라 소리를 했는데 결국 기생은 창기더라구요. 남자를 잡으래서 소리로 잡으라는 줄 알았는데 남자 아랫도리를 잡으라는 얘기였어. 그게 창기지 뭐예요. 그래도 언니……."

수복이 말간 눈으로 기선을 바라보았다.

"죽는 것보다 창기로 사는 게 낫죠?"

기선의 눈이 휘둥그레졌다. 정담이 일이 영향을 끼친 게 분명했다. 울먹이는 수복에게 무슨 말을 해야 할지 몰라 그저 수복을 끌어안았다. 그리고는 광화문에서부터 서대문까지 말없이 한참을 걸었다. 긴 시간 밤거리를 걷다 보니 어느새 기선의 집 대문 앞이었다. 수복은 목욕을 하고 나서야 겨우 안정을 찾았다. 몇 가지 안주로 술상을 차려낸 기선은 윤심덕의 〈사의 찬미〉를 축음기에 올려놓았다.

'광막한 광야에 달리는 인생아'

쓸쓸한 윤심덕의 목소리가 구슬프게 울려 퍼졌다.

76

"맛있는 거 사 주려고 했는데 저녁도 못 먹었네. 배고프면 잠도 안 와. 막걸리라도 마시자."

그러나 윤심덕 노래에 빠져든 수복은 한동안 미동도 하지 않았다.

"윤심덕 말이에요, 노래를 잘하는 것 같지도 않은데 왜 다들 그렇게 난리죠?"

"희소성이지. 죽었잖아. 다신 들을 수 없고 서양 창법이라 신기하기도 하고."

"가만 보면 언니는 참 똑똑하고 유식해. 기자라 그런가?"

기선은 사레에 걸린 듯 마른기침을 하며 물컵을 집어 들었다.

"근데 무슨 놀음인데 놀음 값이 삼천 원이나 되는 거야?"

수복이 막걸릿잔을 들었다. 꿀꺽꿀꺽, 식도를 타고 내려가는 소리가 경쾌하고 맑았다. 한숨에 다 털어 넣은 후 수복이 결심한 듯 기선을 응시하며 입을 열었다.

"경성 데파트 박사장 놀음이요."

아, 이해가 됐다. 조선 반도에서 누가 삼천 원이라는 거금을 놀음 값으로 낼 수 있을까. 애당초 박춘식이어야 말이 되는 거였다.

"반도 최고의 예기가 되겠다는 건 포기했고?"

기생은 기생인 건가 싶은 자괴감에 기선의 목소리에 노기가 어렸다. 수복이 고개를 들어 말간 눈으로 기선을 뚫어지게 바라보았다. 수복은 정담의 얼굴을 떠올렸다. 곱디고왔던 정담은 순사가 쏜 총 앞에 허망하게 스러졌다. 3년 동안 매일 함께 목청

을 틔우며 조선 제일의 예기가 되자고 다짐했으나 죽고 난 다음
엔 그게 다 무슨 소용이랴. 정담의 죽음 이후, 아무리 중한 신념
도 목숨보다 중요하지 않다는 또 하나의 신념이 수복의 마음 밭
에 자라났다. 어린 정담이 그렇게 일찍 죽어야 했던 것도 부러지
지 않으려 안간힘을 썼기 때문이리라. 물기가 어려 촉촉해진 눈
으로 수복은 천천히 입을 열었다.

"아픈 엄마, 기생 언니, 어린 동생까지 다 길에 나앉게 생겼는
데 그거 말고 선택할 방법이 있겠어요? 지금껏 다른 사람 눈치
보며 살았어요. 아버지 돌아가시고 이모 집에 이사 간 어릴 적에
는 이모 눈치, 사촌 동생 눈치. 자라서는 목사 사모님 눈치. 행여
눈 밖에 날까 시키지도 않는 허드렛일을 찾아서 했고요. 겨울이
면 손이 꽁꽁 얼어도 찬물에 걸레를 빨아 아침저녁으로 방을 훔
쳤고 목사님 눈치가 조금이라도 이상하면 달려가서 어깨를 주물
렀어요. 나는 돈이 좋아요. 돈만 있으면 교회 사택에서 쫓겨나도
집을 구할 수 있고 양식 걱정도 없어요. 눈 한 번 질끈 감으면 되
는데 그걸 예기 자존심에 걸어차야 해요?"

수복이 눈물 맺힌 눈으로 다시 기선을 응시했다. 기선의 눈
에도 눈물이 차올랐다. 친척 집에 더부살이하던 시절이 떠올랐
고 이화여전에 합격하자 다른 사람 눈치 안 보고 살아도 되겠다
며 환하게 웃던 어머니 얼굴이 떠올랐다. 기선은 막걸릿잔을 들
어 한입에 털어 넣었다. 어색한 침묵이 흘렀다. 화가 난 건 아닌
데 먼저 말을 걸기는 애매한, 불편한 정적이 흘렀다. 그때 수복

이 기선에게 팔짱을 끼고는 기선의 어깨에 머리를 기대어 왔다.

"내가 필요해서 결정한 거니까 불쌍하게 생각하지 마세요. 난 괜찮아요."

마지막까지 자존심을 지키고 싶다는 말로 들려 기선은 수복의 어깨를 감싸 안았다.

"안 불쌍해. 집도 생기고 양식 걱정도 없는 게 부러워서 그러지."

"쳇. 박사장은 어떤 사람이에요?"

입이 떨어지지 않았다. 알고 있는 걸 얘기하는 게 맞는지 아니면 곱게 포장을 해야 하는지. 이를테면 경성 최고의 플레이보이라는 별명에서부터 같은 여자랑 다섯 번 이상 잠자리를 하지 않는 통에 본처 말고 첩이라 부르는 여자들이 삼천 궁녀쯤 될 거라는 풍문까지. 기선의 입술이 바싹 말라 갔다.

"백화점 사장이니 돈 많은 거야 당연하고 총독부 경무국에 줄 닿는 사람도 많고."

"여자한테 어떤 남자인지가 궁금해요."

기선은 답을 기다리는 수복을 물끄러미 바라보았다. 어린 기생의 첫 경험을 돈으로 사는 게 애당초 이해되는 일이 아니었지만 누가 어떻게 막을 수 있으랴.

"세상에 공짜가 어디 있겠어. 이왕 마음먹었으면 박사장한테 빼먹을 수 있는 건 다 빼먹어. 한 사람한테 집중하는 사람 아니니까 오래가지는 않을 거야."

"언니는 초야를 치렀어요?"

수복은 이런 식으로 종종 기선을 당황하게 만들곤 했다. 지극히 비밀스러운 질문을 이렇게 맑은 눈으로 해 버리면 화를 낼 수도 없지 않은가. 궁금해 못 견디겠다는 듯 바라보는 수복의 눈을 보며 기선의 얼굴은 화끈 달아올랐다. 연애한 적이 없으니 초야를 치렀을 리 만무하지만 다섯 살 어린 수복에게 진실을 말하는 것은 자존심이, 거짓말을 하는 것은 양심이 허락하지 않았다.

"나는 첫눈에 반하는 사랑을 믿어."

"그런 사랑을 해 봤냐구."

"……아직."

"그럼 초야 못 치렀네. 엄청 어른인 척하더니."

수복은 한참을 키득거렸다. 막걸리가 바닥을 보일 때까지 두 사람의 수다는 끝나지 않았다. 그 밤이 지나면 어떤 일이 생길지 장담할 수 없으니 술 없이 잠들기가 쉽지 않았다. 어느새 기선은 얕게 코를 골며 잠이 들었지만 수복에겐 떠오르는 생각이 많았다. 물 흐르는 대로 살리라. 신념을 꺾지 않으려 애쓰다가 어이없이 부러지지 않으리라. 눈물이 뺨을 타고 흘렀지만 수복은 눈물을 닦지도 않고 떠오르는 생각을 그대로 펼쳐 두었다. 박사장과의 초야도 거부하지 않을 생각이었다. 비루한 현실이라도 살아남는 것이 가장 중요했다.

윤심덕의 얼굴이 떠올랐다. 목숨을 버릴 만큼 열렬한 사랑이 뭔지 모르겠지만 가난하게 자라 믿을 거라곤 몸뚱어리 하나뿐인 자신이 잃을 게 뭐 있나 싶었다. 어떻게든 버텨내리라 다짐하며 수복은 오지 않는 잠을 억지로 청했다.

조선호텔 일 층 팜 코트.

혹시 최승희가 커피를 마시고 있지 않을까 주변을 둘러보았다. 그러나 젊은 여자라고는 수복뿐이었다. 밝은 빛깔의 투피스에 길게 머리를 늘어뜨린 수복은 긴장된 표정으로 앉아 있었다. 팜 코트 입구에서 주위를 둘러보던 박사장은 단박에 수복을 알아보고는 손을 들어 보였다.

"일찍 왔나?"

"네."

언제 봤다고 말을 놓는 거지. 수복은 언짢은 기분으로 짧게 대답했다.

"여기 조찬이 괜찮은데 아직 아침 전이지?"

수복은 빤히 고개를 들어 그를 쳐다봤지만 메뉴판에 시선을 고정한 박사장은 수복을 쳐다보지도 않은 채 손을 들어 웨이터를 불렀다.

"밥부터 먹읍시다. 여기요, 웨이터!"

박사장의 행동은 거침없었다. 돈 많은 사람이라 그런가? 아니면 기생이라 이렇게 대하나?

"경성에는 언제 왔지? 어제쯤 왔나? 잠은 어디서?"

수복은 대답하고 싶지 않은 듯 한참을 기다렸다가 느리게 입을 열었다.

"······아는 언니가 경성에 있어서요."

"평양말 안 쓰네? 평양 아가씨가 경성에도 지인이 있고? 하하하."

대놓고 무시하는 말투에 수복이 박사장을 노려보았다.

"오늘부터는 경성 언니네 말고 여기서 편하게 지내지."

"저기요."

참다못한 수복의 목소리가 높아졌다. 눈을 동그랗게 뜬 박사장이 수복을 바라보았다. 이런 투로 자신에게 말하는 사람은 처음이라는 듯 생경한 눈빛이었다.

"경성 언니 아니고 기선 언니예요, 양기선 언니."

피식. 박사장의 입술이 옆으로 일그러졌다.

"미안. 그래요, 양기선 언니. 혹시 조선신문 양기선 기자인가?"

이번엔 수복의 눈이 튀어나올 듯 커졌다.

"기선 언니를 아세요?"

"당연하지. 근데 어떻게 양기자를 알지?"

말을 멈춘 박사장이 수복과 눈을 맞추며 고개를 갸웃거렸다.

"아하, 졸업식!"

정답을 맞힌 아이의 순진한 미소가 박사장 얼굴에 걸렸다. 고액의 놀음 값을 지불했으니 당장 어둡고 침침한 곳으로 끌고 갈 거라 생각했던 수복은 박사장의 얼굴에서 소년의 눈빛을 보자 한순간에 긴장이 풀려 버렸다. 온몸에 힘이 빠져나가는 느낌이었다. 박사장은 접시에 담긴 스테이크를 한입 크기로 잘라 수복 앞에 내밀었다. 능숙하게 나이프를 잡은 희고 긴 손가락이 수복의 시선을 끌었다.

"빵으로 할까 하다가 밥으로 했는데. 조선 사람은 밥이지, 안 그런가?"

박사장의 태도는 시종일관 세련되고 고급스러웠다. 말 짧은 것만 빼면 완벽했다. 기선의 정보가 잘못된 게 아닐까 의심스러울 정도였다. 보통학교도 졸업 못 한 사람이라기엔 고급스러운 호텔 레스토랑과 너무 잘 어울렸다.

"근데요."

한동안 음식에만 집중하던 수복이 입을 열자 박사장이 고개를 들었다.

"일주일 동안 저는 경성에서 뭘 할까요?"

박사장은 포크와 나이프를 내려놓고 물을 한 모금 마신 후 느긋하게 수복을 응시했다.

"밥 먹고 양장부부터 갑시다."

"양장…부요?"

"여자들은 옷이 날개라니 양장부터 서너 벌 사지."

옷을 왜, 라는 말이 목구멍까지 올라왔지만 서류 가방에서 종이 뭉치를 꺼낸 박사장이 수복의 옆자리로 옮겨 앉는 바람에 입밖으로 내지 못했다. 바짝 붙어 앉은 탓에 반쯤 걷어 올린 셔츠 아래 박사장의 맨살이 슬쩍슬쩍 수복의 팔을 스쳤다. 수복의 뺨은 달아올랐고 팔에는 오소소 소름이 돋았다.

"레코드 냅시다."

"네?"

수복은 멍한 눈으로 박사장을 바라보았다.

"평생 요릿집에서 취객들 상대로 노래할 건가?"

기생이 요릿집에서 노래를 안 하면 어디서 노래를 한다는 건지. 수복은 어안이 벙벙해져 아무 말도 하지 못했다.

"앵무새처럼 남의 노래만 부를 게 아니라 당신 노래를 해야지. 당신만의 노래를."

앙다물었던 수복의 입술이 열리며 낮은 한숨이 새어 나왔다.

"저는 기생이에요. 평양 기생학교 최우등 졸업생."

"결국 남자 품에서 재롱떨다 본처한테 봉변당하는 게 기생 팔자 아닌가? 당신 노래를 부른다면, 사람들이 그 노래를 따라 부른다면, 그게 더 가치 있는 일 아닌가?"

요릿집 손님들이 좋아할 만한 노래를 골라 연습하는 것도 벅찬데 내 노래라니. 수복은 울기 직전의 표정으로 박사장을 바라보기만 할 뿐이었다.

"나는 지금 평양 기생 왕수복에게 레코드 취입을 제안하는 것이오. 동경 가서 녹음합시다."

"…그다음은요?"

"조선 팔도를 돌며 노래해야지. 온 조선인들이 다 당신 노래를 부르도록."

수복의 입술은 파르르 떨렸고 눈에서는 눈물이 왈칵 솟구쳤다. 김교장은 물 흐르는 대로 살라고 했다. 거스르지 말고 흐르는 대로. 수복도 그러리라 다짐했다. 그래서 한 번도 생각해 보지 않은 새로운 길을 가자는 박사장에게 무슨 말을 해야 할지 막막했다. 자신의 미래를 결정하기에 열일곱이라는 나이는 턱없이 어린 나이 아닌가.

그 순간 윤심덕이 떠올랐다. 죽은 지 몇 해가 흘러도 사람들 사이에 회자되는 〈사의 찬미〉가 귀에 들려오는 듯했다. 첫 놀음에 개죽음을 당한 정담의 얼굴도 떠올랐다. 윤심덕처럼 불멸의 노래를 부를 수 있다면 정담이 마주했던 비극은 피할 수 있지 않을까. 수복의 눈동자가 반짝반짝 빛을 내기 시작했다.

"정말 내 노래를 부를 수 있어요?"

수복의 목소리가 가늘게 떨렸다. 박사장은 수복의 손을 잡으며 낮은 목소리로 속삭였다.

"난 장사꾼이요. 손해 볼 일은 거들떠보지도 않는 장사꾼. 당신 레코드로 난 떼돈을 벌 작정이오."

반짝반짝 작은 별

노래만 잘하면 된다고 여긴 건 순진한 생각이었다. 비행기 멀미로 얼굴빛이 노랬지만 숙소에 도착하자마자 목소리부터 틔워야 했다. 아침마다 비위에 맞지 않는 날계란을 먹었고 보리차 대신 짜디짠 소금물을 들이켰으며 약국이 보일 때마다 미성약을 사 입에 털어 넣었다. 오직 노래를 잘하기 위해서였다.

종일 작곡가의 피아노 반주에 맞춰 〈울지 말아요〉*를 부르고 또 불렀다. 하윤은 수복 옆에 붙어 앉아 얄미운 시누이 행세를 하곤 했다. 아침에는 힘 있게 나오는 저음에 박수를 치다가도 저녁에는 듣기 싫다고 타박을 놓기 일쑤였다. 수복은 의욕에 찼다가 실의에 빠지기를 반복하며 밤마다 눈물로 베갯잇을 적셨다.

---

* 1933년 콜롬비아 레코드에서 취입한 왕수복의 첫 음반으로 〈울지 말아요〉와 〈한탄〉이 수록돼 있다. 우리 민족의 전통적 가락을 애타게 그리워하던 식민지 백성들에게 감동을 안겨 주었다.

그럭저럭 녹음할 준비가 되었다 판단한 하윤은 악단과 녹음 일정을 잡았다. 수복은 빨리 녹음을 끝내고 집에 가고 싶은 마음이 간절했다. 달고 짠 음식에 넌덜머리가 나 알싸한 백김치와 냉면 생각뿐이었다. 하지만 녹음실에 들어선 첫날, 어쩌면 다신 집으로 못 갈지 모른다는 공포가 몰려왔다. 삼십 명의 악단이 뿜어내는 아우라에 숨도 제대로 못 쉴 정도로 주눅이 들었다. 레코드 녹음은 악단과 가수의 호흡이 무엇보다 중요하다는 걸 알지 못했기 때문이었다. 수복이 아무리 잘해도 악단 가운데 누구 하나 실수를 하면 처음부터 다시 시작이었다. 동경에 머물 시간은 이제 이틀밖에 남지 않았는데 녹음 진도는 좀처럼 나아가지 못했다.

수복보다 더 애가 타는 사람은 하윤이었다. 오전부터 시작된 녹음은 기타 연주자의 같은 실수로 도돌이표만 반복하고 있었다. 어려울 것 없는 정박자 연주인데 왜 마지막 소절에서 계속 같은 실수를 하는지 답답했다. 녹음실 밖에서 팔짱을 끼고 있던 하윤이 자리에서 벌떡 일어나자 무슨 일이 일어날 것 같은 예감에 수복의 가슴이 철렁 내려앉았다. 머리끝까지 화가 난 하윤이 육중한 녹음실 문을 열고 저벅저벅 큰 보폭으로 걸어 기타 연주자 앞에 멈춰 섰다.

"오마에와 쿠비다*(너는 해고다)!"

수복의 입이 쩍 벌어졌다. 체면을 중시하는 일본인에게 면전

---

* お前はくびだ.

에서 해고선언이라니. 심지어 일본 땅에서. 얼굴이 벌게진 기타 연주자는 일본말로 욕지거리를 퍼붓고 녹음실 문을 박차고 나갔다. 굳은 표정의 하윤이 악단 앞에서 크게 소리쳤다.

"기타나시데 로쿠온시마쇼*(기타 없이 녹음합시다)."

기타를 빼고 녹음을 한다니! 악단이 반대할 게 분명했다. 수복은 안절부절못하고 서 있었다. 그런데 모두들 '하이'라고 대답하며 악기를 챙겨 녹음 준비를 하는 게 아닌가. 그다음부터는 일사천리였다. 기타 연주자가 나간 후 악단의 실수는 단 한 개도 나오지 않았다. 긴장감이 완벽에 더 가깝게 다가가게 하는 명약이 되기도 하는 모양이었다.

녹음은 자정을 넘겨서야 끝났다. 작곡가가 잘했다며 칭찬을 늘어놓았지만 수복의 귀에는 하나도 들리지 않았다. 꼬르륵대는 위장의 비명이 몸 전체를 울릴 뿐이었다. 배가 고팠다. 오니기리도 좋고 소바도 좋았다. 된장 같지도 않은 게 된장 색을 띤 미소시루도 지금이라면 환영이었다. 눈앞에 뭐가 나오든 다 집어삼킬 정도로 배가 고팠다. 그러고 보니 입에 맞지 않는다는 이유로 꼬박 닷새 동안 제대로 식사를 하지 못했다. 금방이라도 쓰러질 것 같은 수복은 하윤과 함께 긴자의 외진 골목으로 향했다.

소바도코로요시다.** 수십 년이나 된 소바집이었다. 윤기 흐르

---

* ギターなしで録音しましょう.
** そば所よし田. 1885년에 개업한 소바 전문점. 긴자에 위치해 현재까지 영업 중이다. 검은 고양이가 마스코트다.

는 소바를 쯔유에 찍어 먹으니 한 젓가락 만에 천국을 경험한 기분이었다. 하윤은 사케를 마시며 수복을 바라보았다. 그날 밤, 시에론*의 신곡 발표회가 아니었다면 왕수복과 자신이 긴자의 한 소바집에 이렇게 마주 앉아 있을 일은 없었을지 모른다.

"오늘 신곡 시연회가 있는데 같이 갑시다."

그날은 수복이 박사장과 호텔에서 처음 만나 조식을 먹던 날이었다.

"신곡 시연회요?"

박사장 입에서 나오는 말들은 죄 처음 듣는 말투성이었다.

"시에론에서 신곡 발표회를 연다는군. 당신도 노래하는 사람이니 봐 두면 좋지 않겠소?"

수복의 얼굴이 환해졌다. 노래하는 사람. 박사장은 수복을 그렇게 불렀다. 기생이 아닌 노래하는 사람. 박사장을 아니꼬워했던 수복의 마음이 서서히 열리고 있었다. 수복은 박사장을 보며 문득 아버지를 떠올렸다. 살아 계셨다면 수복이 처음 먹어 보는 음식을 잘 먹을 수 있게 잘라 주고 가 보지 못한 멋진 곳을 데리고 가기 위해 노력했을 거였다. 지금 눈앞에 있는 박사장처럼. 그런 생각을 하니 박사장이 오랫동안 알고 지낸 친척 오빠처럼 친근하게 느껴졌다.

* 1931년 11월부터 1935년 후반까지 조선 노래를 발매했던 음반 회사.

식사를 마치자마자 두 사람은 경성 데파트로 향했다. 경성 데파트의 양장부는 권번에서 단체로 옷을 맞췄던 양장부와는 차원이 다른 곳이었다. 양장부 사장은 호들갑을 떨며 두 사람을 맞았다. 박사장의 언질이 있었던지 미리 준비해 둔 드레스를 수복의 몸에 맞춰 보던 양장부 사장은 입에 침이 마르도록 수복의 굴곡진 몸매를 칭찬했다.

수복은 양장부 사장이 쥐여 주는 대로 양손 가득 드레스를 비롯한 온갖 옷가지를 들고 경성 데파트를 나섰다. 월사금이 없어 보통학교도 다니지 못한 수복은 연신 허리를 굽히는 사람들을 보며 반도 최고 갑부의 위력을 느꼈다. 말하자면 돈의 힘을 처음 맛본 날이었다.

저녁 여섯 시. 박사장과 수복을 태운 자동차가 낙랑파라* 앞에 도착했다. 낙랑파라 주변은 기자들과 관계자들로 북적였다. 자동차가 멈춰 설 때마다 기자들은 사진을 찍느라 분주했다. 박사장과 수복이 도착했을 때도 기자들의 카메라 플래시는 쉴 새 없이 터졌다. 짓궂은 기자들이 수복에 대해 묻기도 했지만 박사장은 여유롭게 기자들을 따돌렸다.

일축이 주최하는 행사라 그런지 참석자들은 대부분 연미복과

---

* 1931년, 지금의 소공동에 개업한 종합 유흥 공간이다. 이 층 건물로 일 층은 끽다점, 이 층은 아틀리에로 사용됐다. 레코드사의 신곡 발표회, 전시회 등이 열렸으며 예술인들의 아지트 역할을 하기도 했다.

드레스 차림이었다. 박사장이 연미복을 입지 않은 사람은 다 기자라고 말하는 순간 기선이 눈앞에 나타났다.

"수복아!"

헤어진 가족이라도 만난 듯 수복과 기선은 손을 맞잡고 발을 동동 구르며 기뻐했다. 신기한 눈으로 기선을 바라보던 박사장이 손을 내밀었다.

"경성에서 만나니 더 반갑소. 그동안 잘 지내셨죠, 양기자?"

"박사장님 오실 줄은 알았는데 수복이까지 올 줄은 몰랐어요."

"노래하는 사람이니까 신곡 발표회에 오면 좋을 것 같아 함께 왔습니다."

노래하는 사람이니까, 하는 박사장의 말이 스타카토로 귀에 콕콕 박혔다. 토끼 눈으로 자신을 바라보는 기선을 향해 박사장은 눈을 찡긋해 보인 후 혼잣말을 중얼거렸다.

"이부장님이 어디 계시려나."

"이하윤 부장님요? 저희 부장님이랑 같이 계세요. 저기."

기선이 손가락으로 가리키는 곳을 따라가니 하윤이 번쩍 손을 들어 흔들고 있었다. 박사장은 수복의 어깨에 팔을 두른 채 기선에게 다정한 목소리로 속삭였다.

"양기자님, 잘 부탁합니다. 이런 곳은 처음인 사람이라."

기선에게 수복을 부탁하고도 여전히 신경 쓰이는지 박사장은 뒤를 돌아보며 연신 손을 흔들어 보였다.

"저 플레이보이를 도대체 어떻게 구워삶은 거야?"

깜짝 놀란 수복이 기선의 입을 틀어막자 기선은 수복을 행사장 밖으로 끌고 나갔다.

"했어?"

"뭘?"

"초야!"

"조용히 좀 해. 언니."

"했어, 안 했어."

"안 했어."

"왜? 뭐 때문에?"

그 이유를 모르겠다는 듯 수복이 기선의 눈을 응시하며 고개를 가로저었다.

"고양이가 생선 가게를 지나쳐도 박사장이 여자를 그냥 지나칠 리가 없는데?"

수복을 대하는 박사장의 태도가 그동안의 소문과 너무 달랐다. 기선은 그 이유가 궁금했다. 기선은 미심쩍은 눈빛으로 수복의 드레스와 진주 목걸이를 연신 훑었다.

그 시각, 행사장 한편에서는 콜롬비아 문예부장 이하윤과 조선신문 학예부장 김기림 그리고 박사장이 심각한 표정으로 이야기를 나누고 있었다.

"경성 데파트에 레코드점을 오픈하면 제가 콜롬비아 레코드를 쫘악 깔겠습니다. 그러곤 조선신문이 홍보하는 겁니다. 그럼 박사장님은 돈벼락 맞는 거 아니겠습니까."

하윤은 입술만 달싹이며 말을 아끼는 박사장을 계속 추켜세우는 중이었다.

"신곡 발표회도 이런 다방 같은 데서 할 게 아닙니다. 경성 데파트 라운지가 있지 않습니까? 그리고 신곡 발표회 보러 온 사람들이 어디 레코드만 사겠습니까? 커피도 마시고 옷도 사 입을 테니 백화점 매출이 수직 상승할 게 뻔하죠."

"이제 조선 반도 돈은 다 박사장님한테 가게 생겼습니다. 하하하."

기림도 하윤의 말을 거들었다.

"레코드가 팔리면 유성기 판매도 늘 테니 일축이 총독부에 얼마나 로비를 하겠냐 이 말입니다. 박사장님은 이제 총독부에 확실한 라인 하나를 추가하시는 겝니다."

그게 바로 박사장이 꿈꾸는 레코드 사업이었다. 박사장이 기생학교를 후원한 이유이기도 했다. 오랫동안 구상해 오던 사업이 현실되기 직전이었다. 박사장은 부러 멍한 눈으로 허공을 바라보았다. 박사장을 채근하던 하윤이 답답한지 화제를 돌렸다.

"지난번 그 평양 기생은 어떻게 됐습니까. 그때는 사진만 봐서."

박사장은 기선의 뒤를 따르는 수복을 손가락으로 가리키며 말했다.

"마침 저기 걸어가고 있네요."

박사장의 손가락 끝을 따라가던 하윤의 눈에 수복의 뒷모습이 들어왔다.

"부장님께서 노래할 재목이 아니라 부잣집 며느리 같다고 하셔서."

그때 수복이 몸을 돌려 기선에게 팔짱을 끼는 바람에 수복의 얼굴이 확연히 드러났다.

"사진과 전혀 다르잖아…."

홀린 듯 흘러나오는 하윤의 나른한 목소리를 들으며 박사장의 눈은 자신감으로 번들거렸다.

며칠 뒤, 기선은 출근하자마자 학예부장 김기림의 호출을 받았다. 이른 아침의 호출은 그다지 유쾌한 일이 아닐 확률이 높았다. 새로운 업무 지시거나 작성한 기사에 대한 수정 지시거나. 기선은 크게 심호흡을 하고는 학예부장의 방문을 두드렸다. 기선을 바라보던 기림은 얇은 한숨과 함께 심각한 분위기를 풍기며 등받이에 머리를 기댔다. 평소와 다른 태도에 기선의 가슴이 두근거렸다. 무슨 일인데 이토록 뜸을 들이는지. 기림은 서랍에서 두꺼운 서류 뭉치를 꺼내 놓았다. '축음기 레코드 취체 규칙─총독부령 제47호.'* 제목에서 중압감이 느껴졌다. 한동안 입술만

---

* 조선총독부는 1933년 5월 22일 '축음기 레코드 취체 규칙(총독부령 제47호)'을 공포하고 6월 15일부터 이를 시행했다. 통치에 방해되거나 풍속을 어지럽히는 노래, '서울', '조선' 등 민족성을 연상시키는 단어가 들어간 노래 상당수가 치안 방해를 이유로 금지됐다. 이때 〈아리랑〉도 금지 조치의 대상이 되었다.

달싹이던 기림이 입을 열기 시작했다.

"〈황성의 적〉 말이야. 총독부령 제47호 다섯 번째 규칙을 위반했단다."

기선이 서류를 뒤적이며 다섯 번째 규칙을 확인했다. '불온 축음기 레코드 취체'라 적혀 있었다.

"연정가요인데 뭐가 문제라는 거예요?"

발끈한 기선의 목소리가 기림의 방에 쩌렁쩌렁 울렸다.

"제목이 문제래."

"제목이 왜요?"

"적! 적이라는 단어가 조선인들을 선동시키고 민족 정체성을 자각시킬 우려가 있다고. 앞으로 〈황성의 적〉이란 글자가 찍힌 건 전량 발매 금지야."

"이미 이만 장이나 팔렸다면서요."

"총독부 도서과 조선인 검열관 이선관이 해결 방법을 알려줬대. 그나마 다행이지."

"뭔데요."

"왕부장부터 만나 봐. 쓸데없이 기운 빼지 말고 왕부장이 하자는 대로 해. 알았지?"

기선이 몇 날 며칠을 〈황성의 적〉에 매달렸단 걸 뻔히 아는 기림은 그녀를 건드리지 않으려 무진 애를 썼다. 그럼에도 불구하고 기선의 마음은 무너져 내렸다. 기선은 해장국 집으로 직행했다.

도대체 〈황성의 적〉 어디에 조선의 민족 정체성을 자각시킬 우려가 있다는 건지, 설령 그렇다 해도 조선 민족이 자기 정체성을 자각하는 게 왜 문제인지 알 수 없었다. 식민지 국민이니 아예 생각이라는 걸 하지 말라는 건가. 불과 이틀 전 선주문만 이만 장이라며 기세등등했던 빅타 레코드 이기세의 얼굴이 떠올랐다. 간만에 대단한 가사를 썼다며 뿌듯해 하던 왕평도 떠올랐다. 기선의 한숨과 함께 테이블 위의 탁주 주전자가 늘어만 갔다.

"무슨 여자가 아침부터 혼자서 술을 푸나."

기선이 반쯤 풀린 눈으로 고개를 들었다.

"앗, 대머리 왕부장님!"

기선이 배시시 웃으며 반기자 왕평은 빈 잔에 탁주를 채우며 앉았다.

"여자가 왜요, 뭐! 여자가 술 마시는 것도 총독부 검열에 걸린대요?"

피식, 그럴 줄 알았다는 듯 왕평의 한쪽 입꼬리가 올라갔다.

"이깟 일로 마시면 1년 365일 술 마셔도 모자라."

"기자가 꼴리는 대로 기사를 써야지, 검열이 말이 되냐구요. 가수가 노래를 하는데 거기 민족 정체성이 어딨어요."

"나라가 나라다워야 기자도 기자다울 수 있고 가수가 가수다울 수 있지. 그걸 여태 몰랐어?"

답답한 마음에 왕평도 탁주잔을 들어 한입에 털어 넣었다.

"웃긴 게 뭔지 알아?"

"뭔데요?"

"발매 금지라니까 주문이 엄청나."

"진짜요?"

"뻔하잖아. 못 하게 하면 더 하고 싶고, 못 보게 하면 더 보고 싶고. 빅타만 노난 거지."

"그러다 걸리면요?"

"이기세가 해결하겠지. 이기세랑 합의했어. '황성 옛터'로 바꾸기로."

"'황성의 적'이 아니라 '황성 옛터'?"

어느덧 시간은 점심시간으로 접어들었다. 하나둘, 양복쟁이들이 가게 안으로 들어섰다. 그중 한 명이 왕평을 알아보고는 테이블로 다가왔다. 콜롬비아 문예부원 정세영이었다.

"부장님은 어쩌고 잔챙이들만 밥 먹으러 오셨나?"

"동경 가셨습니다."

"동경은 왜?"

"어? 수복이도 동경 간댔는데."

기선이 신기하다는 듯 눈이 동그래져 대화에 끼어들었다.

"수복이가 누구야?"

"왜 시에론 발표회 때 박사장이 에스코트했던 친구 있잖아요. 부장님 못 보셨나?"

"평양 기생이라는?"

평양 기생과 레코드 회사 문예부장이라. 왕평의 촉이 빠르게 움직이기 시작했다. 포리도루에 앞서 콜롬비아와 경성 데파트가 전략적 제휴를 맺었을지 모른다는 생각에 심장이 덜컹했다. 왕평의 속을 아는지 모르는지 기선은 쉬지 않고 종알거렸다.

"박사장 이상하지 않아요? 경성에 새로운 기생 올 때마다 머리 얹어 주기로 유명한데 수복이한테는 완전 순정파거든요."

"순정파는 무슨. 기생이 기생이지."

"아니라니까. 수복이 볼 때 박사장 눈빛은 뭐랄까. 첫사랑에 빠진 소년 같아요."

왕평은 허탈한 웃음소리를 내며 기선의 앞머리를 콩 소리 나게 쥐어박았다.

"서른이 넘었는데 무슨 소년의 눈빛이야. 연애를 못 해 봤으니 남자를 알 턱이 있나."

"에이 씨, 뭐예요. 진짜."

술이 확 깬 기선이 자리에서 벌떡 일어나 왕평을 잡으려 팔을 뻗었다. 이리저리 도망 다니던 왕평은 지폐 몇 장을 테이블 위에 던지고는 식당을 빠져나갔다.

그로부터 보름 후 콜롬비아에서 신곡 발표회 초대장이 날아들었다. 왕평의 불길한 예감이 들어맞는 순간이었다. 조선신문 1면 광고란에 왕수복의 신보 광고가 게재되었고 경성 데파트는 대형 현수막을 걸었다. 종로통을 오가는 사람이라면 누구나 왕수복 이름을 기억할 수 있을 정도로 큰 현수막이었다. 경성 데파트와 조선신문이 이 정도로 나섰다면 왕수복이 엄청난 신인이라는 얘기일 것이다.

경성 데파트 옥상 라운지에서 개최된 왕수복의 신곡 발표회는 흥행 면에서 단연 톱이었다. 경무국 관리들과 일축 관계자들, 각 레코드사의 문예부장들과 기자들까지 총출동해 콜롬비아의 새 얼굴인 왕수복의 노래를 감상했다. 경성 거리는 연일 신인 가수 왕수복 얘기로 들끓었고 매월 20일 왕수복의 신보가 발매될 때마다 레코드점 앞은 장사진을 이루었다.

하지만 이는 어디까지나 콜롬비아의 일이었다. 포리도루의 실적은 콜롬비아와 전혀 다른 곡선을 그리고 있었다. 마음이 조마조마할 즈음, 아니나 다를까 본국으로부터 불길한 전보가 날아들었다. 왕평이 '황성 옛터'로 이름을 바꾼 〈황성의 적〉 작사가라는 것을 은근히 비꼬며 포리도루 전속 가수의 레코드 판매량을 올리지 못하면 레코드 사업을 철수하겠다는 협박이었다. 왕평은 신경질적으로 전보를 휴지통에 처박아 버렸다.

이때 문예부원 서넛이 쭈뼛대며 왕평 옆으로 다가왔다. 심기가 불편한 왕평에게 누가 보고할 것인지 눈치작전을 벌이다 결국 서대원이 나섰다.

"저기, 부장님. 왕수복이 내일 평양에 간다고 합니다."

"평양에?"

엊그제 또 〈워띠부싱〉* 신곡 발표회를 하고 레코드 발매 전까

---

* 1933년에 발매된 왕수복의 노래. 화교를 소재로 했다.

지 공연 다니느라 바쁠 텐데 평양을 가다니. 왕평이 관심을 보이자 대원이 가까이 다가섰다. 대원의 목소리에는 영업 비밀이라도 알아낸 듯 자신감이 묻어났다.

"어머니 생신 때문인 것 같습니다."

"에잇, 뭐야. 겨우 그런 걸로 호들갑이야?"

대단한 일이라도 있는 줄 기대했던 왕평이 싱겁다는 표정을 지었다. 그때 대원이 몸을 바짝 낮춰 왕평의 귓가에 속삭였다.

"콜롬비아 정세영이 계약서 때문에 전전긍긍하고 있습니다. 아직 정식 계약은 못 한 것 같습니다."

"뭐라고?"

설마, 그럴 리가. 며칠 전만 하더라도 광고 촬영과 공연이 줄줄이 잡혔다며 이하윤이 얼마나 거들먹거렸는데. 왕평은 큰 눈을 부라리며 대원을 노려보았다.

"아직 어리니 딴 사람이 했을 수도 있지. 어머니라든가 권번 소장이라든가."

"아니랍니다."

"확실해?"

"확실합니다."

확신에 찬 대원의 얼굴을 바라보는 왕평의 입꼬리가 슬며시 올라갔다.

"출처가 어디야?"

"양기선 기자한테 들었습니다."

양기선이라면 왕수복과 가까운 지인이니 신빙성이 높은 정보였다.

"부장님, 이렇게 되면 우리가 계약을 딸 수도 있지 않을까요?"

"어떻게? 무작정 평양에 따라가면 계약을 할 수 있다는 말이야?"

"아. 그건 아니고……."

대원이 얼버무리는 순간 왕평의 머릿속에 그럴싸한 실행 계획이 떠올랐다.

"몇 시 기차라고?"

기다렸다는 듯 수첩을 펼쳐 든 대원이 속사포처럼 답했다.

"내일 초저녁쯤 경성역에서 출발하여 익일 새벽 한 시 십오 분 평양역 도착입니다."

"그 기차 타는 건 확실한 거야?"

"경성 데파트 비서실 통해서 확인했습니다."

"돌아오는 건?"

"그건 파악 못 했습니다."

"박사장과 동행인가?"

"아닙니다. 일인 승차권만 구매했습니다."

치밀하게 준비한 스스로가 자랑스러운 듯 대원이 뿌듯해 하며 말했다. 왕평은 대원의 어깨를 툭툭 두드리고 사무실을 나와 한 동안 골똘히 머리를 굴렸다.

9월의 아침 햇살이 테라스 창 안으로 흐드러지게 쏟아졌다. 눈이 부셔 잠에서 깨어난 여자는 규칙적인 숨소리를 내며 잠에 빠진 남자를 돌아보았다. 미뤄둔 숙제를 해치운 듯 마음이 홀가분했다. 당시에는 화를 냈지만, 정담의 유해를 뿌리던 날 명실이 했던 말이 지난 몇 달간 수복에게 용기를 주었다.

'까짓거 눈 딱 감고 해치우면 원하는 걸 얻을걸. 정담인 지가 지 복을 걷어찬 거라 이 말이야, 알겠네?'

명실이 악에 받쳐 뱉었던 말의 의미를 이제는 알 것 같았다. 잠에서 깬 남자는 여자의 손을 들어 열이 오른 자신의 뺨에 대고 비볐다. 여자는 말간 눈으로 남자를 바라보다가 그의 목에 팔을 감은 채 고개를 들어 남자의 이마에 입을 맞추었다.

반도 제일의 예기가 되자고 손가락을 걸며 맹세했던 명실은 경무국장의 첩이 되었고 자신은 백화점 사장과 몸을 섞었다. 원하는 걸 얻으려면 내 것을 내놔야 공평하니까. 어느새 촉촉해진 눈으로 남자의 눈을 바라보던 여자는 몸을 움직여 까끌까끌한 남자의 턱을 살짝 깨물었다.

그 순간 잠자고 있던 남자의 본능이 간밤의 열락을 떠올리듯 다시 불꽃처럼 되살아났다. 여자의 허리를 휘감은 남자는 거칠게 입술을 포개고는 쑤욱, 입안으로 혀를 밀어 넣었다. 하아, 여자의 입에서 낮은 탄성이 터져 나오자 남자의 움직임이 더욱 거세졌다. 붉은 혀가 서로의 입을 넘나들었고, 서로의 타액이 서로를 적셨다. 아무 생각도 할 수 없는 본능과 관능의 시간이 다시 시작되었다.

여자의 몸은 남자의 입술이 지나는 곳마다 불에 덴 듯 화끈거렸다. 발끝까지 전해지는 강렬한 감각에 여자의 눈썹이 파르르 떨렸다. 여자는 부끄러워 남자의 품을 파고들었고 남자는 여자의 머리카락 사이로 손가락을 넣어 부드럽게 헝클었다. 두피까지 들어간 남자의 손가락이 꾹꾹, 지압을 시작하더니 목덜미 혈을 따라 내려갔다. 여자의 귓가에 남자의 뜨거운 호흡이 닿았다. 달뜬 숨을 할딱이던 여자가 몸을 일으켜 남자의 배 위로 올라앉았다. 여자의 나신을 바라보는 남자의 눈동자가 이글대기 시작했고 참지 못한 남자는 허리를 번쩍 들어 여자를 끌어안았다.

그 순간 꼬르륵, 소리가 귓가를 울려왔다. 팽팽했던 긴장감은 온데간데없이 사라지고 남자와 여자의 입에서 동시에 웃음이 터져 나왔다. 남자는 여자의 머리를 부드럽게 쓸어 넘기고는 몸을 일으켜 신문을 펼치며 수화기를 들었다.

"조식 주문합시다."

조간신문에 시선을 둔 채 호텔 종업원과 통화하는 남자의 잠긴 목소리가 매력적이다. 여자는 시트를 몸에 두른 채 눈만 빼꼼히 내밀어 남자를 관찰했다. 잘록한 허리 아래 바짝 올라붙은 엉덩이가 간밤의 뜨거웠던 순간을 상기시켰다.

"양식 둘 부탁합니다. 베이컨은 바싹 구워 주시고. 오늘 수프는 뭐죠?"

막힘없이 말하는 와중에도 남자의 눈은 신문의 머리기사를 빠르게 훑고 있었다. 〈콜롬비아의 신진 왕수복, '울지 말아요'에 이어 '월야의 강변', '워띠부싱'까지 대성황〉. 남자는 여자의 사진이 크게 실린 지면을 펼쳐 여자에게 내보였다. 신문에는 남자와 여자가 몇 달 동안 앞만 보고 달려온 결과가 일목요연하게 정리되어 있었다. 지난 신곡 발표회에서 〈울지 말아요〉와 〈한탄〉을 발표한 이후 콜롬비아는 매월 20일에 왕수복의 신보를 발매했고 사람들은 왕수복의 노래에 열광적으로 반응했다. 지금 같은 추세라면 10월과 11월에 나올 신보까지 완판 기록을 세울 게 분명해 보였다. 조선의 레코드 업계는 연말까지 왕수복의 시간이었다.

"양송이 수프 하나, 야채 수프 하나. 아, 조식에 커피 포함입니까?"

여자는 남자의 뒷머리에 손가락을 넣고 남자가 그랬듯 머리를 헝클었다. 수화기를 든 채 돌아본 남자의 입가에 기분 좋은 미소가 걸려 있었다. 통화를 마친 남자는 여자의 눈을 응시하며 손바닥에 입술을 묻고 느릿느릿 핥기 시작했다. 손바닥에서 시작된 자극은 온몸으로 퍼져 전신에 소름이 돋아났다. 자극이 강해지며 여자의 눈동자가 흔들리자 남자는 여자의 손가락에 입을 맞추며 낮은 목소리로 속삭였다.

"사랑하오."

뜨겁게 달아오른 남자의 뺨에 자신의 얼굴을 비비며, 여자는 남자의 등을 감싸 안았다. 자신의 의도대로 반응하는 남자가 신

기했고 남자를 흥분시키는 스스로가 대견했다. 여자가 남자의
아랫도리에 몸을 바짝 밀착시키자 남자는 끙, 소리를 내며 여자
의 가슴에 얼굴을 깊게 묻었다.

평소보다 일찍 출근한 하윤은 매장으로 직행했다. 〈워띠부싱〉
이 레코드점에 깔리는 날이니 판매량을 확인해야 했다. 문예부
원 정세영이 빠른 걸음으로 하윤에게 따라붙었다.

"부장님, 왕수복 예뻐요?"

"예쁘다, 안 예쁘다 말하기가 좀 그래. 호기심을 자극하는 얼
굴? 근데 신기한 건 말이지, 왕수복과 만난 남자들은 열이면 열
죄 왕수복을 좋아하게 된다는 거야."

"예? 왜요?"

"마음을 들었다 놨다 하는 아주 묘한 매력이 있지. 오죽하면
설레는 바다라고 부를까."

하윤은 그녀와의 첫 만남을 떠올렸다. 풍만한 몸매가 인상적
이었지만 고작 열댓 살 먹은 어린아이의 얼굴이라 긴가민가했
다. 책임지겠다는 박사장의 기세에 눌려 본국 허가도 생략한 채
일을 서질렀는데 다행히 왕수복은 하윤의 우려를 말끔히 불식시
켰다. 얼굴과 달리 성숙한 목소리는 수복의 색다른 매력이 되었
고 앳된 얼굴은 비슷비슷한 얼굴 중 확실한 존재감을 각인시키
는 힘을 발휘했다.

레코드 매장 앞은 길게 줄을 선 사람들로 인산인해였다. 처음

〈울지 말아요〉가 나왔을 때부터 지금까지 한결같았다. 하윤의 입가에 흐뭇한 미소가 걸렸다. 입이 다물어지지 않을 정도였다. 이 추세라면 박사장의 말대로 올해는 왕수복의 해가 될 게 분명했다. 그때 세영의 말 한마디가 하윤의 뒤통수를 강타하며 날카롭게 꽂혔다.

"부장님, 왕수복 계약서는 어떻게 할까요?"

아뿔싸! 구름 위를 떠다니는 듯했던 심장이 한순간에 움직임을 멈춘 느낌이었다.

"다음 주에는 본국에 서류 보내야 하잖아요."

급박했던 녹음 일정, 성대한 신곡 발표회, 날개 돋친 듯한 레코드 판매량에만 관심을 쏟느라 하윤은 수복과의 계약서 작성 문제를 꼼꼼히 챙기지 못했었다. 하윤은 그대로 발걸음을 돌려 경성 데파트로 향했다.

박사장이 출근한 뒤 혼자 남은 수복은 조간신문을 핸드백 안에 고이 접어 넣었다. 어머니와 언니, 동생이 뭐라 할지 생각만 해도 가슴이 벅차올랐다. 서둘러 호텔을 나온 수복은 혼자 종로통을 걸으며 생각에 잠겼다. 경성 데파트 옥외 전광판에서 흘러나오는 자신의 노래를 들으니 자신이 기생이 아니라 노래하는 가수라는 박사장의 말이 실감 났다.

박사장과 연애를 시작한 것도 큰 변화였다. 수복은 이제 더 이상 철부지 소녀가 아니었다. 조선의 운명을 닮아 불안했던 지난 시간과 작별하고 앞으로는 행복한 상상만 하기로 그와 약속했다. 수복은 흐뭇한 표정으로 좌석 등받이에 머리를 기댄 채 잠들었다.

시간이 얼마나 흘렀을까. 검은색 페도라를 쓴 중년 남자가 수복을 바라보고 서 있었다. 수복이 눈을 뜨자 남자는 모자를 벗고 목례를 했다.

"왕수복 양."

수복이 경계 어린 눈빛으로 바라보자 남자는 양복 상의를 뒤져 명함부터 내밀었다.

'포리도루 문예부장 왕평'

여전히 의심 가득한 눈초리로 바라보는 수복과 눈을 맞추며 왕평은 맞은편에 자리를 잡았다. 그리고는 진지한 표정으로 말하기 시작했다.

"스카이라운지 말입니다. 그런 데서 노래하는 게 중요합니까? 중요한 건 사람들의 반응입니다. 사람들은 어떤 노래에 열광할까요? 어떤 노래를 듣고 싶어 할까요? 내 마음을 알아주는 노래, 마음을 움직이는 노래가 심금을 울립니다. 어떤 노래로 사람들 앞에 서느냐, 이게 가장 중요합니다."

수복의 눈빛에 호기심이 깃들었다 판단한 왕평은 자신감에 차 목소리를 한층 높였다.

"저는 포리도루 문예부장이자 김용환, 전옥, 이경설 등 기라성 같은 가수의 노래를 만드는 사람입니다. 어떻게 만드느냐, 노래하는 사람의 특성에 맞게 만듭니다. 멜로디부터 옥타브까지 어떻게 해야 가수가 편안하게 부를 수 있을까 고민하고 어떤 주제로 노랫말을 써야 듣는 이의 감정을 끌어 올릴 수 있을까 고민합니다. 이건 신곡 발표회를 어디서 하느냐와 같은 고민과는 차원이 다릅니다. 〈울지 말아요〉는 당신과 맞지 않습니다. 당신은 그런 노래를 불러서는 안 됩니다."

독립운동이라도 하듯 결연한 왕평의 눈빛을 보며 수복은 한기를 느꼈다. 몸이 움츠러들며 속눈썹이 파르르 떨렸다. 그러나 〈울지 말아요〉가 자신과 맞지 않는 노래라는 말을 들으면서는 속이 후련해지기도 했다. 이는 수복 역시 느끼던 바였다.

"수복 양은 자기 목소리의 장점과 단점이 뭐라 생각합니까. 그런 고민을 해 보기나 했습니까?"

수복은 느릿느릿 고개를 가로저었다. 가지런히 모아 쥔 수복의 손을 덥석 잡으며 왕평이 수복 앞으로 바짝 다가왔다. 무릎이 맞닿았다. 큰 눈을 깜빡이며 잡힌 손을 빼려는 수복의 손을 놓치지 않은 채, 왕평은 단호한 목소리로 말을 이었다.

"고음부에서 가늘게 뽑아내는 미성이 수복 양의 장점입니다. 누구도 절대 흉내 낼 수 없는 매력이 거기 있다는 말입니다. 나라면 고음 편성이 많은 노래를 택했을 겁니다. 그래야 사람들 마음을 움직이고 그들의 마음을 얻을 수 있습니다. 마음을 얻는 자가 이기는 겁니다. 당신은 반도 최고의 가희가 될 수 있습니다. 내가 그렇게 만들겠습니다. 우리 함께 해 봅시다."

긴 연설의 피로감 때문인지 열정 때문인지 왕평의 이마에 송골송골 땀방울이 맺혔다. 수복은 슬그머니 뺀 손으로 손수건을 꺼내 내밀었다. 왕평은 이마의 땀을 닦으면서도 쉴 새 없이 떠들어 댔지만, 수복의 귀에는 왕평의 목소리가 아닌 김교장의 목소리가 맴돌았다.

'시원하게 올라가고 부드럽게 꺾이는 거이 우리 수복이 최고 백미디.'

김미라주는 늘 이런 말로 수복을 칭찬하곤 했다.

"가난한 농군의 딸로 태어나 아버지도 일찍 돌아가시고 지금껏 얼마나 고생이 많았습니까."

왕평의 말에 수복이 현실로 돌아왔다.

"전속 계약금에 레코드 판매 인세에 공연 인세까지. 노모를 편하게 모실 수 있을 겁니다. 언니는 언제까지 기생 노릇 하게 할 겁니까. 이제는 언니도 평생 배필을 만나야 하지 않겠습니까?"

수복이 집안 사정까지 훤히 꿰뚫고 있는 왕평의 말에 놀란 표정을 짓자 그는 어색한 미소를 지어 보였다. 웃는 게 익숙하지 않은 듯 입꼬리를 올리는 것도 어색해 보였다. 그때 왕평의 오른쪽 눈 흰자위의 실핏줄이 터진 게 수복의 눈에 들어왔다. 그러고 보니 몇 가닥 남지 않은 머리는 그마저도 흰머리인 경우가 많았고 양복 깃은 10년은 입은 듯 낡고 초라했다. 왕평을 바라보는 수복의 눈빛이 차츰 따뜻하게 바뀌어 갔다.

하윤은 콜롬비아 레코드 료스케 사장의 자동차로 평양역을 향해 가는 중이었다. 급히 계약서를 만들어 박사장에게 달려갔지만 이미 수복이 평양행 기차를 탄 후였다. 오늘이 아니면 안 될 것 같은 다급함이 하윤을 료스케 사장 앞에 무릎 꿇게 했다. 못마땅한 얼굴로 하윤을 노려보던 료스케는 왕수복의 전속 계약서를 들고 오지 못하면 해고하겠다는 으름장을 놓고서야 자동차 열쇠를 내주었다. 그러니 반드시 계약을 성사시켜야 했다. 가속 페달을 밟는 하윤의 얼굴에 땀이 흘러내렸다. 점차 엔진 소리도 높아졌다. 기차보다 일 분이라도 빨리 평양역에 도착해야만 했다.

경성에서 출발한 기차는 연착하지 않고 제시간에 도착했다. 수복의 짐 가방을 챙겨 든 왕평은 한 발짝 뒤에서 걷는 수복을 이따금 돌아보며 앞서 걸었다.

"역 앞에 우리 직원이 나와 있습니다. 집까지 안전하게 모시겠습니다."

역을 나오자 검은색 승용차가 보였다. 왕평이 뒷좌석 문을 여는 순간 수복 앞에 또 다른 검은색 포드 승용차가 미끄러지듯 멈춰 서더니 조수석 창문이 열리며 기선이 다급한 목소리로 외쳤다.

"수복아, 타!"

순간 왕평의 날카로운 눈매가 기선 뒤로 보이는 운전자의 얼굴에 꽂혔다. 이하윤, 콜롬비아 레코드 이하윤이었다. 수복이 두 사람을 번갈아 보며 어쩔 줄 몰라 하자 왕평은 수복의 허리를 낚아채 뒷좌석에 밀어 넣고는 '밟아!' 하고 소리를 질렀다. 그 소리와 함께 자동차는 희번덕거리는 헤드라이트 빛을 남기며 평양역을 빠져나갔다.

하윤의 포드는 그 뒤를 바짝 추격하고 나섰다. 역을 빠져나온 두 대의 자동차는 평양 시내를 돌아 시골 길에 접어들었다. 이정표도 보이지 않고 가로등도 없는 캄캄한 도로 위를 무서운 속도로 달리는 자동차 두 대. 탄탄한 신작로에서 시작된 질주는 구불구불한 산길에서도 울퉁불퉁한 비포장도로에서도 계속되었다. 예기치 않은 자동차 경주에 합승한 수복은 멀미가 나는 듯 얼굴이 하얗게 질렸다. 시간은 새벽 세 시를 넘어가고 있었다. 어느 순간 자동차 속도가 부쩍 줄어든 느낌이 들자 상기된 얼굴의 왕평이 운전사를 채근했다.

"뭐야, 더 세게 밟아!"

사이드미러를 응시하던 운전사가 손가락으로 뒤를 가리키며 버벅거렸다.

"이제 아, 안 따라옵니다."

뒤를 돌아보자 바짝 따라붙던 검은색 포드가 정말 흔적도 없이 사라지고 없었다. 이렇게 몇 시간이나 계속된 추격전은 왕평의 승리로 일단락되었다.

"휴우, 철도호텔로 가지."

수복을 태운 포리도루의 승용차는 오던 길을 되돌아 평양 철도호텔*로 향했다.

그 시각 기선은 대동강 변에 멈춰 선 포드 앞에 쪼그리고 앉아 토악질 중이었다. 힐끗, 기선에게 시선을 준 하윤은 자동차 타이어를 손으로 매만지며 끌끌 혀를 찼다.

"젠장, 결정적인 순간에 기름이 떨어질 게 뭐람."

한동안 토사물을 뱉어 내고 겨우 정신을 차린 기선이 하윤 쪽으로 걸음을 옮겼다.

"그러게 내가 기름 넣어야 한다고 했죠. 경성에서 평양까지 거리가 얼만데."

투덜대는 기선을 노려보던 하윤은 양복 상의를 챙겨 들었다. 혼자만 두고 어딜 가느냐며 놀란 기선이 달려와 하윤의 양복 깃을 잡고 늘어졌다.

"해결하려면 마을로 내려가야지. 양기자는 여기서 계속 투덜대고 있던가."

"같이 가야죠. 경성에서 평양까지 그 험한 길을 같이 달려온 동지인데!"

왕평 일행을 태운 승용차는 여명과 함께 웅장한 외관의 평양철도호텔 앞에 멈춰 섰다. 국제 마라톤 대회 개최와 맞물려 남아 있는 객실은 딱 하나였다. 곤란한 상황을 장황하게 늘어놓으며

---

* 철도국 직영으로 운영되던 국영호텔로 부산, 신의주, 금강산, 평양 등에 건립되었다.

왕평이 버벅대자 수복이 웃으며 대꾸했다.

"결론은 방이 없어서 우리 셋이 함께 자야 한다는 거잖아요."

수복이 앞장을 섰다. 지금 같아서는 길바닥에 눕는 대도 곯아 떨어질 자신이 있었다. 수복과 운전사가 각각 싱글 베드에 누웠고 왕부장은 카우치 소파에 자리를 잡았다. 회사의 사활이 걸렸다지만 내려오는 눈꺼풀을 이기는 장사가 어디 있으랴. 어찌 됐건 오늘의 승자는 포리도루였다. 눈앞에 왕수복을 확보하지 않았나. 진귀한 전리품을 손에 넣은 듯 침대에 모로 누운 수복을 흡족하게 바라보며 왕평은 실로 오랜만에 편안한 마음으로 잠을 청했다.

경성행 첫 기차를 타고 출근한 기선은 우편국에 들러 수복에게 전보부터 보냈다. 그렇게 불쑥 헤어졌으니 얼마나 놀랐을까 싶어서였다. 그리고는 학예부장 김기림에게 달려가 지난밤 겪은 영화 같은 추격전에 대해 늘어놓았다. 모든 이야기를 다 듣고 난 후 기림의 눈이 반짝거렸다.

"그러니까 조선 반도 레코드사의 대격돌 그런 건가?"

"지금껏 조선 레코드계를 장악했던 콜롬비아에 포리도루가 한 방 날린 거죠."

"그 한 방이 제대로 먹히려면 〈울지 말아요〉 판매량을 능가해야 하는데 그게 가능하겠어?"

"그야 뚜껑 열어 봐야 알 일이지만 포리도루가 가수 쟁탈전 승

115

기를 잡은 건 확실해요."

기림의 입꼬리가 조금씩 올라가는 것을 확인한 기선은 기림의 귓가에 대고 속살거렸다.

"괜찮은 소재 같은데 제가 재미나게 한번 써 볼까요, 부장님?"

기림이 기선의 어깨를 툭툭 두드리며 오케이 하자 신이 난 기선은 수첩에 빼곡히 적어 둔 사건을 복기하기 시작했다. 며칠 뒤 기선의 기사가 조선신문 1면을 장식했다. 〈콜롬비아의 신성 왕수복을 쟁취하기 위한 심야의 자동차 추격전〉이라는 제목이었다.

조간신문을 받아든 박사장의 입술이 부르르 떨렸다. 평양으로 돌아간 뒤로 전화 한 통 없어 걱정이 이만저만한 게 아니었는데 이런 일이 있었다니 기가 막혔다.

얼결에 왕평과 하룻밤을 보낸 다음 날, 잠에서 깬 수복이 집에 가겠다고 나섰다. 행여 왕평이 못 가게 하면 어쩌나 걱정했지만 그건 쓸데없는 기우였다.

"집까지 안전하게 모셔다드리기로 한 약속은 지키겠습니다."

어쨌든 수복의 집까지 따라가겠다는 말이었다. 혼자 가겠다는 말이 목구멍까지 올라왔지만 아직도 충혈된 왕평의 눈을 보니 나오려던 말이 도로 쏙 들어가 버렸다. 왕평의 자동차는 허름하고 낡은 판잣집 앞에 멈춰 섰다.

"집부터 손 봐야겠구만. 금방 무너진대도 하나도 이상하지 않겠어."

왕평은 수복의 손에 계약서를 건네고 나중에 커피나 한잔하자며 차에 올랐다. 수복이 집 안에 들어서니 낮게 코 고는 소리가 들려왔다. 낮잠을 자는 어머니를 깨우지 않기 위해 수복은 왕평이 건넨 계약서를 조용히 꺼내 들었다. 기차에서부터 호텔까지 귀에 딱지가 앉을 만큼 들었던 말이 활자로 녹아 있었다. 레코드 인세와 공연 인세는 금액을 보고도 감이 잘 오지 않았고 전속 계약금은 공란이었다. 계약을 하겠다고 덤볐으면 금액이 적혀 있어야 할 터인데 간을 보려는 건가 싶어 불쑥 기분이 언짢아진 수복은 베개 밑에 계약서 봉투를 밀어 넣고 눈을 감아 버렸다. 아직 지장이 찍히지 않은 상태였다.

수복은 앞집 진돗개가 쉴 새 없이 짖어 대는 바람에 잠에서 깼다. 창호지 발린 창문에 아직 햇살이 남아 있는 걸 보면 그리 오래 잔 것 같지는 않았다. 수복은 핸드백에 고이 접어 두었던 신문을 꺼내 반가움을 담아 연신 수복의 얼굴과 손을 주무르던 어머니 앞에 내밀었다. 보통학교도 못 보내고 겨우 기생학교를 보낸 딸이 신문에까지 난 유명인사가 됐다는 사실에 어머니 얼굴이 환해졌고 언니 영실은 기회가 왔을 때 잡으라며 야무지게 다그쳤다.

푸른색 양장 차림의 수복이 나타나자 왕평은 황급히 일어나 뒷좌석 문을 열며 예의 그 어색한 미소를 지어 보였다. 커피를 마시자던 왕평은 끽다점*이 모여 있는 평양 시내가 아닌 대동강 변으로 향했다. 차에서 내려 앞서 걷던 왕평이 어느 이층집 앞에 멈춰 서더니 잘 둘러보라며 미소를 지었다. 갑자기 왜 집을 보라는 건지 의아했지만 수복은 별생각 없이 집 구경을 하고 나왔다. 다음 날 정오 무렵에도 수복은 왕평과 함께 집 구경을 나섰다. 계약 얘기는 일절 없이 내내 집 구경뿐이었다.

"레코드 만드는 분이 왜 이렇게 집만 보고 다니는 거예요?"

사흘째 되던 날, 참다 참다 수복이 한마디 하자 왕평은 이마에 땀방울이 맺힌 얼굴로 태평스러운 미소를 지으며 말했다.

"조금 더 보고 결정합시다."

"뭘 결정하는데요?"

"나머지도 보고 결정합시다. 그동안은 마음에 드는 게 없어서."

집을 보고 난 왕평은 수복의 가족과 저녁을 먹고 늦은 밤에야 호텔로 돌아갔다. 혹시 왕평이 자신을 감시하는 건가 하고 수복이 의심할 정도였다.

며칠 뒤, 왕평의 얼굴이 유난히 밝아 보였다. 마음에 딱 드는 집을 발견했다며 한껏 들떠 수복을 빨간 벽돌집으로 안내했다. 겉보기에는 평범한 한옥이었는데 일본식으로 꾸민 내부는 아늑하고 따뜻했다. 경성에서 유행이라는 문화주택**이 평양까지 전

---

* 찻집을 이르던 옛말.
** 1920년대 일본에서 새로운 문물에 접두어로 붙던 '문화(文化)'라는 단어가 '주택(住宅)'과 결합하면서 만들어진 말이다. 문화주택은 '서양식 주택' 또는 '새로운 주택'을 지칭하는 단어로 자리 잡았고 우리나라에도 그대로 유입되었다.

파된 모양이었다.

무엇보다 방이 네 개나 된다는 것이 마음을 끌었다. 이런 집이라면 엄마도, 언니도, 동생도 따뜻한 다다미방 한 칸씩 차지한 채 독방 생활을 할 수 있을 텐데. 잔뜩 부러운 눈으로 여기저기 살피던 수복 앞에 왕평이 서류를 내밀었다.

"전속 계약금이오."

"네?"

수복이 눈을 동그랗게 뜨자 계약서를 펼쳐 보인 왕평이 다시 한번 크게 외쳤다.

"집문서요. 이 집을 포리도루 전속 계약금으로 준비했소."

커다란 수복의 눈을 응시하며 왕평은 진지한 표정으로 말을 이어 나갔다.

"난 아무도 부르지 않은 노래를 당신에게 줄 겁니다. 그 노래는 고단한 조선인의 마음을 위로할 조선의 노래가 될 것이고 암울한 미래에 희망가가 될 것이오. 당신을 기필코 반도의 가희로 만들겠소. 나를 믿으시오, 수복 양."

결의에 찬 왕평의 말에 수복의 눈동자가 흔들리기 시작했다. 내 노래가 조신인을 위로하고 암울한 미래에 희망가가 될 수 있다니. 가슴이 벅차올랐다.

결국 수복은 왕평이 내민 계약서에 지장을 찍고 포리도루 전속 가수가 되었다. 방 네 칸짜리 벽돌집 때문이 아니었다. 왕평의 말은 수복의 가슴에 파문을 일으켜 새로운 신념을 심어 놓았다. 운명이나 팔자 같은 건 믿지 않기로 했다. 더 이상 물 흐르는 대로 살지 않기로 했다. 내가 원하는 대로 한 발 한 발 내 인생을 만들어 가리라 마음먹었다.

계약서에 지장을 찍고 난 후부터 일은 일사천리로 진행되었다. 콜롬비아는 비상이 걸렸다. 잔뜩 야윈 얼굴의 하윤과 박사장은 시커멓게 타들어 가는 속으로 평양역에 도착했지만, 그 시각 수복은 포리도루 전속 가수로서 첫 번째 레코드를 녹음하기 위해 왕평과 함께 동경행 비행기를 기다리고 있었다.

포리도루 전속 가수

녹음실 근처에 숙소를 잡은 왕평은 경성에서 날아온 작곡가 전기현*을 수복 옆에 붙여 놓았다. 처음엔 잘나가는 작곡가가 노래 지도까지 해야 하냐며 기현의 입이 댓 발 나왔지만, 수복의 고음부 미성을 듣고 탄복한 후로는 신이 나 멜로디를 고치고 또 고쳤다.

　경성에서는 포리도루 사장 이시하라가 재빠르게 움직이고 있었다. 왕평의 요청대로 모든 인맥을 총동원해 왕수복의 레코드를 성공시키기 위한 전략을 세웠다. 무조건 판매량을 높여야 했다. 앞서 콜롬비아에서 발매된 〈울지 말아요〉 판매량의 곱절은 되어야 직성이 풀릴 것 같았다. 수익은 두 번째 문제였다.

---

*　전기현(1909~?)은 일제강점기의 대중음악 작곡가다. 경성방송국에서 홍난파와 함께 연주 활동을 하고 만주 순회 악단에도 참여했다. 1933년 왕수복의 〈고도의 정한〉, 1934년 강홍식의 〈조선타령〉, 1937년 고운봉의 〈국경의 부두〉, 1939년 백년설의 〈유랑극단〉 등을 작곡했다. 이후 군국가요 작곡에 참여해 민족문제연구소가 선정한 《친일인명사전》에 올랐다.

이시하라는 경성 데파트의 박사장, 조선신문의 김기림, 양기선 뿐만 아니라 흥행사 박도앵까지 사무실로 불러들였다. 판매 전략에 대한 간략한 설명을 마친 이시하라는 수익을 동일한 비율로 나누겠다며 허리를 숙였다.

박사장 얼굴에 미소가 스쳐 갔다. 이 정도라면 포리도루가 작정하고 투자했다는 말이었다. 머릿속 계산기를 빠르게 돌린 박사장은 이시하라를 향해 손을 들어 보였다. 수지가 맞는 장사였다. 자신에게 알리지 않고 포리도루와 계약한 수복을 향한 분노가 눈 녹듯 사라졌다.

"경성 데파트는 옥상 전광판 광고를 무상으로 제공하겠습니다. 기존 광고를 모두 중단하고 포리도루 신보를 위해 전력으로 가동하겠습니다."

이시하라의 입이 귀에 걸렸다.

"그리고 이건 제 개인적인 제안입니다만, 왕수복 양은 콜롬비아 레코드로 이미 이름을 알렸으니 식상한 신곡 발표회보다는 구매 고객들을 위한 사인회를 개최하는 게 어떨까 싶습니다. 고객 사인회에 걸맞은 경품도 경성 데파트에서 준비하도록 하겠습니다."

박사장은 기요시 경무국장 소개로 만났던 제약회사 사장을 염두에 두고 있었다. 그와 기념품 논의를 해 봐야겠다 싶었다.

"획기적인데요? 사인회도 놀라운데 경품 증정까지. 경성 데파트 경품은 고급이라는 인식이 높으니 판매량을 높일 확실한 전략일 것 같아요. 지난번에 문화주택 경품도 대단했잖아요."

기선이 박수를 치며 맞장구를 쳤다. 너스레가 아니라 사실이 었다. 콜롬비아와 포리도루가 수복을 두고 추격전까지 벌인 게 널리 알려진 상황에서 이 정도 파괴력을 갖춘 행사를 기획한다 면 대중들이 열광하는 건 당연해 보였다. 기자로서의 촉이 꿈틀 거렸다. 하지만 김기림은 기선과 달리 시큰둥한 얼굴이었다.

"글쎄요. 저는 이 자리가 매우 불편합니다."

순간 적막이 흐르며 사람들의 시선이 일제히 기림을 향했다. 얼마 전 기선의 말에 잔뜩 들떴던 기림의 모습은 온데간데없었 다. 그새 언론인으로서 마음을 고쳐먹은 듯했다. 기선이 소맷부 리를 잡으며 기림을 막고 나섰지만 기림은 이시하라의 눈을 정 면으로 응시하며 냉담한 단어들을 쏟아 냈다.

"이미 콜롬비아에서 왕수복의 레코드가 발매됐습니다. 같은 가수의 신보를 다른 레코드사에서 낸다는 게 심정적으로 받아들 이기 어렵습니다."

"지금 무슨 말씀을 하시는 겁니까. 콜롬비아는 계약도 하지 않 고 레코드를 발매했단 말입니다."

이시하라가 참지 못하고 기림의 말을 끊으며 나섰다.

"그래서 법정 다툼에 들어간 거 아닙니까. 그러니 결론 날 때 까지 기다려야지요."

"뭘 기다립니까. 왜 기다립니까. 왕수복 양은 서류상 포리도루 전속 가수입니다."

"법원에서 어떤 판결을 내릴지 누가 알겠습니까. 포리도루 계약이 무효화될 수도 있고….."

"법적인 문제는 조선신문에서 나설 문제가 아니오."

이시하라의 불호령에 반도 최고의 신문사인 조선신문의 자존심이 종잇장처럼 구겨졌다. 얼굴이 벌겋게 달아오른 기림이 자리에서 벌떡 일어섰다. 그 바람에 등받이 의자가 벌러덩 넘어지고 말았다.

"조선신문은 이런 비열한 판에서 빠지겠소."

기림은 쓰러진 의자를 넘어 성큼성큼 걸음을 옮겼지만 누구 하나 기림을 막지 못했다. 그때였다.

"잠깐!"

굳은 표정의 이시하라가 낮고 단호한 목소리로 소리를 질렀다.

"후회 안 할 자신 있소?"

천천히 몸을 돌린 기림이 이시하라를 노려보았다.

"무슨 뜻입니까?"

"지금 그 문을 열고 나가면 조선신문에 어떤 일이 벌어질지 아무도 모른다는 말이오."

"협박입니까?"

"그렇게 들렸다면 별수 없소만, 난 여기서 나온 문제는 이 안에서 해결하길 희망하오."

어디서 그런 용기가 났는지 기림은 씨익 웃어 보이고는 문을 열고 그대로 나가 버렸다. 기선이 뒤를 따르자 박도앵도 슬금슬금 나가 버리고 이시하라와 박춘식, 두 사람만 남았다. 박사장은 식어버린 커피를 한 모금 들이키며 느릿느릿 입을 열었다.

"포리도루는 조선신문과 연대해야 합니다. 반도에서 조선의 영향력이 얼마나 막강한지는 말씀 안 드려도 아실 테고. 조선이 협력한다면 경성 데파트도 최선을 다해 돕겠습니다."

박사장은 양복 상의에서 몇 장의 사진을 꺼내 이시하라 앞에 내밀었다. 며칠 전 홍수가 보내온 사진이었다. 얼굴이 붉으락푸르락해진 이시하라는 사진을 바닥으로 내동댕이쳤다. 총독부 관리에게 뇌물을 건네는 순간이 찍혔을 줄이야.

"협박이오?"

박사장은 못 들은 척, 즉답을 하지 않고 말을 이었다.

"〈울지 말아요〉를 발표할 때 콜롬비아는 조선신문, 경성 데파트와 제휴했습니다. 포리도루가 조선, 경성과 손을 잡는다면 콜롬비아에 제대로 물 먹이는 것입니다. 법정 다툼에서도 유리한 고지에 올라서겠지요."

공은 이시하라에게 넘어갔다는 듯 박사장은 가볍게 목례를 하고 사장실을 빠져나왔다. 종로통은 조선인과 내지인들이 뒤섞여 북적였다. 담배를 물고 폐부 깊숙이 빨아들였다. 깊이 빨아들인 만큼 담배 연기도 길게 뿜어져 나왔다. 들어온 게 많으니 나오는 것도 많겠지. 사업도 마찬가지 아니겠는가. 투자가 많으면 결과물도 많아지는 것.

자신이 고작 경무국장을 통해 광고 몇 개 주물럭거릴 동안 왕평은 콜롬비아를 물 먹임과 동시에 수복에게 큰 투자를 했다. 놀라운 발상이었다. 왕평이 수복에게 사 준 벽돌집으로 인해 매월 이십 원에서 이백 원 수준이던 전속 계약금이 단박에 올랐으니 레코드 업계는 두고두고 수복의 전속 계약금에 대한 얘기로 들썩일 것이다. 업계에 새로운 선례를 만들어 놓았으니 말이다.

물론 박사장도 왕평으로 인해 생각도 못 한 판에 끼어 생각도 못 한 수익을 낼 터였다. 하지만 마음 한구석이 헛헛한 건 어쩔 수 없었다. 자신의 품 안에 있던 수복이 저만치 멀어진 느낌이었다.

'칠석날 떠나던 배 소식도 없더니 바닷가 저쪽에선 돌아오는 배 뱃사공 노래 소리 가까워 오건만 한번 간 그 옛 임은 소식 없구나'

수복의 고운 미성이 은은하게 녹음실을 채웠다.

"제목이 뭐지?"

"〈고도의 정한〉*이요."

작사가 청해가 심드렁하게 대답했다. 수복의 입에 잘 붙지 않는 단어들을 그때그때 수정하느라 청해 역시 며칠 밤을 새워 극도로 예민해져 있었다. 고도의 정한이라. 왕평은 다시 한번 노랫말을 훑기 시작했다.

"검열 걸리기 딱이겠는데?"

* 〈고도의 정한〉은 전기현이 작곡하고 청해가 작사한 곡으로 1933년 왕수복이 포리도루 레코드에서 취입해 전국적인 흥행을 기록했다.

깜짝 놀란 청해가 몸을 일으키며 눈을 동그랗게 떴다. 여전히 노랫말에 시선을 둔 왕평의 표정이 심각했다.

"외로운 섬孤島. 나라를 빼앗긴 외로운 사람들. 그렇게 연결되지 않겠어?"

예상하지 못한 지적이 마음에 들지 않았는지 청해의 입이 댓발 나왔다.

"제목부터 정하고 가사 작업했어요. 이제 와서 제목을 바꾸라고요? 검열 신청도 했을 텐데?"

왕평도 당황스럽기는 매한가지였다. 왜 이제껏 이 문제를 짚지 못했단 말인가. 너무 급하게 일을 몰아붙였다는 생각에 아차 싶었다. 검열 신청을 했다면 벌써 '고도의 정한'이라고 인쇄됐다는 건데.

"일단 심의는 그대로 넘기더라도…."

그동안은 가사 위주의 검열이었지만 최근 경무국 관리과에서는 레코드 발매 후 음반 검열을 추가하는 추세였다. 음반 검열에 걸려 판매 금지 처분을 받아 전량 폐기한 경우도 꽤 많았다. 마땅한 해결책이 떠오르지 않자 왕평은 바람이라도 쐴 요량으로 자리에서 일어서며 가사를 되뇌었다. 그때였다. 담배를 빼 물던 왕평이 큰소리로 외쳤다.

"칠석날!"

청해가 어리둥절한 표정으로 흥분한 왕평을 멀뚱멀뚱 바라보자 왕평이 문제를 해결했다는 듯 미소가 가득한 얼굴로 크게 외쳤다.

"칠석날에 떠났잖아. 검열에 걸리면 제목을 '칠석날'로 바꿔서 재심의를 넣는 거야. 어때?"

"'고도의 정한'으로 일단 밀었다가 재수 없게 걸리면 그때 제목을 바꾸자, 이 말씀이신 거죠?"

"그렇지. '칠석날'로 바꿔서 인쇄 돌리는 거지."

"칠석날 이별한 님을 애타게 기다리는 여인의 마음을 담은 연정가요, 이렇게 되겠네요?"

"칠월칠석은 조선 고유의 절기니 검열 걸릴 거리도 없지. 견우직녀 얘기가 어제오늘 일도 아니잖아. 해명할 거리가 충분하지 않겠어?"

검열 문제를 해결한 왕평은 포리도루 경성 사무소에 급전을 쳤다. 왕수복의 신보와 관련된 모든 광고 문구를 '평양 기생 출신의 유행가 가수 왕수복'으로 통일하라는 내용이었다. 평양 기생은 전통적으로 소리에 탁월하고 친근하며 배포가 크다는 이미지를 부각시킬 전략이었다. 레코드 제작과 홍보 방향을 정하고 나니 녹음도 일사천리로 진행됐다.

전기현 입에서 '오케이'라는 말이 나오자마자 수복은 녹음실 바닥에 쓰러졌다. 이제는 집으로 돌아갈 수 있었다. 전속 계약금으로 받은 빨간 벽돌집으로 이사한 가족들이 어떻게 살고 있을지 상상만 해도 가슴이 두근거렸다.

'평양 기생 출신의 유행가 가수 왕수복 사인회' 현수막이 걸린 경성 데파트 레코드 매장 앞은 이른 시각부터 사람들이 물결을 이뤘고 직원들은 경품인 노루모산*을 진열하느라 비지땀을 흘렸다. 따로 사진 촬영할 시간이 없어 레코드에 사용된 사진으로 겨우 경품 구색을 갖춘 것이었다. 사인회 시작 시각이 임박해 오자 경성에 소재한 신문사 기자들과 레코드 관계자들이 행사장으로 속속 모여들었다. 그때 잔뜩 인상을 구긴 하윤이 박사장 앞을 가로막고 섰다. 예상치 못한 그의 등장에 박사장은 잔뜩 긴장했다.

"아이구. 박사장님. 요즘 잘 나가신다는 소문이 경성 바닥에 자자합디다?"

어차피 만나야 할 사람이었지만 오늘은 아니길 바랐던 박사장은 한숨을 내쉬었다.

"화류계에도 상도라는 게 있는데 말입니다. 레코드 업계는 개판이에요, 개판. 박사장은 어떻게 생각하십니까?"

비웃음 섞인 비아냥에 박사장은 하윤을 노려보며 겨우 입을 열었다.

"칼자루를 쥐고 휘두르느냐, 머뭇거리느냐. 그 차이가 아닐까 싶습니다."

"그러니까 말입니다. 칼자루를 든 줄 알고 휘두르려는데 어떤 새끼가 냉큼 채 갔지 뭡니까."

"물건 간수를 제대로 하지 못한 게 도둑 탓인지 주인 탓인지

---

* 1930년대 왕수복이 모델로 광고한 위통약.

모르겠습니다."

"내 실수를 부정하자는 게 아니죠. 그런데 말입니다. 왜 나는 채 간 새끼보다 박사장한테 더 배신감이 드는 걸까요. 나를 통해 간을 보고 왕수복을 포리도루로 넘긴 게, 그러니까 박사장의 신사답지 못한 태도가 몹시, 상당히, 매우 언짢다 이런 말입니다."

"맛을 보다니요. 오해이고 억측이십니다. 저한테 그런 권리가 있기나 합니까."

"똥물에도 파도가 있고 소똥에도 언덕이 있는 법입니다. 내가 당하고만 있을 것 같소?"

하윤의 얼굴이 벌겋게 달아올랐다. 분위기가 더 나빠지기 전에 막아야겠다고 생각한 기선이 하윤의 양복 깃을 잡아끌며 두 사람 사이에 끼어들었다.

"부장님, 라운지 가 보셨어요? 명월관 음식이 쫙악 깔렸어요. 신선로도 있구요."

하윤은 벌레 보듯 기선을 노려보며 그녀의 손을 매정하게 쳐냈다.

"여기 붙었다 저기 붙었다 사쿠라만도 못 한 년 같으니. 기자라는 게 신의와 성실로 글을 쓰란 말이야. 에잇, 지조 없는 년. 조선이 이러니 속국 신세를 면하지 못하는 게야."

"뭐라구요?"

순간 기선의 손이 하윤의 뺨을 강타했다. 예기치 못한 기습에 하윤은 바닥으로 나동그라졌고 당황한 박사장이 둘 사이를 뜯어 말리려 나섰지만 눈이 뒤집힌 기선은 괴성을 지르며 다시 하윤에게 달려들었다. 두 사람이 한 덩어리가 되어 무지막지한 육탄전을 벌이는 중에 쯧쯧, 혀를 차며 왕평이 한심스럽다는 표정으로 세 사람 앞에 멈춰 섰다.

철천지원수와 이렇게 조우하다니. 여기저기 긁혀 엉망이 된 하윤은 될 대로 되라는 심정으로 있는 힘껏 기선의 몸을 밀어 버렸다. 그 바람에 왕평의 뒤를 따르던 수복과 기선이 비명을 지르며 충돌했고 수복을 알아본 기자들은 '왕수복이다' 소리를 지르며 플래시를 터뜨렸다. 그 바람에 레코드 매장 앞 질서정연했던 대기열은 순식간에 흐트러져 아수라장으로 변했다. 그때 일사불란하게 튀어나온 경호원들이 소란을 정리하기 시작했고 박사장은 재빨리 수복의 허리에 팔을 감고 수복을 비상구로 이끌었다.

"어디 다친 데는 없소?"

박사장의 손이 헝클어진 수복의 머리칼을 조심스럽게 쓸어내렸다. 그를 바라보는 수복의 눈동자가 흔들리고 있었다. 두 사람은 촉촉한 눈빛으로 대화를 나누었다.

'왜 연락하지 않았소?'

'당신이 연락하길 기다렸어요.'

'내 생각을 하기나 했소?'

'왜 날 찾지 않았나요?'

'나 없이 행복할까 겁이 나 연락할 수 없었소.'

'낯선 일들이 너무 많아 무섭고 두려웠어요. 눈물로 지샌 밤이

많았어요.'

잠시 후 사인회가 시작된다는 안내 방송이 두 사람을 현실로 되돌려 놓았다. 레코드 매장에서 시작된 줄은 이 층 계단을 휘감고 경성 데파트 밖 전차 정류장까지 꼬리에 꼬리를 물고 이어졌다. 끝이 보이지 않는 사람들의 행렬에 수복의 입술이 벌어졌다.

눈 앞에 펼쳐진 광경이 믿기지 않았다. 다리가 후들거려 제대로 걷지도 못할 지경이었다. 대형 스피커에서 흘러나오는 〈고도의 정한〉이 다른 이의 목소리인 듯 아득하게 들려왔다.

평양 기생 출신의 유행가 가수 왕수복.

1933년 10월 2일 포리도루의 〈고도의 정한〉 발매일을 기점으로 조선의 신문과 잡지는 수복이 평양 기생 출신이라는 점을 부각해 앞다퉈 기사를 게재했고 매일신문과 동아일보는 콜롬비아와 포리도루의 법적 분쟁을 연일 비중 있게 다루었다. 때문에 레코드에 관심 없었던 사람들조차 양대 레코드사가 욕심을 내는 왕수복에게 호기심을 보였고 〈고도의 정한〉 판매량은 연일 기록을 갈아 치울 정도로 무섭게 치솟았다. 경성 데파트 전광판에는 수복의 얼굴이 걸렸고 대형 스피커에서는 종일 수복의 노래가 흘러나왔다. 종로통을 오가는 사람들은 수복을 떠올리며 홀린 듯 노래를 흥얼거렸다.

경성에서 시작된 왕수복 바람은 평양까지 퍼져 나갔다. 수복이 평양 기생 출신임을 강조하는 대대적인 광고 전략은 왕평의 의도대로 판매량에 지대한 영향을 미쳤다. 콜롬비아는 이에 맞서기라도 하듯 미리 녹음해 두었던 왕수복의 〈패성의 가을밤〉을 발매했다. 하늘 높은 줄 모르고 치솟는 〈고도의 정한〉 판매량에 영향을 주기 위한 전략적 발매라는 비판 기사가 이어졌지만 콜롬비아의 영향력은 기대에 미치지 못했다.

그러나 정작 기성 권번은 왕수복 열풍으로 위기의 하루하루를 보내고 있었다. 미리 잡아 놓은 놀음 예약은 어그러지기 일쑤였고, 요릿집 사장들은 부르는 대로 놀음 값을 주겠다며 수복을 찾아왔지만 교진도 김교장도 수복의 놀음 약속을 할 수 없는 형편이었다.

"신문에서 매일 이렇게 수복이 기사가 나는데 무슨 수로 놀음에 보내갔니."

동아일보며 조선신문이며 매일신문이며 조선에서 발행되는 신문이란 신문은 모두 수복의 기사로 넘쳐 났다. 교진은 손가락으로 짚으며 기사를 읽어 내려갔다.

"평양 기생 왕수복 양이 사용하는 노루모산을 먹으면 평생 앓았던 위병도 씻은 듯이 나아진다. 김교장, 내레 이거 먹으믄 속 아픈 거 고치는 거 아이네?"

쌍노무시키, 김교장은 교진의 등짝을 세게 한 번 후려치고는 신문 기사를 가위로 오려냈다.

"이기 다 기성 권번의 력사 아이갔니. 기성 권번 출신의 유행가 가수 왕수복이 평양 기생학교를 최우등으로 졸업하고 레코드를 내고 이렇게 매일 신문에도 나온다는 거 아니네. 이기 쉬운 일이가? 력사를 잘 기록해야 한다 이 말이야."

"력사는 무슨. 얼굴 볼 일도 까마득하니 내레 요릿집 사장들 얼굴을 어찌 보갔네."

신문 기사를 오리던 김교장이 가위를 내려놓고 캄캄한 하늘을 올려다보았다.

"흘러가면 잊혀지는 거이 유행가 아이네."

"그거이 또 무슨 소리네?"

"지금은 수복이 찾을 시간이 아니다 이 말이디."

왕평은 공장에 들러 레코드 공급 상황을 점검하고는 수복의 집으로 향했다. 수복이 경성 한복판으로 이사하는 날이었다. 왕평을 태운 자동차는 총독부 앞에서 우회전해 안국동 네거리로 접어들었다. 번화가에서 떨어진 골목을 따라 오르면 언덕배기에 아담한 이 층 일본식 양옥이 있었다. 박사장이 마련한 수복의 집이었다.

왕평은 차에 싣고 온 살림살이를 수복 앞에 꺼내 놓았다. 윤기가 반지르르한 커피메이커, 버터와 김치, 쇼쿠팡 등 먹을거리가 한가득이었다.

"커피메이커에 버터까지. 부장님 보기보다 엄청 세심하시네? 근데 쌀은요?"

수복이 이리저리 헤집으며 쌀자루를 찾자 왕평이 당황스럽다는 기색을 보였다.

"쌀을 샀어야 했는데 내 정신 좀 보게."

"쌀을 안 샀단 말이에요?"

"걱정 마시오. 어차피 오늘은 밥할 겨를도 없을 테니."

큰 집에 혼자 있기 싫다는 수복에게 기선은 연극 구경을 제안했다.

"유명오라는 선배가 극예술연구회*에 있는데 처음 무대에 올리는 거라 꼭 가서 봐야 해."

"연극은 처음인데 재미있을까?"

"재미는 몰라도 노벨 문학상 수상작이니까 작품성은 보장할 수 있지."

"노벨 문학상?"

"조지 버나드 쇼라고 아일랜드 작가인데 몇 년 전에 노벨상을 수상했거든.** 그 상을 받으면 세계 최고라고 인정을 받는 거야."

"언니는 참 똑똑하다니까."

"노벨상을 받은 사람이 똑똑한 거지."

연극은 경성 공회당에서 상연되었다. 경성 철도호텔이 지어질

---

* 1931년 창립된 신극 운동 단체로 계몽주의적 성격이 뚜렷했다. 일본 유학을 통해 신극을 공부한 해외문학파를 중심으로 결성됐다.
** 조지 버나드 쇼는 1925년 《피그말리온》으로 노벨 문학상을 수상했다.

당시 소공로 일대는 일본 초대 총독의 이름을 따 하세가와*라 불렸는데 이곳을 중심으로 일본 상권이 활발하게 형성되었다. 호텔 앞 작은 길 건너에는 경성에서 유일한 공연장이 있는데 그곳이 바로 두 사람의 목적지인 경성 공회당이었다.

"여기가 최승희가 귀국 공연을 했던 곳이야. 주변에 일본 가게도 많고 일본인도 많이 살아."

경성 공회당 앞 도로를 따라 걷다 보면 제일은행, 상업은행, 경성 우편국이 쭉 늘어서 있고 골목을 끼고 돌면 경성부청이 자리하고 있어 하세가와 일대는 경성의 심장부로 통했다. 공회당에 도착해 선배와 인사를 나눈 기선은 수복과 함께 앞좌석에 자리를 잡았다. 그때 김기림이 발그레하게 상기된 얼굴로 기선 앞에 나타났다.

"부장님이 여기 웬일이에요?"

수복과 눈이 마주친 기림은 머리를 긁적이며 손에 든 장미 꽃다발을 건넸다.

"난 양기자가 연극에 출연하는 줄 알았지. 하하하."

"네에? 저 여기 있는 건 또 어떻게 아셨는데요?"

"나 유명오랑 동기야. 말 안 했던가?"

나란히 자리를 잡고 앉았지만, 분위기는 영 어색하고 불편했

---

* 2대 조선 총독인 하세가와 요시미치가 대관정을 자신의 관사로 삼아 머물렀던 동네라 하여 일본인들이 자기네 식으로 고쳐 부른 지명이 '하세가와쵸(장곡천정)'이다. 지금의 소공동에 해당한다.

다. 막이 오르기를 기다리는 동안 기림은 주머니에서 연신 간식거리를 꺼내 기선의 손에 건넸다. 양과자, 양갱, 캬라멜 그리고 구하기 어려운 초코렛까지. 기선을 바라보는 기림의 눈빛이 예사롭지 않았지만 기선은 눈길도 주지 않고 퉁명스레 굴었다.

연극은 굉장히 매력적이었다. 배우의 대사와 연기에 따라 웃었다 울었다, 마음이 들쭉날쭉하는 게 신기했다. 훌쩍대다가 깔깔대기를 반복하다 보니 어느새 1막이 끝났다. 2막을 기다리는 사이, 유명오와 기선이 무대 뒤에서 꽤 오랫동안 언성을 높였다. 무슨 일인가 싶어 무대 뒤로 들어간 수복은 본의 아니게 두 사람의 대화를 엿듣게 되었다.

"딱 한 번만 부탁하자, 기선아."

"막간 가수가 제시간에 못 온다고 해도 어떻게 수복이한테 악단도 없이 노래하라고 해요."

"오죽하면 이러겠니. 막간 가수가 시간을 끌어줘야 2막 준비를 하는데, 이대로 끝내?"

"저기……."

대기실 커튼 사이로 수복이 얼굴을 내밀자 두 사람이 동시에 몸을 돌려 수복을 바라보았다.

"무슨 노래를 불러야 할까요?"

기선이 깜짝 놀라 손사래를 치며 수복을 막아섰다.

"야, 악단도 없이 무슨 노래를 한다는 거야."

기선의 얼굴에 당황한 기색이 역력했다.

"기생이 가야금 가락이 있어야만 노래를 하나? 취객들이 부르라면 불러야지. 일본 창가는 늘 그냥 불렀는데? 악단 없어서 노래를 못 하면 그게 어디 가수겠어?"

아무런 공지 없이 막간 가수로 무대에 선 수복은 〈울지 말아요〉와 〈고도의 정한〉을 불렀다. 관객들은 예상하지 못한 유행가 가수 왕수복의 등장에 환호했고 이내 수복의 노래에 빠져들었다. 수복의 목소리는 큰 감동을 주어 사람들의 마음을 따뜻하게 감싸 주었다. 수복이 두 곡만 부르고 내려가는 게 아쉬웠던 관객들이 연신 수복의 이름을 외치며 박수를 쳐 대자 수복은 〈황성 옛터〉를 마지막 곡으로 부르고 무대를 내려왔다. 2막이 시작됐지만 수복을 보려는 관객들로 장내가 소란하자 기선과 수복은 사람들의 눈을 피해 극장을 빠져나왔다.

"언니, 오늘 고마워요."

경성 공회당을 나와 경성대로를 지날 때쯤 수복이 불쑥 기선을 바라보며 말했다.

"무슨 소리야 내가 고맙지. 반도의 가희가 반주도 없이 세 곡이나 불렀는데."

"눈물 나서 혼났어. 사람들이 내 노래를 따라 하니까 울컥하고 먹먹하고."

"그게 지금 너의 위치야. 평양 기생이 아니라 조선의 마음을 쥐고 흔드는 최고 가수."

그날 밤. 두 사람만의 조촐한 이사 축하연이 열렸다. 기선은 와인을 꺼냈고 수복은 이난영의 레코드를 축음기 위에 올려놓았다.

"목소리가 너무 독특하고 좋아. 매력적이야."

"오빠도 음악 한다고 하던데. 참, 요즘 콜롬비아에서 기생 출신 신보를 계속 내더라?"

"어디 콜롬비아뿐인가, 포리도루도 마찬가지지."

"그래? 왕부장님은 그런 소리 안 하던데?"

"나 몰래 기성 권번에 뻔질나게 드나드는 모양이야. 기생 출신 찾는다고."

말없이 권번을 드나드는 게 싫은 건지 아니면 기생 출신을 찾는 게 싫은 건지 수복의 말에 뾰족한 가시가 돋아 있었다. 이를 눈치챈 기선이 화제를 돌렸다.

"왕부장님, 경성방송국*에서 오래 걸리시네?"

"경성방송국? 거긴 왜?"

"라디오에서 노래를 들려주면 많은 사람이 네 노래를 들을 수 있잖아. 그거 부탁하러 갔대."

"새로운 레코드가 매일 쏟아져 나오는데 방송국에서 내 노래를 틀어 줄까?"

"그러니 왕부장이 직접 갔지. 최승일** 씨라고 경성방송국 직원

---

* 한반도 통치 수단으로 일본에 의해 1927년 2월 16일 개국됐다. 수신기 보급 부진을 해결하기 위해 우리말 방송을 추진하여 우리말과 일본어 방송을 분리해 이중방송을 실시했다.
** 무용가 최승희의 큰오빠인 최승일(1901~?)은 연극, 방송, 문학 등 문화예술계에서 활동했던 인물이다. 한국 최초의 PD로 불린다. 경성방송국의 라디오 드라마 극연구회를 조직하는 등 선구적 문예 활동을 벌였다.

을 아는 모양이더라고."

"최승일?"

"최승희 친오빠야. 최승일과 만나기로 했다던데?"

경성방송국 시노하라 쇼죠 국장은 총독부에 다녀온 후 계속 저기압 상태였다. 예정된 회의도 취소하고 혼자 사무실에 앉아 경성방송국 대차대조표만 뚫어져라 바라보았다.

오전 총독부 회의에 들어갔을 때 우가키 가즈시게 총독은 다른 기관에 대해서는 일언반구도 하지 않은 채 유독 경성방송국에 대해서만 1927년 개국 이래 쭉 적자 경영이라며 날을 세웠다. 시노하라 면전에 대고 능력이 없으면 물러나라는 말까지 서슴지 않았다.

또 무슨 창피를 당할지 몰라 도망치듯 방송국으로 돌아왔지만 어떻게 이 난국을 헤쳐 나가야 할지 방법이 떠오르지 않았다. 1931년 만주사변* 당시 전시 상황을 궁금해하는 사람들 덕에 가입자 증가가 있긴 했지만 라디오 청취자 만이천 명 가운데 조선인은 고작 천오백 명에 불과했다. 총독은 무조건 조선인 가입 숫자를 늘리라고 닦달이었지만 입에 풀칠하기도 벅찬 조선인들이 월 일 원이나 되는 높은 청취료를 무슨 수로 감당할 수 있다는 말인지. 보통학교 월사금이 삼 원인 것을 감안하면 청취료가 너

* 1931년 9월 18일 일본 관동군이 만주를 병참기지로 만들고 식민지화하기 위해 '류타오후 철로 폭파 사건'을 조작해 선전포고 없이 만주를 불법 침략한 전쟁.

무 높았다. 시노하라는 깊은 한숨을 내쉬며 조선인 직원들을 모두 불러 모았다.

"조선인들 마음은 자네들이 제일 잘 알 거 아닌가. 어떤 방법이 있을지 말해 보게."

꿀 먹은 벙어리 마냥 서로 눈치만 보다가 경력이 가장 오래된 최승일이 먼저 입을 열었다.

"조선인 청취자를 늘리는 방법은 간단합니다. 제대로된 조선어 방송을 하는 겁니다."

단호한 승일의 말에 조선인 직원들이 깜짝 놀라 얼어붙었다. 안 그래도 조선어 사용을 억제하고 있는 마당에 조선어 방송이라니. 그러나 최승일은 속사포처럼 말을 이어 갔다.

"조선인들이 좋아하는 음악이나 이야기를 편성하면 반드시 가입자가 늘어날 것입니다. 지금 하는 조선어 방송은 일본어 방송을 통역해서 들려주는 것에 불과합니다. 독자적인 조선어 방송이 필요합니다. 축음기가 있어야 들을 수 있는 레코드를 매월 일 원씩 내고 한 달 동안 들을 수 있다면 비싼 축음기 대신 청취료를 내고 가입하지 않겠습니까?"

시노하라의 눈이 번쩍 뜨였다. 라디오 청취료와 축음기 가격 비교가 마음을 움직였다. 지금으로써는 최승일의 말이 가장 그럴듯한 해결책으로 다가왔다.

"조선인들이 좋아하는 음악이란 어떤 것인가."

한결 부드러워진 시노하라의 표정에 용기를 얻은 직원들이 하나둘 입을 열었다.

"이애리수 좋아하지요."

"에이, 지금은 왕수복이죠. 다들 왕수복 노래 듣느라 정신없어요."

"경성 요릿집 기생들도 죄 〈고도의 정한〉을 부르더만요."

"이난영 노래도 많이 듣던데? 〈불사조〉라던가?"

"그래도 아직은 왕수복이지. 왕수복 모르는 사람이 조선 바닥에 어디 있다구."

어느덧 회의를 시작할 때 무거웠던 분위기는 사라지고 활기찬 토론이 이어졌다. 시노하라 국장은 한국어로만 방송하는 제2 채널 개국을 결정하고 한국어 방송 총책임자로 최승일을 지목했다. 갑작스럽게 중책을 맡게 된 승일은 마음이 급해졌다. 허둥대던 승일의 머릿속에 제일 먼저 떠오른 인물은 왕평이었다. 퇴근 시간이 훌쩍 지나 있었지만 급한 대로 전화부터 넣었다. 그동안 만나자는 왕평의 제안을 번번이 거절한 게 마음에 걸렸지만 발등에 떨어진 불을 끄기 위해서는 어쩔 수 없었다. 조마조마한 마음으로 수화기를 들었는데 퇴근했을 줄 알았던 왕평과 덜컥 전화 연결이 되고 말았다.

"왕부장님. 지금껏 퇴근도 안 하고 뭐 하셨습니까."

"최선생 전화 기다리느라 망부석이 됐습니다. 하하하."

"아직도 절 만나겠다는 생각은 유효하신 겁니까."

"언제든 대기하고 있습니다. 아무리 바빠도 밥은 먹고 하셔야죠. 저녁은 드셨습니까."

둘은 저녁을 함께하기로 했다. 진고개 조금 못 미치는 곳에 넋
놓고 있으면 모르고 지나칠 만큼 작은 선술집이 있었다. 그 선술
집이 승일의 오랜 단골집이라는 정보를 얻은 왕평은 일부러 약
속 장소를 그곳으로 잡았다. 수복의 레코드와 더불어 양복 안주
머니에는 최승일에게 건넬 두툼한 봉투도 챙겼다. 지금까지 레
코드를 수없이 냈지만 방송국 직원에게까지 로비한 적은 없었던
왕평은 새삼 격세지감을 느꼈다. 이전에는 유명한 기생들에게
돈 몇 푼 집어 주고 레코드를 건네면 기생들이 레코드에 수록된
노래를 불렀다. 그러면 요릿집 손님들이 레코드를 샀다. 이것이
일반적인 레코드 판매 방식이었다.

왕평이 최승일을 떠올린 것은 동경 녹음실 기사의 반응 때문
이었다. 녹음 기사는 수복의 노래에 대단하다며 '스바라시'를 연
발했고 계속 멜로디를 흥얼댔다. 왕평은 그 모습을 보며 수복의
노래가 조선인뿐 아니라 일본인에게도 환영받을 수 있다는 확
신이 들었다. 하지만 전파할 방법이 문제였다. 그 와중에 떠오른
것이 방송국이었다. 조선인은 라디오를 듣는 경우가 드물었지만
내지인은 라디오를 통해 본국 소식과 국제 정세를 듣는 게 일반
적이니 수복의 노래가 방송 전파를 탄다면 자연스럽게 일본인에
게도 소개될 수 있다는 결론이었다. 그러니 승일과의 저녁이 얼
마나 중요한 만남인가.

승일은 생각보다 빨리 선술집 문을 열고 들어섰다. 어느덧 제법 서늘해진 날씨 탓에 안경에 김이 서렸지만 승일은 닦을 생각도 하지 않고 왕평에게 손을 내밀었다. 주거니 받거니 업계 얘기를 나누던 중 왕평이 수복의 레코드를 내밀었다.

"이게 그 구하기 어렵다는 왕수복 레코드군요."

진귀한 물건을 손에 넣은 듯 승일의 입가에 기분 좋은 미소가 걸렸다. 그때 왕평이 갑자기 자리에서 벌떡 일어서더니 먼지 가득한 선술집 바닥에 무릎을 꿇고는 승일 앞에 머리를 조아렸다. 깜짝 놀란 승일은 레코드를 내려놓고 황급히 왕평의 몸을 일으켜 세웠다.

"갑자기 왜 이러십니까, 부장님."

"선생님. 왕수복 노래가 조선 팔도에, 아니 일본 전역에 울려 퍼지는 게 제 소원입니다. 도와주십쇼. 왕수복은 조선의 마음입니다."

그리고는 다짜고짜 승일의 조끼 주머니에 돈 봉투를 쑤셔 넣었다. 한동안 돈 봉투를 두고 옥신각신하던 두 사람은 다시 탁주잔을 쥐고 마주 앉았다.

"부장님 말씀 잘 알았으니 구체적인 얘기를 해 보십시다."

회의할 때까지만 해도 레코드 송출 생각만 했었다. 그러다 문득 머릿속에 색다른 그림이 그려졌다. 경성 오케스트라*와 이왕직아

---

* 경성방송국에 소속된 관현악단으로 1928년 4월 13일에 조직됐다. 초기 구성원은 박경호와 홍난파 등 열여덟 명이었고 한 달에 두세 차례 방송했다.

악부*가 뒤편에 자리하고 잘 차려입은 왕수복이 마이크 앞에 서서 〈고도의 정한〉을 부르는 모습. 왕수복이 출연한다는 광고를 내고 가입비를 할인해 준다면! 승일의 눈에 시노하라 국장이 좋아하는 모습이 그려졌다. 승일은 왕평 앞에 바짝 다가앉으며 자신의 계획을 털어놓았고 잠자코 듣고만 있던 왕평은 잇몸까지 드러내며 활짝 웃어 보였다.

"제 말이 바로 그 말 아닙니까. 조선인들에게 조선 가수의 목소리를 직접 듣게 해 줍시다."

"부장님. 근데 이 작업에는 생각보다 많은 준비가 필요합니다."

"무조건 합시다. 뭐든 다 합시다. 우선 조선신문과 경성 데파트 전광판에 광고부터 올립시다."

"제가 아직 국장님 허락을 받은 게 아니라서….'"

왕평은 다시 머리를 조아리며 승일의 손을 부여잡았다.

"꼭 실현되게 해 주십시오, 선생님."

고개를 들어 승일을 바라보는 왕평의 눈동자가 물기를 머금고 반짝거렸다.

"평양 기생이면 조선 제일의 예인이 아닙니까. 흔해 빠진 유행가 가수가 아니라는 것을 꼭 내 손으로 증명해 보이고 싶습니다."

두 사람은 왕수복에 대한 갖가지 계획을 세우느라 막걸리 한 주전자를 채 비우지 못하고 밤늦도록 선술집을 나오지 못했다.

---

* 일제강점기의 장악원을 이왕직아악부라고 했다. 종묘제례악과 문묘제례악을 연주하고 보존하는 역할을 담당했다. 국립국악원의 전신이다.

그리고 그들의 계획은 오래지 않아 결실을 맺었다.

새벽부터 눈발이 날리기 시작했다. 정오부터는 칼바람이 더해져 기다리는 사람들을 더욱 애타게 만들었다. 그래도 라디오 앞을 떠나는 사람은 하나도 없었다. 온몸을 꽁꽁 싸맨 사람들은 왕수복의 목소리가 나오길 고대하며 발을 동동거렸다.

오사카부에도 매서운 겨울바람이 불고 있었다. 박사장은 오사카부 이카이노 조선시장* 앞 주변을 서성이는 중이었다. 상점 간판에는 '왕수복 라디오 방송 청취회'라 적힌 대형 현수막이, 매장 안에는 라디오를 들을 수 있는 기다란 벤치형 의자와 난로가 마련되어 있었다. 상점 밖에서도 들을 수 있도록 대형 스피커만 설치하면 모든 준비가 끝이었다. 손목시계로 시간을 확인한 박사장은 담배를 꺼내 물었다.

박사장은 코트 깃을 세우며 이 무모한 계획을 세운 왕평을 실컷 욕했다. 일주일 전부터 일본에서 발행되는 조선신문 조선어판에 광고를 게재했지만 조선인이 얼마나 모일지는 아무도 알 수 없었다. 왕평이 처음 일본 라디오 청취회 얘기를 꺼냈을 때 박사장은 코웃음을 치며 반대했다. 하지만 수복이 일본에서 허드렛일하는 조선인이 가장 많은 오사카부 이카이노를 콕 집어 청취회를 했으면 좋겠다고 말했을 때 거절할 명분이 떠오르지

---

* 1920년대부터 일본으로 건너간 재일 한인들이 민족 식료품, 의상, 생활용품을 사고팔던 시장.

않았다. 동경 거리에서 만난 조선인들의 참담한 현실이, 일본인들에게 멸시받는 그들의 모습이 수복에게 떠올랐으리라. 하지만 수복의 마음과 땡전 한 푼 나오지 않는 라디오 청취회는 별개였다. 박사장은 다시 한번 왕평에게 욕지거리를 날렸다.

경성방송국 앞도 일찌감치 인산인해를 이루었다. 어떤 이는 왕수복의 이름이 적힌 손 팻말을 들었고 어떤 이는 왕수복의 사진을 커다랗게 인화해 겉옷에 붙이기도 했다. 경성방송국 직원들은 사람들 사이를 비집고 다니며 라디오 청취 가입서를 돌렸는데 개중에는 즉석에서 서류를 작성해 가입비를 내는 사람도 있었다. 먼발치에서 바라보던 왕평의 입가에 만족스러운 웃음이 피어났다.

"그렇게 좋으세요?"

기선이 하얀 입김을 내뿜으며 왕평 옆에 섰다.

"양기자는 안 좋습니까?"

"왜 안 좋겠어요, 좋아요. 사람들 좀 보세요. 어디에서들 이렇게 다 나왔는지. 왕수복이라는 가수가 사람들 마음을 움직이고 있다는 걸 확인하니까 가슴이 울컥해요."

"그 마음 그대로 기사를 잘 써 주시오, 양기자."

"뜬금없으시긴. 내일 조선신문은 왕수복 도배 예약입니다요."

그때 직원 하나가 어두운 얼굴로 승일에게 다가왔다. 그는 엄동설한에 누구 하나 쓰러지기라도 하면 어쩌냐며 걱정이 태산이었다. 듣고 보니 흘려들을 말이 아닌 것 같았다. 승일은 지난번 경성 공회당 연극 공연에서 수복이 막간 가수로 깜짝 등장했던 일을 떠올렸다. 잘만 하면 이번 청취회의 파급력을 더 키울 수 있을 것 같았다. 눈앞에 관객이 있으면 교감하기 훨씬 좋을 거라 판단한 승일은 어르신 삼십 명을 방송국 안으로 입장시키기로 결정했다. 어차피 녹음실 밖에서 구경할 터이니 방송에 영향을 끼칠 리도 없었다. 시노하라의 허락 없이 진행하는 게 걸리긴 했지만 책상 위에 수북하게 쌓인 라디오 청취 가입서를 방패 삼아 그냥 저지르기로 마음먹었다. 직원에게 입장 지시를 내린 승일은 수복의 대기실로 향했다.

수복은 긴장한 듯 왔다 갔다 하며 잠시도 가만히 있지를 못하고 있었다. 지금껏 수십 번도 넘게 오케스트라와 합을 맞추었지만 맞출 때마다 아쉬움이 생겨 불안한 모양이었다. 승일은 땀이 흥건히 밴 수복의 손에 따뜻한 커피잔을 건넸다.

"부담 갖지 말고 어머니 앞에서 노래한다고 생각해요."

그러고 보니 평양에 다녀온 지 한 달도 넘었다. 평양이 경성보다 훨씬 추울 텐데…. 어머니 생각에 수복의 마음이 아릿해졌다.

"수복 양은 조선어 방송 개국을 알리는 큰 책임을 갖고 이 자리에 있는 겁니다. 당신 목소리가 조선인들에게 큰 힘이 된다는 걸 잊지 마세요."

수복은 커피를 마시다 말고 고개를 들어 승일을 올려다보았다.

"제가 잘할 수 있을까요, 선생님?"

"조선 반도뿐 아니라 일본에도 방송이 나갈 겁니다. 일본 땅에서 일본 말을 듣고 사는 조선인들이 우리말, 우리 노래를 얼마나 그리워하겠습니까. 사무친 그리움만큼 반가울 겁니다."

승일의 말에 소란했던 수복의 마음이 차츰 안정되기 시작했다. 잠시 후, 녹음실 마이크 앞에 선 수복은 승일의 말을 되새기며 천천히 눈을 감았다. 그런데 오케스트라 연주와 함께 노래를 부르던 수복의 귀에 사람들의 함성이 들려왔다. 그 소리에 천천히 눈을 뜬 순간, 놀라운 광경이 눈앞에 펼쳐졌다.

세상에! 눈앞에 어머니 또래의 관객들이 수복의 노래를 합창하고 있는 게 아닌가. 수복은 놀란 가슴을 부여잡고 관객 한 사람 한 사람과 눈을 맞추며 〈고도의 정한〉을 불렀다. 방송국 안 관객들은 물론이고 종로통에 모여든 사람, 오사카 이카이노 조선시장 앞에 모인 사람들 모두가 눈시울을 적셨다. 녹음실 밖에서 보고 있던 승일의 눈에도 눈물이 차올랐다. 노래를 하는 사람도 노래를 듣는 사람도 모두가 같은 마음으로 벅차올랐다.

어느덧 수복이 마지막 인사를 하고 방송을 끝낼 차례였다. 내내 긴장했던 승일은 마지막까지 긴장을 놓지 않으려 애쓰며 마무리 신호를 주려고 자리에서 일어났다. 그때 노래를 마친 수복과 승일의 눈이 마주쳤다.

"최선생님. 저 한 곡 더 불러도 될까요?"

이건 예정에 없던 말이다. 끝인사를 해야 할 시간에 또 노래라니. 당황한 승일이 허둥대는 사이 녹음실 밖 관객들은 환호와 박수를 보냈고 방송국 밖에서 수복의 노래를 감상하던 사람들도 신이나 소리를 질렀다. 자신의 방에서 라디오를 듣고 있던 시노하라는 예정에 없던 일에 고함을 치며 자리에서 벌떡 일어났다. 한동안 망설이던 승일이 마지못해 고개를 끄덕이자 수복은 얼굴 가득 미소를 지으며 지휘자와 귓속말을 나눴다.

"근데 무슨 노래를 한다는 거죠?"

송출 기술자가 고개를 갸웃거렸다. 승일도 알 수 없었다. 글쎄, 무슨 노래를 할까. 긴장이 깃든 침묵 끝에 오케스트라의 연주가 시작되는 순간 승일과 기술자는 '헉' 소리를 내며 서로를 바라보았다.

'아리랑 아리랑 아라리요 아리랑 고개로 넘어간다'

〈아리랑〉이다. 왕수복이 지금 라디오에서 〈아리랑〉을 부르고 있다. 조선총독부가 축음기 레코드 취체 규칙을 제정하면서 통치에 방해되거나 풍속을 어지럽힌다는 이유로 금지곡으로 공포한 바로 그 노래, 〈아리랑〉을!

녹음실 밖 관객들도 수복의 〈아리랑〉을 따라 부르기 시작했다. 그때 시노하라 국장이 라디오 녹음실 문을 박차고 뛰어들어와 승일의 멱살을 낚아챘다.

"무슨 개수작이야. 빨리 끝어내, 당장!"

하지만 이미 시작된 노래를 중단시키고 수복을 끌어낼 수는 없었다. 승일은 국장 앞에 무릎을 꿇었다.

"여기서 끊으면 방송 사고입니다. 〈아리랑〉은 조선 대대로 이어오는 조선 민요입니다. 조선인들이 가장 많이 아는 오래된 민요, 그 이상도 그 이하도 아닙니다. 국장님!"

시노하라의 구둣발이 승일의 배와 다리, 얼굴을 마구 강타했다. 승일은 묵묵히 시노하라의 폭력을 온몸으로 받아 냈다. 눈앞에서 승일이 폭행당하는 모습을 본 수복의 목소리는 점점 더 커져 갔다. 합창하는 관객들의 목소리도 높아졌다. 종로통에 모여든 사람들도, 오사카 조선시장 앞에 늘어선 사람들도 모두 일어나 〈아리랑〉을 부르며 눈물을 삼켰다. 노래가 끝나는 순간 사람들은 서로 얼싸안으며 목 놓아 울기 시작했고 오케스트라 연주자들은 악기를 내려놓고 수복을 향해 박수를 보냈다. 문을 열고 나온 수복은 다급하게 승일의 몸부터 살폈다.

"선생님, 병원부터 가세요. 어서요."

여기저기 찢기고 긁혀 엉망이 된 얼굴이었지만 승일은 수복에게 미소를 지어 보였다.

"괜찮아요. 아프지 않습니다."

"그럴 리가요. 그렇게 맞았는데 병원부터 가요, 네?"

"고맙습니다. 수복 양. 고맙습니다. 존경합니다."

"존경이라니 말도 안 돼요. 괜스레 저 때문에 선생님만 곤란하게 했어요. 죄송해요."

"제 평생 최고의 공연이었습니다."

수복이 고개를 들어 승일의 눈을 바라보았다. 왜 〈아리랑〉을 불렀는지 묻는다면 수복도 이유를 말하기 어려웠다. 미리 오케스트라와 맞춰 본 적도 없었지만 눈앞에 앉은 조선인과 일본에 있는 조선인을 생각하니 그저 〈아리랑〉이 떠올랐을 뿐이었다. 시노하라 국장이 승일에게 구둣발을 날리는 순간에는 가슴이 철렁 내려앉았지만 이미 시작된 〈아리랑〉을 끊을 수는 없었다. 적어도 그 순간에는, 〈아리랑〉은 노래 그 이상이었다.

다음 날, 양기선은 학예부장 김기림 앞에 불려 갔다. 기림은 아침에 나온 조선신문을 펼쳐 놓고 얼굴이 벌게져 기선을 몰아붙였다.

"야, 너 나한테 어떻게 이럴 수가 있냐. 나한테 보여 주지도 않고 어떻게 기사를 넘겨!"

있는 힘껏 신문을 넘기는 바람에 신문은 여기저기 찢겨 걸레 조각이 되어 버렸다. 그럼에도 불구하고 기림의 화는 누그러들지 않았다. 기선의 속은 시커멓게 타들어 갔다.

"이게 도대체 몇 면이야? 왕수복이 총독이냐? 어떻게 왕수복 기사로 도배를 하냐고!"

"제가 그런 게 아니고요…."

"네가 그런 게 아니면 누구야?"

"제가 쓰긴 했는데요…."

"무슨 개소리야 너?"

"오사카에도 왕수복, 종로통에도 광화문통에도 왕수복, 경성 방송국 앞은 발 디딜 틈 없이 왕수복 왕수복 하는데. 제가 어떻게 왕수복 도배를 안 할 수가 있어요, 부장님."

"야! 혹시 내가 너 좋아한다고 나 엿 먹이는 거냐?"

"네?"

"내가 너한테 약하니까 나 이용하는 거냐고."

"……저 좋아하세요?"

기선은 귀까지 벌겋게 달아오른 기림의 얼굴을 빤히 바라볼 뿐이었다.

사달이 난 곳은 조선신문만이 아니었다. 경성 데파트 직원 이정석은 오사카 로얄 호텔로 다급히 전화를 넣었다.

"사, 사장님. 경무국장이 당장 들어오라는데 어쩌죠?"

사시나무 떨듯 하는 목소리였다. 그에 반해 박사장은 이를 예상이라도 한 듯 여유롭고 안정된 어조였다.

"떨기는. 경성 도착하는 대로 들어간다고 해."

박사장은 어렵게 구한 다이긴죠의 장기 숙성주인 히조슈 병을 천천히 쓰다듬었다. 다이긴죠 히조슈는 25년간 숙성시켜 해마다 이백 병만 한정 생산하는 최고급 사케였다. 병마다 고유 번호가 적혀 있어 이를 소장하는 것만으로도 사회적 명성을 가늠할 수 있을 정도의 고급 사케로 통했다.

이걸로 막을 수 있으면 좋을 텐데. 박사장도 어제 왕수복이 벌인 〈아리랑〉 사건의 충격으로 기요시 경무국장이 무엇을 요구하고 나올지 걱정되긴 했다. 겉으로는 여유로운 척했지만, 박사장은 〈아리랑〉을 기점으로 기요시의 인내가 한계에 다다랐을지도 모른다는 불길한 예감을 지울 수 없었다.

예정보다 하루 늦게 경성으로 돌아온 박사장은 곧장 경무국으로 향했다. 기요시는 박사장이 들어서자 전화기부터 집어 던졌다. 전화기가 박사장의 발을 결딴내려던 찰나, 그가 호기롭게 전화기를 받아 냈다. 그러자 더욱 독이 오른 기요시는 손에 잡히는 대로 집어 던졌다. 박사장은 날아오는 집기들을 몸으로 막아내며 다급히 가죽 가방에서 다이긴죠 히조슈를 꺼내 놓고는 무릎을 꿇었다.

"순식간에 노래를 부르는 바람에 막을 새가 없었습니다."

순간 기요시의 손이 박사장의 머리통을 휘갈겼다. 눈에서 번갯불이 튀었다. 모멸감이 걷잡을 수 없이 치고 올라왔다. 박사장은 당장 달려들어 늙어 빠진 기요시를 잘근잘근 밟아 버리고 싶었지만 어금니를 꽉 깨물고 온전히 그의 구타를 받아 냈다.

"당장 왕수복을 데려오시오."

박사장은 피떡이 된 얼굴을 들어 기요시를 바라보았다.

"그게 무슨 말씀이신지."

"평양 기생 왕수복과 놀음이나 한판 벌이자 이 말이오."

박사장은 조선 여자를 밝힌다는 소문이 지자한 경무국장이 수복을 콕 집어 놀음판을 벌이려는 게 어떤 의미인지 누구보다 잘 알았다. 가슴이 철렁 내려앉았다.

"다이긴죠 히소쥬는 왕수복과 마시겠소. 초야에 잘 어울리는 사케지. 박사장, 늘 건승하시오."

기요시의 바짓가랑이라도 잡고 매달리려는 순간 그의 부하들이 달려 나와 박사장을 문밖으로 쫓아냈다. 어쩔 수 없이 발걸음을 떼긴 했지만 눈앞이 캄캄했다.

멀쩡했던 하늘에 또다시 눈발이 날리기 시작했다. 제법 송이가 큰 걸로 봐서 쉽게 잦아들 것 같지는 않았다. 안국동 네거리에 접어들 때쯤에는 경성 시내가 눈으로 새하얗게 뒤덮였다. 수복의 집 안으로 들어서니 구수한 멸치 육수 냄새가 코를 찔렀다. 배에선 꼬르륵 소리가 났다. 허기가 밀려왔다. 그러고 보니 일찍 비행기를 타느라 온종일 먹은 게 하나도 없었다.

"맛있는 냄새가 나는데요?"

주방으로 들어선 박사장은 자신의 눈을 의심했다. 배가 다 가려지지도 않는 앞치마를 두른 왕평이 곤로 앞에 서서 밀가루 반죽을 뜯고 있었다.

"뭐 하시는 겁니까?"

"우리 왕가수님이 뜨더국*을 먹고 싶다고 하셔서."

"이 사람은 어디 있습니까?"

커다란 손으로 오물조물 수제비를 뜯어 넣으며 왕부장은 뒤도 돌아보지 않은 채 턱으로 이 층을 가리켰다.

수복은 화장대에 앉아 기선이 미쓰코시 백화점에서 사 온 화

---

* 수제비의 북한식 표현.

장품을 발라보는 중이었다.

"잘 지냈소?"

화장대 거울에 박사장 얼굴이 비치자 손을 멈춘 수복이 환한 얼굴로 거울 속을 바라보았다. 그러나 수복의 얼굴은 이내 하얗게 질렸다.

"얼굴이 왜 그 모양이에요? 깡패들한테 맞기라도 했어요? 혹시 야쿠자?"

기선은 약통을 가져오겠다며 뛰어나갔고 박사장은 대답하지 않겠다는 듯 딱딱한 웃음을 지어 보이고는 수복의 손에 선물 꾸러미를 쥐여 주었다.

"한큐 백화점*이라고 우메다역 앞에 백화점이 개업했더군. 당신 생각이 나서."

수복은 고마워요, 하고는 걱정과 의문이 해소되지 않은 얼굴로 침대 끝에 걸터앉아 입술을 달싹거리는 박사장을 바라보았다.

"어려운 말을 해야 할 것 같은데…."

박사장은 차마 입을 열지 못하고 한동안 뜸을 들였다. 무슨 말을 하려는 건지 궁금해 못 견디겠다는 듯 수복의 큰 눈이 더욱 동그래졌다.

"기요시 경무국장을 만나야 할 것 같소."

---

* 1929년 4월 15일 오사카 우메다 역에 개점한 백화점이다. 동쪽에는 이세탄, 서쪽에는 한큐라는 말이 있을 정도로 고급 백화점의 대명사였으며 현재도 영업을 이어 가고 있다.

"경무국장을 왜요?"

"……라디오에서 〈아리랑〉 부른 거 말이오."

말을 멈춘 박사장이 무언의 압박을 주듯 수복의 눈동자를 힘주어 바라보았다.

"당장 끌려가도 이상하지 않을 만큼 곤란하고 위태로운 상황이오. 경무국장이 주최하는 놀음에 당신이 가는 걸로 결론을 내렸소."

"그게 무슨 말 같잖은 소리예요?"

어느새 돌아온 기선이 손에 든 약통을 내던지며 버럭 소리부터 질렀다.

"경무국장이 주최하는 놀음이라니. 그거 경무국장 수청 들라는 말 아니에요?"

설마 했던 수복의 눈에 차츰 분노가 어리고 표정은 굳어져 갔다.

"이런 헛소리는 더 들을 필요도 없어. 일어나."

수복은 기선에게 이끌려 박사장의 시야에서 사라져 버렸다. 허기가 거짓말처럼 잦아들었다. 대신 속이 울렁거리기 시작했다. 박사장은 침대 난간을 짚으며 겨우 몸을 일으켰다.

"우리 어머니는 말이야, 항상 꿩고기로 육수를 내서 뜨더국을 끓이셨어. 맛이 기가 막혔지."

대꾸 한마디 없이 모두 수제비 그릇에 얼굴을 박고 있자 머쓱해진 왕평이 화제를 돌렸다.

"근데 무슨 말을 했길래 양기자가 그렇게 앙앙댔던 겁니까?"

왕평이 아무것도 모르는 얼굴로 박사장을 올려다보았다.

"아, 그게요….."

박사장이 머뭇거리자 기선이 카랑카랑한 목소리로 박사장 말을 가로막았다.

"수복이가 〈아리랑〉 불렀다고 경무국장 수청을 들어야 한대요."

"뭐어?"

숟가락을 던지듯 내려놓은 왕평이 박사장을 노려보았지만 박사장은 수제비 그릇에 얼굴을 파묻은 채 혼잣말하듯 힘없이 중얼거렸다.

"제힘으로는 어쩔 수가 없었습니다. 상대는 경무국장입니다."

"구체적으로 경무국장을 만나서 뭘 해야 한다는 겁니까?"

왕평이 애써 화를 누르며 해결 방안을 찾으려는 듯 되묻자 그제야 수저를 내려놓은 박사장이 얼굴을 들어 왕평을 바라보았다.

"그야 경무국장만 알겠죠."

남의 일 얘기하듯 성의 없는 태도에 수복의 가슴이 미어졌다.

"늙은 남자들 시키면 속이야 뻔한데 그걸 알면서 기라는 말이오?"

왕평의 굵은 목소리가 쩌렁쩌렁 울려 퍼지자 박사장이 왕평을 노려보며 소리쳤다. 당장이라도 달려들 기세였다.

"경무국장이 어떤 자리인지 알면서 이러십니까? 누가 일을 이렇게 만들었는데요!"

"뭐라고? 가수를 그만두는 한이 있어도 그렇지, 뻔히 보이는 지옥 길로 수복일 보내잔 말이오?"

"평양 기생이라고 광고한 건 부장님 아니십니까?"

왕평의 손이 허공을 가로질러 박사장의 뺨으로 날아들었다. 박사장은 의자에서 떨어져 바닥으로 나동그라졌다.

"똑바로 들으시오, 박사장. 나는 왕수복을 반도의 가희로 만들 거요. 알겠소?"

"그러기 위해서 이러는 겁니다. 이번 기회에 경무국장을 우리 편으로 만들어야…."

그때 참다못한 수복이 식탁을 주먹으로 내려치며 자리에서 벌떡 일어섰다.

"우리 편? 당신이 언제 우리 편이었는데?"

수복은 숨이 쉬어지지 않는 듯 부들부들 떨며 박사장을 노려보았다. 모골이 송연해질 만큼 냉정한 눈빛에 박사장은 그대로 얼어붙었다.

"당신은 우리 편에서 빠져. 내가 직접 경무국장과 담판 지을 테니까."

한순간에 온몸에 힘이 빠져나가고 가슴은 쿵 내려앉았다. 박사장은 허망한 눈빛으로 일어서 나가려는 수복의 손을 부여잡았다.

"내 마음이 어떨지 당신이 더 잘 알잖소, 제발."

"내 마음은? 내 마음이 어떤지는 알고? 첫 밤을 보낸 남자가 날 다른 남자한테 보내려는 이 기막힌 상황에서 나보고 뭘 어쩌라는 거죠?"

"그동안 내가 당신한테 어떻게 했는데…."

"어떻게 했는데요?"

수복은 박사장의 손을 뿌리치며 집안을 둘러보았다. 그리고는 기가 막힌 듯 악다구니를 썼다.

"이 집? 집 사 준 거? 내가 한 번이라도 집 사달라고 한 적이 있었나요? 난 내 처음을 가져간 사람이라 의리를 지키고 싶었을 뿐이야. 근데 처음 그거, 아무것도 아니야. 딴 남자 생기면 금세 잊혀질 기억일 뿐이라고. 알겠어요?"

이게 아닌데, 내가 하려던 건 이게 아닌데. 어디서부터 잘못된 걸까. 박사장은 찬바람을 일으키며 스쳐 지나가는 수복을 그저 멍한 눈으로 바라만 보았다.

두 번째 남자

온 집안에 커튼이라는 커튼은 모두 내리고 잠들었지만 동이 트기도 전에 눈이 떠졌다. 시간을 확인한 수복은 한숨부터 내쉬었다. 새벽녘에 겨우 잠들었는데 서너 시간도 못 자고 눈을 뜨고 말았다. 한참을 뭉그적거리는데 밖에서 달그락거리는 소리가 들려왔다. 기선이 커피를 만드는 모양이었다. 다시 머리끝까지 이불을 뒤집어썼다. 그런데 이번엔 피아노 소리, 고소한 토스트와 향긋한 커피 향이 수복을 자극했다.

"마마, 일어나시옵소서."

푸하하. 이불을 젖힌 수복이 잇몸까지 드러내며 활짝 웃어 보였다.

"마마는 무슨. 근데 음악은 뭐야?"

기선은 커피잔을 건네며 수복에게 레코드를 내밀었다.

"베토벤?"

"난 베토벤 피아노 협주곡을 듣고 있으면 내가 굉장한 인텔리가 된 착각이 들거든."

"착각 아니지. 언니 인텔리야. 등단 시인에 신문사 기자에 음악에도 조예가 깊은."

수복이 동경하는 눈빛으로 기선을 바라보며 홀린 듯 중얼거렸다.

"나도 언니처럼 되고 싶은데. 대학도 나오고 문학도 많이 알고 말도 잘하고…. 언니가 부러워."

"대학 나온 게 부러운 거야, 문학을 많이 아는 게 부러운 거야, 말 잘하는 게 부러운 거야?"

"순사처럼 취조하는 거야?"

"말 잘하는 건 알고 있는 걸 조리 있게 설명할 수 있어서인데 그건 모두 책에서 나온 거야. 책을 통해 세상을 간접 경험하게 되고 그 경험이 쌓이면 조리 있게 말할 수 있게 되지."

장난기 어린 대화가 어느새 진지한 대화로 변해 가고 있었다.

"그럼 책만 읽으면 말 잘하는 사람이 될 수 있다는 소린가?"

"너처럼 총명한 아이는 단박에 가능하지. 그동안 책 읽을 기회가 없었을 뿐이니까."

제 입장에서는 별것도 아닌 것을 갈망하는 수복을 보며 왈칵 눈물이 솟았다. 기선은 수복을 위해 오늘은 꼭 책방에 들러야겠다고 다짐했다.

"토스트 너무 맛있다. 어떻게 한 거야?"

"왕부장이 사 온 버터가 핵심. 고소하지? 짠돌이가 미쓰코시까지 가서 사 왔다니까."

너무 맛있다며 함박웃음을 짓고 토스트를 입에 넣는 수복을 보자 기선의 마음이 뿌듯해졌다.

"우리 엄마는 버터에서 누린내 난다고 기겁하는데 너랑 사니까 버터도 먹고 좋네."

그러다 불쑥 기선이 휴우, 하고 큰 한숨을 내쉬며 식탁 위에 포크를 내려놓았다.

"좋다면서 웬 한숨을 그렇게 쉬어. 땅 꺼지겠네."

"경무국장 말이야."

수제비 회식 이후 경무국장을 입에 올린 적은 없었다. 수복의 얼굴빛이 어두워졌다.

"〈아리랑〉은 옛날부터 대대로 전해 오는 노래잖아. 일본의 〈사쿠라〉* 같은 노래란 말이야. 그런 노래에 민족의식이니 저항 정신이니 이런 걸 담았다고 몰아붙이는 건 너무 가혹해."

"……전혀 안 담았다고는 할 수 없지. 우리 민족을 위로하고 싶었으니까."

"네가 오늘 밤 무사히 집에 올 수 있을까?"

수복은 대답 대신 느릿느릿 커피를 마셨다. 경무국장이 주최하는 놀음에 밤을 보내지 않고 돌아올 기생이 있을까. 답이 뻔한

* 원제목은 〈사쿠라사쿠라〉. 편의상 '사쿠라'로 불린다. 일본의 전통 민요로에도 막부 말기 어린이의 쟁 연주를 위해 만들어진 민요다.

질문이었다. 수복은 말간 눈으로 기선을 올려 보았다.

"〈사쿠라〉는 어떻게 불러?"

흠흠. 목청을 가다듬은 기선이 〈사쿠라〉를 부르기 시작했다.

'사쿠라 사쿠라 야요이노소라와 미와타스카기리 카즈미카 쿠
모카 니오이조 이즈루*(벚꽃이여 벚꽃이여 3월의 하늘은 보이는 곳마다 안개
처럼 구름처럼 향기가 퍼지네)'

멜로디와 가사 둘 다 쉬웠다. 수복이 금세 따라 부르자 기선이
신이 나 떠들어 댔다.

"에도 시대 때 만들어진 노래야. 딱 〈아리랑〉 같은 거지. 남녀
노소 누구나 다 아는."

그렇게 둘은 한동안 〈사쿠라〉를 부르며 심란한 마음을 다잡
았다.

그 시각 왕평은 경무국장 이케다 기요시 앞에 무릎을 꿇고 있
었다. 창밖에 시선을 둔 기요시는 왕평이 보이지 않는 듯 무감한
눈빛이었다.

"왕수복은 포리도루의 중요한 자산입니다. 국장님께서 보호해
주시길 간청 드립니다."

몸을 돌려 왕평에게 눈길을 준 기요시는 차고 있던 칼을 빼 왕
평의 뒷덜미에 갖다 댔다. 예리한 칼끝이 몸에 닿자 왕평의 몸이

---

* さくら さくら やよいの空は 見わたすかぎり かすみか 雲か においぞ 出ずる.

떨리기 시작했고 기요시 입가에는 비릿한 미소가 피었다.

"그놈의 〈아리랑〉 때문에 내가 총독부에서 어떤 취급을 받은 줄 아시오?"

"죽을죄를 지었습니다."

머리를 더 조아리느라 왕평의 이마가 쿵 소리를 내며 바닥에 부딪혔다. 몸이 움직일 때마다 목덜미를 누르고 있는 칼끝이 느껴져 온몸에 땀이 비 오듯 쏟아졌다.

"왜 날 엿 먹이려고 했는지 왕수복에게 직접 들어야겠소."

왕평은 금방이라도 울음을 터뜨릴 듯한 절박한 눈빛으로 기요시의 바짓가랑이를 잡고 매달렸지만 대여섯 명의 순사들이 뛰어들어와 울부짖는 그를 밖으로 쫓아내 버렸다. 기요시는 다시 창밖으로 시선을 돌린 후 담배 한 개비를 꺼내 물었다.

왕수복이라. 신곡 발표회 때부터 아랫도리를 불끈하게 했던 이름이 아닌가. 기요시는 수복 스스로 이런 상황을 만든 것을 천운으로 여겼다. 수복을 품에 안을 생각에 벌써부터 단전 아래가 묵직해져 왔다. 기요시는 수비대장에게 왕수복을 연행하라는 지시를 내리고 다이긴죠 히조슈를 꺼내 들었다. 특별한 밤의 특별한 사케. 기요시의 얼굴에 기대에 찬 미소가 서렸다.

경성 데파트 앞에 도착한 수복은 걸음을 멈추고 건물 꼭대기를 올려다보았다. 박사장의 사무실이 있는 곳이다. 이제는 상관없는 사람이라 생각하면서도 이렇게 끝난 건가 싶어 속상했다.

이토록 허무하게 첫 남자를 보낸다는 생각에 며칠째 개운하지 않았다. 그때 무장한 순사 여럿이 빠른 걸음으로 다가와 수복을 에워쌌다. 일사불란한 움직임은 혼잡한 종로통을 오가는 사람들이 눈치채지 못할 정도로 은밀하고 조직적이었다. 한기가 온몸으로 퍼졌다. 수비대장이 수복의 뒤에 붙어 허리춤에 칼을 겨누었다. 수복은 뾰족한 금속 물체가 두꺼운 코트를 뚫고 맨살에 닿을 것만 같아 잔뜩 움츠러들었다. 수비대장이 수복의 귓가에 대고 낮은 목소리로 명령했다.

"경무국장 호출이오. 조용히 따르시오."

수복을 태운 인력거는 앞뒤로 순사들의 호위를 받으며 움직였다. 단단히 마음먹었다고 생각했지만 막상 닥치니 걷잡을 수 없이 마음이 요동쳤다. 떨리는 손발을 억지로 붙들고 쿵쾅대는 심장을 부여잡았으나 극도의 공포가 몰려왔다. 화려한 네온사인이 짙어 가는 어둠을 하나둘 밝히고 있었다. 오후의 밝은 태양이 사라지면 잊혔던 조명이 생명을 얻는다. 인생도 그런 게 아닐까. 지옥 같은 시간에도 그 끝이 있지 않을까. 수복의 마음은 점점 복잡해져 갔다.

인력거는 황금정, 종로4가, 총독부 의원, 경성 고등 상업학교를 지나 명륜동에 조성된 문화주택지로 접어들었다. 조망 좋고 공기 좋은 조용한 고급 주택지라 일본인이 많이 사는 곳이라고 기선이 일러 줬던 곳이었다. 인력거에서 내린 수복은 거대한 저택 안으로 들어가 여종의 뒤를 따랐다.

중정의 깔끔한 마루가 눈길을 끌었다. 여종은 가장 안쪽 방문 앞에서 걸음을 멈추고 미닫이문을 열었다. 다다미가 깔린 방에 들어서자 기요시의 뒷모습이 눈에 들어왔다. 순간 몸을 획 돌린 기요시와 수복의 시선이 마주쳤다. 수복은 바닥으로 시선을 내렸지만 기요시는 수복에게서 눈을 떼지 않았다.

"가까이 오시오."

수복이 다가올수록 달콤한 체향이 방 안 가득 은은하게 퍼져 나갔다. 멈춰 선 수복의 허리를 낚아챈 기요시는 재빠른 동작으로 수복의 목덜미에 칼을 겨누었다.

"조선인은 염치 있는 민족이라 들었소. 내게 폐를 끼쳤으니 그 대가를 치러야 하지 않겠소?"

예리한 칼끝이 수복의 목을 스쳤다. 시리도록 하얀 목에서 선홍빛 피가 배어 나오자 나른했던 기요시의 눈빛이 돌변하더니 이내 수복의 목을 빨기 시작했다. 피 한 방울도 흘리지 않겠다는 악착같은 모습이 마치 흡혈귀 같았다.

기요시의 기괴한 행동에 수복의 하얀 얼굴이 더욱 창백해졌다. 공포가 엄습했다. 수복이 버둥대자 기요시는 수복의 목에 입맞춤을 하고 한 발 물러났다. 그리고는 진녹색 술병을 수복의 눈앞에 흔들어 보였다.

"이 술은 당신이 꼭 마셔야 하는 술이오."

수복은 의아한 눈빛으로 고개를 들었다. 그 말간 눈빛이 또 한 번 기요시의 본능을 자극했다.

"박사장이 우리 두 사람의 첫날밤을 축하한다고 선물한 술이니까."

첫날밤이라는 단어가 수복의 가슴에 날카롭게 꽂혔다. 수복의 속눈썹이 힘을 잃고 파르르 떨렸다.

"다이긴죠 히조슈. 25년간 숙성시켜서 1년에 딱 이백 병만 생산하는 최고급 사케요. 오늘같이 특별한 밤에 더없이 잘 어울리는 술 아니겠소?"

특별한 밤이라는 말이 명치끝에 걸렸다. 아무 일 없이 이곳을 빠져나갈 방법이 떠오르지 않아 속은 타들어 가고 입술은 바싹바싹 말라 갔다. 그때 아침에 기선이 불렀던 〈사쿠라〉가 이명처럼 울려 생각도 못 했던 말이 수복의 입에서 툭 튀어나왔다.

"노래부터 한 곡 올리겠습니다."

한걸음 뒤로 물러서 큰절을 올린 수복은 옷매무새를 가다듬고 〈사쿠라〉를 부르기 시작했다. 그러자 음험한 눈으로 자신을 바라보던 기요시의 눈빛이 달라지는 게 본능적으로 느껴졌다. 수복은 천천히 눈을 감았다. 눈앞의 현실은 비루했지만 오늘을 대수롭지 않게 여길 내일을 생각하고자 했다.

낮고 요염하게 퍼지는 수복의 〈사쿠라〉를 듣는 기요시의 입술이 서서히 벌어졌다. 수복이 노래를 부르는 동안 힘으로 여자를 제압하려던 경무국장은 어머니를 그리워하는 소년 기요시로 바뀌었다. 그는 숨죽이며 수복의 노래를 따라 불렀다.

기요시에게 〈사쿠라〉는 어머니였다. 병약했던 어머니는 기요시를 재울 때 힘없는 목소리로 〈사쿠라〉를 부르곤 했다. 수복은 그의 눈에 차츰 눈물이 차오르는 걸 보고 놀랐지만 내색하지 않았다. 노래를 끝내고는 애잔한 눈으로 그를 바라보았다. 그리고는 온화한 미소를 머금으며 천천히 걸음을 옮겨 기요시에게 다가갔다.

"조선의 〈아리랑〉은 일본의 〈사쿠라〉입니다. 미천한 기생 가수가 여기에 무슨 의미를 담았겠어요."

말을 마친 수복은 제가 할 수 있는 일을 다 마치고 처분을 기다리는 심정으로 시선을 바닥으로 내렸다. 하아, 기요시의 입에서 탄성이 흘러나왔다. 홀린 듯 수복에게서 눈을 떼지 못하던 기요시는 수복의 손을 힘주어 잡으며 바싹 마른 입술로 애원했다.

"다시 한번 불러 줄 수 있겠소?"

기요시의 목소리는 나긋나긋했다. 수복은 손을 들어 촉촉해진 기요시의 눈가를 매만지며 낮은 목소리로 다시 〈사쿠라〉를 불렀고 기요시는 어머니의 자장가를 듣는 아이처럼 수복의 품을 파고들었다.

"어머니가 날 재울 때 늘 부르던 노래요. 그 노래를 조선 여인에게서 듣게 되다니…."

수복은 기요시의 등을 토닥이며 아까보다 훨씬 더 부드러운 목소리로 노래했다.

"왜 〈아리랑〉을 불렀는지 취조를 해야 하는데 당신 때문에 잠이 쏟아져…. 조선에 온 후 단 하루도 술기운 없이 잠들 수 없었는데."

눈을 감고 드문드문 어머니 얘기를 쏟아 내던 기요시의 입에서 어느새 규칙적이고 안정적인 숨소리가 새어 나왔다. 불면에 시달리던 남자는 여자의 자장가에 평안한 잠에 빠졌고 여자는 처음 본 남자의 등을 토닥이며 날이 밝도록 그가 깨지 않기를 기도했다. 수복은 불현듯 기요시가 안쓰럽다는 생각이 들었다. 그 대단하다는 경무국장도 길거리의 흔한 남정네와 다를 게 없었다. 평양 기생 출신의 유행가 가수 왕수복이 경무국장의 사저에 들어간 그날 밤은 그렇게 지나가고 있었다.

다음 날 경무국장의 차를 타고 집으로 돌아온 수복은 기선을 보자마자 기선의 품에 쓰러지듯 안겨 하염없이 눈물을 쏟았다. 잔뜩 긴장했던 마음이 풀어지면서 이유 없이 눈물이 흘렀다. 아무것도 모르는 기선은 간밤에 수복이 모진 고초를 당했다고 지레짐작해 수복의 등을 토닥이면서 욕을 한바탕 쏟아 냈다.

"오십 넘은 남자가 왜 그리 젊은 여자를 못 잡아먹어서 안달인지 모르겠다 진짜. 게다가 취향은 어찌나 다양한지 오죽하면 조선 여자는 죄다 건드리고 다닌다는 소문이 날까. 개 같은 새끼. 내가 이래서 남자라면 치가 떨린다니까. 잊어. 네 인생에서 어제를 깨끗하게 지워."

기선의 품에서 몸을 일으킨 수복은 그런 기선이 재미있다는 듯 웃음 지었다.

"뭐야, 애. 왜 웃어. 정신 차려 수복아. 너 진짜 경무국장한테 된통 당했구나?"

수복의 웃음소리가 점점 더 높아졌다. 한참 동안 실성한 사람처럼 큰소리로 웃던 수복은 가까스로 터져 나오는 웃음을 참으며 기선의 손을 그러쥐었다.

"어젯밤에 아무 일도 없었어."

"뭐?"

"그냥 노래만 불렀어."

"노래? 무슨 노래?"

"〈사쿠라〉만 백 번쯤, 아니 천 번쯤 불렀을까?"

"〈사쿠라〉를 왜?"

궁금해 못 견디겠다는 기선의 얼굴을 보니 수복은 웬일인지 허기가 몰려왔다. 초저녁에 들어가 다음날 정오가 넘도록 물 한 모금 입에 대지 않았으니 그럴 만도 했다. 기선이 급하게 차려준 밥상에 앉은 수복은 어제 일을 줄줄이 보고했고 그 이야기를 들은 기선은 놀랍다는 표정을 지어 보였다.

"넌 진짜 대단한 아이다. 칼 들이미는 남자 앞에서 노래가 나오디? 그것도 자진해서?"

"그러게 말야."

"누가 믿겠니? 경무국장 집에 들어갔다가 아무 일 없이 나온…."

기선이 말을 하려다 말고 멈칫하자 수복이 씁쓸한 표정으로 다음 말을 이었다.

"맞아. 경무국장 집에 갔다가 아무 일 없이 나온 기생이 어디 있겠어. 내가 생각해도 신기해."

"그럼 이제 끝난 거야? 완전히?"

그날 이후 기요시는 수복에게 더 집착하기 시작했고, 수복이 기요시의 사저에서 노래를 부르는 밤은 더욱 잦아졌다. 그러던 중, 유난히 기요시의 어깨가 축 늘어져 목소리에 힘이 없는 날이 있었다. 어머니의 기일이라고 했다. 기일에도 본국에 돌아가지 못해 그의 마음이 바닥으로 가라앉은 모양이었다. 수복은 한순간도 긴장을 놓지 못하는 완벽주의자가 맥 놓고 있는 모습이 측은해 보여 기요시 앞으로 다가가 그의 머리를 살며시 끌어당겼다. 힘없이 끌려온 기요시의 이마가 수복의 가슴을 덮었다. 남자는 팔을 뻗어 수복의 허리를 끌어안고는 엉엉 소리를 내며 흐느껴 울었고 수복은 남자의 머리를 쓰다듬으며 낮은 목소리로 〈사쿠라〉를 읊조렸다.

기요시는 어린아이가 엄마 품을 파고들 듯 수복의 가슴에 코를 묻고 킁킁거렸다. 복숭아 단내 같은 체향이 후각을 자극하자 어머니 젖을 물고 잠들었던 어린 시절로 돌아간 듯 행복감이 밀려왔다. 수복의 까만 눈동자를 응시하던 기요시는 수복의 귓가에 입술을 대고 나직하게 속삭였다.

"당신은 반도 최고의 가수가 될 거요. 이제부터 내가 당신을 응원하겠소."

수복은 질끈 눈을 감고 기요시의 목을 끌어안았다. 예상하지 못한 수복의 반응에 기요시의 가슴에 불꽃이 일었다. 수복의 허리를 당겨 안았다. 종이 한 장 들어갈 틈 없이 밀착된 두 사람은 시린 겨울바람이 몰아치는 그 밤, 자석처럼 서로를 당기며 불구덩이 같은 쾌락에 빠져들었다.

무섭게 달려들던 기요시는 새벽녘에야 곯아떨어졌다. 한 달 가까이 아무 일도 없었는데 지난밤 왜 그를 도발했는지 모르겠다. 이유 없이 묵직했던 마음이 가벼워졌다. 아니, 후련해졌다는 표현이 더 적절할 듯싶었다. 수복은 간단한 쪽지를 적어 머리맡에 두고 경무국장의 사저를 나왔다.

경성 데파트

기요시와 불같은 밤을 보낸 수복은 일주일 후 이화동으로 이사했다. 일 층과 이 층을 뛰어다니며 집 구경을 하던 기선의 입에서 연방 탄성이 흘러나왔다.

"이 층에서 종로통이 한눈에 내려다보이는데?"

수복이 미소를 지어 보였다. 기요시는 어젯밤 수복을 안으며 페치카* 얘기만 했다.

"당신은 감기에 걸리면 안 되오. 그러니 페치카는 꼭 설치해야 한단 말이지."

페치카 외에도 기요시의 세심함은 집안 곳곳에 숨어 있었다. 마당 한편에 설치한 히노끼탕도 기요시의 선택이었다. 사방이 유리로 둘러싸인 히노끼탕에서는 밤하늘과 별빛, 눈이 내리거나

---

* 러시아풍의 벽난로.

비가 오는 광경을 보며 노천욕을 할 수 있었다. 유리 벽 안쪽에 커튼을 단 것은 수복의 아이디어였다. 다른 사람들의 눈이 두려웠기 때문이었다.

수복은 버터를 녹여 토스트를 만들었다. 일찍부터 움직였더니 위장이 꼬르륵 소리로 아우성이었다. 노릇노릇해진 토스트와 따뜻한 커피를 앞에 두고 기선은 망설이는 눈빛으로 수복을 바라보았다. 뭔가 묻고 싶은 게 많은 눈빛이었다.

"괜찮아?"

"언니 눈에는 어때 보이는데?"

기선은 선뜻 대답하지 못하고 망설이듯 말을 더듬었다.

"그게 뭐랄까…."

한동안 입술을 달싹이며 머뭇거리던 기선은 손에 들었던 토스트를 내려놓고 수복을 바라보았다.

"너 되게 좋아 보여. 평양 공연 갈 때 비행기로 오가는 것도 그렇고. 경무국장 만나고부터는 혈색도 좋아 보여. 몸에 좋은 거 먹고 다니는구나 싶고. 이상해."

"풉, 뭐가 이상해?"

"요즘 계속 밤새 시달릴 텐데 왜 피부가 반짝반짝 윤이 나고 혈색이 좋은 거냐고."

"좋은 거 먹고 다니니까 그런가 보지."

수복이 새침하게 말하자 둘의 웃음이 동시에 터졌다. 한참을 깔깔대던 기선의 눈빛이 또다시 진지해졌다.

"난 네가 박사장을 못 잊을까 봐 걱정이었거든."

"깨끗이 잊을 수는 없지. 처음이라는 게 그런 거잖아."

기선은 조심스럽게 수복의 손을 그러쥐었다. 힘내라 응원하듯 힘을 주어 잡았다.

"예전에 처음 박사장 만난다고 했을 때 언니가 그랬잖아. 기왕 만날 거면 빼먹을 수 있는 거 다 빼먹으라고. 그런데 빼먹자고 들면 경무국장이 더 괜찮지 않겠어?"

"제법 똑똑한데? 기생학교 졸업할 때가 엊그제 같은데 그새 이렇게 똑똑해진 거야?"

잠시 쓸쓸한 기운이 수복의 얼굴에 스쳤다. 조선 최고의 예인이 되리라 다짐했던 그때…. 수복은 기선이 눈치챌까 얼른 표정을 바꾸고 말을 이었다.

"다 언니 덕분이지. 참, 나《대지》다 읽었는데."

"잠깐만."

기선은 가방에서 서너 권의 책을 꺼냈다.

"이건《퀴리 부인전》그리고 이건《좁은 문》이랑《죄와 벌》."

"언제 이렇게 많이 샀어. 퀴리 부인은 어떤 사람이야?"

"폴란드 사람인데 노벨 물리학상을 두 번이나 받은 천재 물리학자야."

"물리학자?"

"과학계에 여성은 전무했는데 퀴리 부인이 등장하면서 여자들이 조명받기 시작했어."

"말하자면 과학계 선구자 정도 되는 거네. 나머지 책들은 무슨 내용이야?"

문학에 눈을 뜬 수복은 여러 나라의 문학을 섭렵하고 있었고, 이 과정에서 자연스레 조선 문인에게도 관심을 두기 시작했다. 문학에 관한 이런저런 이야기를 한참 나누던 중 기선이 무언가 생각났다는 듯 화제를 바꿨다.

"이번 주말에 구인회* 모임이 있는데 같이 갈래?"

"구인회?"

"조선 문인들이 많이 나오는 모임이거든. 우리 학예부장이 회원인데 굳이 나오라네?"

"근데 언니는 김기림 부장님이 언니 좋아하는 거 알면서 왜 모른 척이야? 인물도 괜찮고, 키도 적당하고. 그리고 착하잖아."

순간 기선의 얼굴이 벌겋게 달아올랐다.

"착한 남자가 경성 바닥에 한둘이니?"

"도대체 왜 싫다는 거야?"

"첫눈에 반하는 사랑을 믿는다니까."

기선이 식어버린 토스트를 우적우적 입에 구겨 넣었다. 첫눈에 반하는 사랑이라는 말이 수복의 귓가를 맴돌며 박사장의 얼굴이 떠올랐다. 수복에게 박사장은 쉽게 잊히지 않는 사람이었다.

왕평은 살맛 나는 생활을 이어 가는 중이었다. 〈아리랑〉 사건

---

* 1933년 8월, 중견 작가 아홉 명이 모여 만든 문학 친목 단체. 김기림, 이효석, 이종명, 김유영, 유치진, 조용만, 이태준, 정지용, 이무영이 창립 멤버였다.

이후 왕수복의 레코드 판매량이 엄청나게 늘어 포리도루 최고 기록을 갈아치웠기 때문이었다. 콜롬비아에서는 〈패성의 가을 밤〉에 이어 미리 녹음해 둔 〈망향곡〉을 발매했지만 대세는 〈고도의 정한〉을 발매한 포리도루로 기운 후였다. 포리도루가 내놓는 왕수복 레코드들은 날개 돋친 듯 팔려 나갔고 전국에서 수복을 초청하는 행사가 줄을 이었다. 〈고도의 정한〉, 〈인생의 봄〉, 〈젊은 마음〉, 〈외로운 꽃〉, 〈어스름 달 밤〉과 같은 유행가뿐 아니라 〈최신 아리랑〉 같은 신민요에서도 왕수복을 따라올 자가 없었다.

게다가 포리도루는 수복의 평양 기생학교 동기생인 선우일선과 〈꽃을 잡고〉라는 신민요를 발표했는데 이 역시 엄청난 판매량을 기록했다. 평양 기생 출신의 가수라는 왕평의 전략이 또 한 번 먹힌 것이었다. 왕수복 레코드의 성공으로 축음기 판매량이 급증했다며 일축이 포리도루의 이시하라 사장에게 감사패와 포상금까지 수여할 정도였으니 반도에서 포리도루의 위상을 따를 데가 없다고 해도 무리가 아니었다.

격세지감 아닌가. 불과 한 달 전 기요시 구둣발에 채여 죽을 수도 있겠다 싶었는데 지금은 평생 처음 느껴보는 행복을 누리고 있으니. 그중 두둑한 돈다발이 주는 기쁨이 일품이었다. 아침마다 자신의 얼굴을 꼬집어 보는 게 왕평의 일과가 될 정도였다.

"부장님. 경무국에서 전화 왔습니다."

하던 일을 멈춘 왕평은 예전보다 훨씬 비대해진 몸을 날려 수화기를 받아 들었다.

"포리도루 왕평입니다."

"경무국 도서과 이선관 검열관입니다."

쾌활하던 목소리가 점점 바닥으로 잦아들더니 끝내 어두운 얼굴로 수화기를 내려놓은 왕평은 호기심에 찬 눈으로 자신을 바라보는 문예부원들과 천천히 눈을 맞추며 힘겹게 입을 열었다.

"지금 당장 경성 데파트 가서 레코드 다 빼 와."

"네?"

문예부원들이 놀라 모두 자리에서 일어났다.

"시키면 시키는 대로 해. 토 달지 말고."

왕평의 짜증 섞인 목소리에 문예부원들은 쭈뼛거리며 서로 눈치만 보고 있다가 겨우 서근영이 용기를 냈다.

"부장님. 무슨 일인지 저희도 알아야죠. 무조건 레코드를 빼라시면…."

왕평이 그의 말을 끊으며 버럭 소리를 질렀다.

"도서과에서 경성 데파트에 영업 정지 명령을 내렸대. 자세한 건 나도 몰라. 도서과 검열관이 알려 준 정보야. 없어 못 파는 레코드니 다른 데서 하나라도 더 팔아야지."

문예부원들이 일사불란하게 달려 나가는 모습을 바라보며 왕평은 담배를 꺼내 들었다. 불길했다. 박사장한테 무슨 일이 생긴 것만 같았다. 사무실 밖으로 나와 담뱃불을 붙인 왕평은 지나가는 사람들을 바라보며 담배 연기를 깊이 빨아들였다. 그때 사무실 창문으로 사환이 목을 빼고 왕평을 불렀다. 왕평은 장초를 바닥에 던져 구둣발로 짓이겨 끄고는 다급히 계단을 올라갔다.

경성 데파트 박춘식 사장이었다. 수화기 너머의 박사장은 이성을 잃은 듯 울부짖고 있었다. 그는 그동안 자신이 받은 이상한 조사에 대해 두서없이 쏟아 냈다. 열흘 전 위생과가 들이닥쳐 식품 매장이 위생법을 위반했다며 엄청난 벌금을 매기더니 어제는 도서과에서 나와 위법한 레코드를 판매했다며 6개월 영업 정지를 내렸다고 했다. 그리고 방금 전에는 조선 식산은행에서 기한이 1년 남은 대출금을 상환하라며 지급 명령을 내렸다고 했다. 이 모든 일이 기요시 경무국장과 무관하지 않다는 게 박사장의 추측이었다.

"위험한 추측입니다. 상대가 경무국장인데 물증도 없이⋯."

"이대로 당하고 있어야 합니까, 부장님?"

수화기 너머 박사장이 꺼이꺼이 울고 있었다. 보통학교도 졸업 못 할 만큼 어려운 가정 형편을 딛고 지금까지 이뤄온 것들이 한순간에 사라질 절체절명의 위기라는 게 느껴져 말문이 막혔다. 간간이 숨소리만 내던 왕평이 어렵사리 입을 열었다.

"나라면 6개월간 쥐 죽은 듯 조용히 있다가 나중을 도모하겠소."

"다 죽는 겁니다. 나만 죽는 게 아니라 직원 삼백 명이 다 죽는다구요, 삼백 명이!"

그때 수화기 너머로 우당탕탕 일단의 무리가 달려오는 구둣발 소리가 들려오더니 박사장의 비명이 날카롭게 울려 퍼졌다.

"무슨 일입니까, 박사장! 박사장!"

그의 신변에 일이 생긴 게 분명했다. 왕평은 끊어진 수화기를 황망한 눈으로 바라보았다.

열흘 전. 수복은 경무국장 사저에서 반짝이는 밤하늘을 보며 기요시와 노천욕을 즐기고 있었다. 내일이면 동경 출장을 떠나는 기요시가 평양 공연이 끝나는 시간에 맞춰 군용 비행기를 보내 수복을 경성으로 데려왔다. 수복의 등에 비누 거품을 묻히며 장난을 치던 기요시가 수복을 끌어안으며 낮은 목소리로 소원을 물어 왔다. 그때 수복의 머릿속에 박사장 얼굴이 떠올랐다.

"날 아프게 한 남자가 있어요."

"그게 누구요?"

기요시의 목소리에 노기가 서렸다. 수복이 몸을 돌려 기요시 가슴에 얼굴을 묻고 들릴 듯 말 듯 낮은 목소리로 속삭였다.

"사랑인 줄 알았는데 난 그에게 돈벌이 수단이었어요."

"그게 누구냐니까."

기요시는 수복의 턱을 들어 눈을 맞추었다. 물기 어린 눈동자는 어린 사슴의 눈동자 같았다. 이 여린 여인을 아프게 하다니. 기요시의 가슴에 다시 한번 분노가 차올랐다.

"빨리 말해. 내가 미쳐 도는 꼴을 보려는 게야?"

기요시의 눈이 희번덕하게 뒤집혔고 수복은 알 수 없는 표정을 지은 채 박사장의 이름을 말했다. 그렇게 박춘식에 관한 조사가 시작됐다.

　안절부절못하던 왕평은 결국 이화동으로 향했다. 다만 며칠 전 수복과 신경전을 벌인 게 마음에 걸렸다. 평양 기생학교 동기인 선우일선과 레코드 계약을 맺었다는 걸 안 수복이 포리도루 사무실로 들이닥쳐 포리도루가 기생 가수 양성소냐며 핏대를 세웠다. 그리고는 조선의 노래를 부르라고 해서 포리도루와 계약을 했는데 기생 출신 가수로 돈벌이에만 이용되는 것 같다며 한탄을 늘어놓았다. 왕평은 기생 가수가 많아지면 개중 독보적인 수복의 위상이 더욱 올라가지 않겠느냐고 설득했지만 수복은 기생 가수라는 말에 꽂혀 그대로 나가 버렸다.

　거실에서 피아노를 치던 수복은 왕평이 들어서자 페치카에 장작 몇 개를 더 집어넣었다.

　"급하게 오느라 이사한 집에 빈손으로 왔구만."

　"우리가 그런 사이인가요. 이쪽으로 오셔서 양갱이나 드세요."

　말은 그렇게 했지만 앙금이 남은 듯 건조한 수복의 말투에 왕평은 긴장을 풀지 못했다. 한동안 입술만 달싹이던 왕평이 겨우 고개를 들었다.

　"박사장이 지금 곤란한 상황인 것 같은데. 혹시 아는 게 있나 싶어서."

　우아하게 커피잔을 든 수복의 약지에 알이 꽤 굵은 다이아몬드가 반짝거렸다.

"총독부에 신고된 사건이 있는데 거기 연루됐다고 들었어요. 의주 식산은행 습격 사건*에 박사장이 연루됐대요."

수복의 말에 얼마 남지 않은 왕평의 머리카락이 쭈뼛 섰다. 사실이라면 박사장은 재판도 제대로 받지 못하고 형장의 이슬로 사라질 수도 있었다.

"현장에서 잡힌 범인 속옷에서 밀서가 발견됐는데 거기 박사장 이름이 적혀 있었대요."

"속옷에? 그래서 그렇게 갑자기 끌려간 건가."

"끌려갔어요? 언제요?"

"두 시간 전쯤. 통화하다가 순사들 발소리가 들리더니 전화가 끊어졌어. 도울 방법이 없을까?"

수복은 이상할 정도로 담담하게 양갱 껍질을 벗겨 왕평 앞에 내밀었다. 왕평은 그 천연덕스러운 모습에 섬뜩함을 느꼈다.

"일개 유행가 가수가 뭘 어떻게 해요."

"그래도 경무국장이나…."

"삼천리** 인터뷰할 때 부장님 계실 거죠?"

수복이 화제를 돌리며 왕평의 말을 끊었다. 삼천리 인터뷰라. 그게 오늘이던가. 왕평은 양복 상의에서 수첩을 꺼내 펼쳐 들었다. '저녁 7시. 삼천리 기자와 인터뷰'라 적힌 것이 눈에 들어왔다.

---

* 항일 독립운동 단체인 국민부가 조선총독부의 산업 정책을 뒷받침하던 핵심 기관인 식산은행을 습격한 사건.
** 1929년 6월 조선경성부에서 발행한 월간 종합 잡지. 김동환, 김동인, 이광수, 염상섭, 정지용, 나혜석, 김일엽, 장면 등이 필진으로 참여했다.

"나는 레코드 상황을 좀 봐야 하는데."

"〈그리운 강남〉 반응은 어때요. 용환 씨랑 같이해서 너무 좋았는데."

"용환이도 그렇게 말하더라구."

"근데 부장님은 어떻게 여럿이 부르게 할 생각을 하셨어요?"

"노랫말 보니 여럿이 주고받는 형식이 좋을 것 같았지."

"가사가 진짜 시예요, 시."

음악 얘기를 하는 수복의 목소리는 마치 노래를 부르는 듯 말캉거렸다.

"김석송이 꽤 실력 있는 시인이니까."

"부장님 작품 보는 눈은 정말 탁월해요. 멜로디가 특이하던데 그걸 뭐라고 해야 할까요?"

"신민요로 봐야겠지만 발성이나 멜로디는 가곡에 가깝지. 안기영이가 고급스럽잖아. 민요 가락을 넣어서 흥겹고 재밌게 구성했고."

"불러 보니까 진짜 다채롭고 풍성한 느낌이더라구요. 부르면서도 너무 신났어."

새로 나온 노래에 신난 수복 앞에서 왕평은 더 이상 박사장 이야기를 꺼낼 수 없었다. 때마침 기선이 삼천리 기자와 함께 거실로 들어섰다. 눈인사만 나누고 이화동을 빠져나온 왕평의 머릿속엔 내내 박사장이 맴돌았다. 젊은 청년 하나를 그렇게 허망하게 보내야 하나 싶어 가슴이 미어졌다.

그 시각 박사장은 종로 경찰서 취조실에 있었다. 순사들에게 끌려와 취조실에 들어서자마자 몇 명인지도 모를 장정들에게 집단 구타를 당했다. 말 그대로 피떡이 된 박사장 앞에 가죽점퍼를 입은 고등 경찰관이 껌을 씹으며 나타났다. 그는 한동안 박사장을 노려보더니 명함을 내밀었다. 종로 경찰서 고등 경찰관 유승운. 조선인이었다. 가느다란 희망의 불씨를 발견한 듯 박사장 얼굴에 미소가 피었다.

"경성 데파트 박춘식 사장님. 당신을 치안유지법 위반 혐의로 체포했습니다."

"치안유지법이라니요. 제가 언제 치안유지법을 위반했다는 겁니까."

예상했다는 듯 유승운은 한쪽 입술을 삐쭉대며 안주머니에서 사진을 꺼내 들었다.

"이소경. 이 사람 알죠?"

박사장이 사진을 살피는 동안 유승운은 비릿한 미소로 박사장을 힐끗거렸다.

"모르진 않겠지. 경성 데파트 직원이니까. 그냥 직원이 아니지. 집까지 드나들 정도니. 이소경이 식산은행 돈을 털어 독립운동 자금으로 보냈소."

깜짝 놀란 박사장이 다리를 버둥대며 빌듯이 유승운 앞에 머리를 바짝 조아렸다.

"저, 저는 모르는 일입니다."

"조사하면 나올 거야. 아니, 조사하고 말고도 없지. 이소경 빤스에 당신 이름이 적혀 있었으니까."

"그럴 리가. 모릅니다. 저는 전혀 모르는 일입니다."

탕, 소리를 내며 책상을 내리친 유승운은 허리춤에 찬 총을 빼들었다. 순간 박사장의 몸이 움츠러들었다. 잔뜩 겁을 먹은 박사장 옆으로 다가온 유승운은 박사장 목에 총구를 겨누며 낮은 목소리로 이죽거렸다.

"독립운동을 하려면 만주 가서 해, 새끼야. 경성 바닥에서 깔딱대지 말고."

총구가 박사장의 머리통을 가격했다. 박사장은 입에서 거품을 뿜으며 종잇장처럼 힘없이 앞으로 고꾸라졌다.

삼천리 인터뷰는 기선의 중개로 이루어졌다. 삼천리의 모윤지 기자는 가수 인터뷰를 맡았으나 가수 쪽 인맥이 전무했다. 노심초사하던 중 학교 선배인 양기선을 떠올렸고 무작정 조선신문사로 찾아가 후배라는 걸 앞세워 애걸복걸해 왕수복 인터뷰를 따냈다. 피아노 치는 수복을 바라보던 모기자는 피아노 위에 놓인 소설책을 유심히 바라보았다.

"소설을 많이 읽으시네요."

"소설만 읽는 건 아니에요. 《퀴리 부인전》은 소설보다 더 마음을 흔들어요. 책 쓴 사람이 퀴리 부인의 딸이라서 그런지 퀴리 부인의 삶이 진실되게 그려져 있는데 너무 감동적이었어요."

기생 출신 가수를 괜스레 얕잡아 봤던 모기자는 수복의 유창한 답변이 신기했던지 고개를 갸웃거렸다.

"외국 서적을 주로 읽으시는구나."

"그런 건 아니에요."

피아노 의자에서 일어난 수복이 책장에서 책을 한 권 빼 들었다.

"춘원 선생이네요. 《유정》은 저도 아직 못 읽었는데."

"번역서는 아무래도 어색한 부분이 있는데 조선 문인의 책은 활자 그대로 느낄 수 있어서 서양 서적보다 훨씬 더 큰 감동을 느낄 수 있어요."

"만약 노래를 안 하셨다면 뭘 하셨을까요?"

"악기점 주인이나 서점 주인이 되지 않았을까요?"

"왜요?"

모기자의 눈이 호기심으로 반짝였다.

"악기점 주인이면 하고 싶은 악기를 다 연주해 볼 수 있잖아요."

"피아노 말고 다른 악기도 다루고 싶으세요?"

"바이올린 소리도 매력적이고 색소폰이나 드럼 같은 악기도 너무 좋아요. 그리고 서점 주인이 되면 온갖 책들을 원 없이 읽을 수 있을 테니 얼마나 좋겠어요."

"유행가 가수라서 노래만 잘하시는 줄 알았는데 교양이 정말 풍부하시네요. 최근에 〈그리운 강남〉을 발표하셨는데 이 노래도 반응이 아주 좋더라고요."

"정말 감사하죠. 1절은 윤건영 씨, 2절은 저, 3절은 김용환 씨

마지막 4절은 같이 불렀어요. 같이 부르니까 각자의 힘이 더해져 더 큰 힘을 내더라구요."

"그런 분위기가 노래에서도 느껴지던데요? 멜로디가 흥겨우면서 성악 느낌도 나고 다채롭고 풍성한 게 뭐랄까, 오페라 한 편을 감상한 느낌이라고 할까요?"

"오페라요? 저 오페라에도 정말 도전해 보고 싶은데."

카메라에 수복의 일상을 담으며 자연스럽게 인터뷰를 하다 보니 어느새 저녁 시간이었다. 수복은 국일관 사장에게 부탁해 갈비찜과 전복초를 공수해 놓았다. 기선이 양과자점에서 사 온 케이크까지 차려 내니 여느 요릿집 못지않았다.

"최고 가수를 만나니 갈비찜을 다 먹게 되네요. 저 갈비찜 처음 먹어 보는 거예요."

여기에 와인까지 더해지자 여자 셋의 수다 꽃이 피어났다. 밥을 같이 먹는다는 건 어떤 의미일까. 음식을 나눈다는 건 스스로를 감추지 않고 솔직하게 드러낸다는 것 아닐까. 수복은 모기자와 함께 식사하면서 그런 느낌을 받았다.

"모기자님은 애인 있어요?"

"이제 겨우 기자가 됐는데 애인이라니요. 아, 수복 양은 애인 있으세요?"

"좋은 사람이 있으면 좋겠다 싶기는 한데 쉽지는 않네요."

"결혼은 어떤 남자랑 하고 싶으세요?"

"저는 문사의 아내가 되고 싶어요. 시를 써도 좋고 소설을 써도 좋고."

케이크를 자르던 기선이 힐끗 수복에게로 시선을 돌렸다. 문사의 아내가 되고 싶다 말하는 수복의 얼굴이 조명 아래 더 환하게 빛났다. 진심이라는 걸 알아 그런지 콧날이 시큰해졌다. 자신을 돈벌이 수단으로 여겼던 박사장에 대한 원망의 말 혹은 기요시와 얽히게 된 현실에 대한 체념의 말 같았다.

"수입이 적을 텐데요."

"돈은 제가 많으니까. 돈 욕심은 안 부릴래요."

"수복 양은 정말 특이하시다. 돈 욕심 없는 가수는 처음 봐요."

"돈이야 있다가도 없고 없다가도 있을 수 있지만 지식이나 교양은 없어지는 게 아니니까요. 저는 값어치가 영원한 게 더 소중하고 귀하다고 생각해요."

"참, 삼천리에서 인기투표 시작했는데 혹시 알고 계셨어요?"

모기자는 잡지를 내밀었다. 기선이 손가락으로 짚어 가며 기사를 읽어 내려갔다.

"거리의 꾀꼬리요, 거리의 꽃으로 이 땅을 즐겁게 꾸미는 훌륭한 민중 음악가, 그는 레코드계의 가수들입니다. 여기에서 천재를 찾아냅시다. 1934, 35년대 조선의 보배를 찾아냅시다. 당신께서 가장 훌륭하다고 생각하는 가수의 이름을 남녀 별로 적어 2전 우표를 붙여서 서울 삼천리사 인기투표계로 보내세요."*

* 1934년 잡지 삼천리 11월 호에 게재된 인기투표 안내문.

"여자 가수들이 쟁쟁할 거 같은데? 모기자님, 어때요?"

"왕수복 양 엽서가 제일 많이 도착하는 것 같아요. 이난영 씨도 꽤 오는 것 같고."

모기자는 다음 달 삼천리 잡지를 가져오겠다는 약속을 남기고 이화동 집을 나섰다. 기선은 집 앞에 놓인 한 보따리의 선물 꾸러미를 품에 안고 거실로 들어섰다. 익명의 팬들이 수복에게 전해 달라며 놓고 간 선물이었다. 커피를 내리던 수복이 기선을 돌아보았다.

"우리 수복이 먹으라고 이렇게들 뭘 놓고 가신다. 오늘은 시루떡이야."

기선은 끙 소리를 내며 식탁 위에 떡 시루를 내려놓았다. 족히 한 말은 되어 보였다.

"이걸 다 먹으려면 한 달 내내 시루떡만 먹어야겠는데?"

시루떡 한 귀퉁이를 뜯어 입에 넣으며 기선이 너스레를 떨었다. 떡과 쌀, 그도 아니면 다른 가수의 레코드가 놓여 있기도 했다. 편지는 매일 같이 한 포대씩 쌓이는 바람에 아예 빈 쌀 포대 자루를 대문 밖에 걸어 두었다. 주소가 제대로 적힌 편지는 드물었다. 어떤 때는 '이화동 석판 인쇄소 옆집 왕수복 씨'라 적혀 있기도 했고 또 어떤 때는 '종로구 왕수복 씨 앞'이라 적혀 있기도 했다. 그저 왕수복 이름만 적어도 귀신같이 배달될 만큼 수복은 유명인이었다.

오랜만에 맞이하는 평온한 밤이었다. 쏟아지는 별빛을 보며 수복은 히노끼탕에 몸을 담갔다. 세상 모든 근심이 눈 녹듯 사라지고 노곤노곤 잠이 몰려왔다. 기요시가 출장을 가느라 맞게 된 선물 같은 휴식이었다. 그때 탕탕탕! 문 두드리는 소리가 들려왔다. 얼굴이 벌겋게 달아오른 왕평이 씩씩대며 수복 앞으로 다가왔다.

"이게 도대체 뭐야?"

왕평은 손에는 몇 장의 사진이 들려 있었다. 박사장과 조선호텔에서 식사하는 모습, 방으로 올라가는 모습, 그에게 안긴 모습 그리고 기요시와 사저에 들어가는 모습까지. 기요시는 뒷모습이 찍혀 얼굴을 확인할 수 없었지만 수복의 얼굴은 분명하게 보였다. 엉겁결에 수건으로 몸을 감싼 수복은 그대로 자리에 주저앉고 말았다.

"누가 찍은 거예요?"

"그걸 어떻게 알아."

"부장님은 어디서 받은 건데요."

"내일 조간신문에 낸다는 걸 억지로 뺏어 왔어."

어찌할지 해결 방법이 떠오르지 않았다. 왕평 역시 씩씩대기만 할 뿐 머릿속이 복잡했다. 수복의 레코드가 날개 돋친 듯 팔려 나가는 마당에 지저분한 추문이 발목을 잡을지도 모른다 생각하니 아찔해졌다. 불편하게 흐르던 침묵을 깨고 수복이 천천히 입을 열었다.

"기자 회견을 해야겠어요."

"뭐?"

왕평과 어느새 소란을 듣고 달려온 기선이 깜짝 놀라 동시에 외쳤다.

"경성 데파트 사장이랑 부적절한 관계를 맺었고 경무국 관리와도 만난 적이 있다, 이걸 공식 발표하겠다고?"

"그럼 어떻게 해요. 내 얼굴이 분명한데."

"생각 좀 해 봅시다. 매일신문 쪽에서 당장 호외를 뿌리지는 않을 테니까."

그날 밤, 수복은 기요시와 박사장의 얼굴이 떠올라 늦도록 잠을 이루지 못했다. 마찬가지로 뜬눈으로 밤을 지새운 왕평은 날이 밝자마자 이시하라 사장에게 상황 보고를 했다. 예상대로 이시하라는 불같이 화를 내며 수복의 사진을 바닥에 내팽개쳤다. 그리고는 배은망덕이라느니, 배가 불렀다느니, 이래서 조선인들은 믿을 게 못 된다느니 등 듣기 민망한 온갖 악다구니들을 쏟아냈다. 한동안 입을 굳게 닫고 있던 이시하라가 결심한 듯 자리에서 벌떡 일어섰다.

"추문은 추문으로 막을 수밖에. 총독부부터 들어가야겠군. 차대기 시켜."

오전에 나간 이시하라는 퇴근 시간이 훌쩍 지난 후에도 돌아오지 않았다. 기다리다 애간장이 다 타버린 왕평은 문예부원들을 모아 대책 회의를 시작했다. 〈그리운 강남〉의 열기가 식기 전 왕수복 단독 레코드를 내자는 의견도 있었고 솔직하게 박사장과의 관계를 밝히는 게 도리라는 순정파도 있었다. 수복이 은퇴해야 한다는 과격한 의견도 나왔다. 그러나 결국 이시하라 사장이 결정해야 할 사안이라는 것으로 의견이 모아졌다.

다음 날 아침. 수복의 사진이 실렸을까 노심초사하며 왕평은 조심스레 조간신문을 집었다. 그런데 이게 웬일인가. 오케 레코드의 간판 가수 고복수*의 연애 사건이라니. 왕평은 잘못 본 게 아닌가 싶어 눈을 비비고 또 비비며 신문을 뚫어져라 노려보았다.

고복수의 연애 상대는 열두 살 어린 황금심이었다. 오보가 아닐까 자세히 살폈지만 대충 지른 기사가 아닌 작정하고 취재한 냄새가 났다. 사진과 기사의 디테일이 정교했다. 왕평은 세수를 하는 둥 마는 둥 하고 출근길에 나섰다.

"조간신문에 뭐 재미난 게 있던가?"

이시하라의 목소리에 몸을 돌린 왕평은 들고 있던 조간신문을 내밀었다. 기사를 훑은 이시하라의 입가에 만족스러운 미소가 번졌다.

"추문은 추문으로 덮어야 한다고 했잖은가."

"어떻게 하신 건지……."

---

* 고복수(1911~1972)는 콜롬비아 레코드와 동아일보가 개최한 전국신인남녀가수 선발대회에서 3위로 입상한 뒤, 오케 레코드사와 전속 가수 계약을 했다. 이후 〈이원애곡〉, 〈타향살이〉로 큰 인기를 끌었다.

"아는 취재원과 맞교환했지. 왕부장도 이 정도 능력은 돼야 가수들 관리를 할 텐데 말이야."

이시하라는 안주머니에서 수복의 사진을 꺼내 은밀하게 건네며 태워 버리라는 지시를 내렸다. 역시, 한 방이 있긴 있었어. 존경심에 왕평의 고개가 저절로 숙여졌다.

인력거를 타고 기요시의 사저로 가는 동안 수복은 멍한 눈으로 바닥을 응시하며 자책하고 또 자책했다. 어찌 된 영문인지 기사는 나지 않았지만 알 사람은 다 알 거라는 생각에 수복의 고개는 자꾸만 바닥으로 떨어졌다. 평생 소리꾼으로 살라고 했던 교장 선생님, 평양 최고의 예기라고 수복을 추켜세워 주었던 기생학교 동기생들, 무엇보다 엄마 생각에 가슴이 저며왔다. 남녀 문제는 당사자끼리 해결해야 하는데 경무국장을 끌어들인 것부터가 잘못이었다. 그래서 일이 이렇게 꼬인 것 같았다.

이런 사정을 아는지 모르는지 기요시는 수복이 들어서자마자 선물 상자부터 내밀었다. 복숭앗빛 기모노였다.

"기모노 입은 당신 모습을 당장 보고 싶소."

기요시의 눈빛이 간절했다. 미적대던 수복은 기요시의 성화에 못 이겨 기모노로 갈아입었다. 잠시 후, 사부작사부작 치마 스치는 소리에 기요시는 홀린 듯 고개를 들었다. 복숭앗빛 기모노는 수복의 하얀 얼굴을 돋보이게 했고 잘록한 허리선을 더 도드라지게 했다. 순간 기요시의 눈빛이 나른해지더니 수복의 허리를 힘껏 끌어안았다.

"복숭앗빛 유카타를 입은 당신이 꿈에 나타났소. 다음 날 당장 비슷한 것을 사 버렸지. 동경에서 이 옷을 당신이라 여기며 보고 싶은 걸 꾸욱 참았소."

수복은 자신의 품으로 파고드는 기요시를 토닥이며 〈사쿠라〉를 노래했다. 수복이 노래하는 동안 기요시는 수복의 품에서 나오지 않았다. 그런 기요시를 안은 수복의 눈동자가 불안하게 흔들리고 있었다.

"경성 데파트, 박사장이요."

그 순간 미간을 찌푸린 기요시가 수복의 입술에 손가락을 갖다 댔다.

"그 얘기라면 깨끗하게 해결했으니 신경 쓰지 마시오."

그러나 수복의 얼굴에 드리운 어둠은 가시지 않았다. 기요시는 이유를 캐물었다.

"이젠 상관없는 사람이지만 감옥에 있는 게 저 때문인 것 같아 괴로워요."

"이제 상관없는 사람인데 무슨 일을 당하든 그게 무슨 대수라고."

"주위에서 다들 저 때문이라고 수군거리는 것 같아요."

"누가, 어떤 놈이?"

기요시의 목소리가 높아졌다. 시퍼런 서슬에 주눅이 든 수복의 고개가 바닥으로 떨어졌다.

"대놓고 말하지는 않지만…. 아무튼 그래요."

수복이 어깨를 들썩이며 흐느끼기 시작하자 기요시가 난처함과 짜증이 뒤섞인 표정을 지었다.

"복잡한 건 질색이야. 박춘식을 풀어 주면 당신 마음이 편해지겠소?"

수복은 눈물이 가득 찬 얼굴로 고개를 끄덕였다.

수복이 기요시에게 눈물로 호소한 지 세 시간 뒤, 박사장은 종로 경찰서 밖으로 나와 파란 하늘을 올려다보았다. 비서실장은 울먹이며 두부 한 모를 내밀었다. 훤칠한 키에 양복 입은 모습만 보다 피떡이 된 얼굴에 추레한 몰골을 보니 눈물이 솟구쳤다. 눈이 반쯤 뒤집혀 전혀 딴사람이 된 박사장은 맨손으로 두부를 거머쥐고는 우적우적 씹지도 않고 한입에 삼켜 버렸다.

"병원으로 모시겠습니다."

"회사로 가지."

그때 박사장의 눈에 먼발치에 있는 홍수가 들어왔다. 차에 오르려던 박사장은 방향을 틀고 주변을 살피며 홍수를 향해 걸음을 옮겼다.

"알아봤어?"

박사장은 경찰서에 끌려가기 전, 그러니까 경무국 도서과에서 영업 정지를 받았을 때 홍수에게 수복과 기요시의 뒷조사를 지시했었다. 만약 자기 신상에 문제가 생기면 사진을 매일신문사에 보내라는 지시와 함께.

"예상하신 게 맞습니다."

"이게 다 기요시 짓이란 말이야?"

"그렇게 파악됩니다."

"사진은? 사진은 보냈고?"

"보냈는데 신문에 나오지 않았습니다. 대신 다른 가수의 연애 기사가 났습니다."

홍수는 박사장에게 고복수의 기사가 실린 신문을 내밀었다. 한동안 신문을 바라보던 박사장은 홍수에게 별도의 지시가 있을 때까지 숨어 있으라는 말을 하고는 자동차에 올라탔다.

경성 데파트는 이미 폐허로 변해 있었다. 이가 빠진 듯 듬성듬성 전광판 조명이 꺼져 있었다.

"시설과 직원들 다 잘라 버려야겠군. 이건 영업 정지가 아니라 폐업 맞은 꼴 아니야?"

비서실장은 고개를 바닥으로 떨군 채 낮은 목소리로 울먹였다.

"은행 가압류가 들어와서 비용을 집행할 수가 없는 상황입니다."

"가압류?"

"식산은행에서 통장을 묶어 버렸습니다."

"개새끼들. 대출금 상환 기한도 안 됐는데. 기어이."

어디서부터 손을 써야 할지 머리가 안 돌아갔다. 열다섯에 사업을 시작한 이래 이렇게 암담한 경우는 처음이었다. 우선 직원들을 모아 대책 회의부터 열어야 했다. 박사장이 건물 안으로 들어서려는 순간 이 층에서 까만 연기가 뿜어져 나오기 시작했다.

"사장님! 저기 연기가, 연기가 납니다."

순간 엄청난 폭발음과 함께 건물의 유리창이 일제히 깨지며 파편이 사방으로 튀었다. 비서실장은 그대로 몸을 날려 박사장의 몸을 감싼 채 바닥으로 나동그라졌다. 몇 차례 더 폭발음이 들린 후, 검붉은 불기둥이 이 층에서 뿜어져 나왔다.

"안 돼!"

박사장은 울부짖으며 불기둥이 뿜어져 나오는 곳을 향해 뛰어들었으나 비서실장이 날뛰는 박사장을 온몸으로 막아 냈다. 이 층에서 시작된 불은 눈 깜짝할 새 다른 층으로 옮겨붙었다. 박사장은 이 모든 것을 눈앞에서 뻔히 보고도 아무것도 하지 못한 채 발만 동동 굴러야 했다.

경성 소방서 의용소방대원들이 우르르 쏟아져 나와 소방 호스로 화재 진압에 나섰지만 불줄기는 이미 건물 전체로 옮겨붙은 후였다. 불길은 열 개가 넘는 소방 호스가 동원된 지 두 시간이 지나서야 겨우 잡혔다. 박사장은 순식간에 검은 재로 변한 건물을 보며 망연자실했다. 눈만 껌뻑껌뻑이며 넋이 나간 듯 서 있었다. 비서실장은 박사장의 바짓가랑이를 잡은 채 울부짖었다. 결국 박사장은 그대로 바닥에 주저앉고 말았다.

그렇게 한참이 흘렀다. 소방대장은 눈에 보이는 불길은 어느 정도 진압됐지만 잔불이 남아 있을 수 있다며 건물 진입을 통제

했다. 하지만 박사장은 막무가내였다. 뒤늦게 도착한 왕평이 책임을 묻지 않겠다는 공문에 서명하고 나서야 박사장은 폐허가 된 건물 안으로 들어갈 수 있었다. 상품들은 모두 물에 젖거나 불에 타 버려 형체를 알아볼 수 없었다. 손전등 불빛에 의지해 몇 걸음 내딛던 박사장이 불쑥 걸음을 멈췄다.

"이게 다 우연입니까."

감정이 모두 빠져나간, 서걱거리는 목소리였다. 박사장은 눈물과 땀이 섞여 엉망이 된 얼굴로 바닥에 무릎 꿇은 채 오열했다. 폐허가 된 경성 데파트에 박사장의 울음소리가 구슬프게 울려 퍼졌다. 겨우 박사장을 건물 밖으로 끌고 나온 왕평은 선술집 구석 자리에 박사장을 밀어 넣었다. 막걸리 한 사발에 취해 버린 박사장을 집에 보내고 난 왕평은 혹여 불똥이 수복이나 포리도루로 튀면 어쩌나 하는 걱정이 들었다. 유난히 밤바람이 찬 날이었다.

수복이 경성 데파트에서 불기둥이 치솟는 광경을 목격한 곳은 경무국장의 사저 히노끼탕이었다. 춘식이 경찰서에서 풀려나자 이제 할 일을 다 했다며 홀가분해 했던 수복은 곧바로 첫 남자의 무너지는 모습을 지켜봐야만 했다. 기요시는 따뜻한 물을 수복의 등에 끼얹으며 혀를 끌끌 찼다.

"박춘식 올해 운발이 억세게 안 좋은 게지."

수복은 눈물을 삼키면서도 겉으로는 웃어야 하는 자신의 팔자가 서러웠다.

"앞으로는 누구도 당신 앞에 걸리적거리지 못하게 할 거요. 내가 당신을 응원하는 한."

수복은 이 말이 네가 뭘 하려거든 나한테 바짝 엎드려야 한다는 겁박으로 들려 온몸에 소름이 돋았지만 웃으며 기요시에게 등을 돌리고는 욕조에 턱을 괸 채 밤하늘을 올려다보았다.

물기를 머금은 수복의 등이 달빛을 받아 반짝였다. 매끈한 등 줄기가 더없이 고혹적이었다. 기요시는 세상 가장 귀한 것을 다루듯 조심스럽게 수복의 등과 허리를 천천히 쓸어내렸다. 기요시의 손이 닿는 곳마다 화인이 찍힌 듯 화끈거렸다. 고양이가 그르렁거리는 소리를 닮은 수복의 낮은 신음 소리가 그를 자극했다. 수복과 눈을 맞춘 기요시의 심장이 떨리기 시작했다. 단전에 피가 몰린 기요시는 참지 못하고 수복을 끌어당겼다. 그리고는 자신의 품에 맥없이 안겨 얕은 숨을 몰아쉬는 수복의 입술을 머금었다. 둘은 서로의 체온으로 점차 달아오르기 시작했다.

유행가의 여왕

한동안 박춘식의 몰락에 관한 기획 기사가 연일 쏟아졌다. 어린 소년이 자수성가한 성공 신화가 그러했듯 그의 몰락 역시 대중의 관심을 끌었다. 그가 몰락한 지 1년이 지났을 때도 관련 기사가 나올 정도였다. 왕평은 신문을 아무렇게나 구겨 쓰레기통에 던져 버렸다. 그러자 기선이 버럭 달려들었다.

"기자 앞에서 신문을 쓰레기통에 처넣는 건 도대체 어느 나라 예법입니까?"

"볼 거 다 봤는데 쓰레기지 뭐. 매일 나오는 걸 모셔두기라도 할까. 양기자, 얘기는 들었지?"

해외 공연 얘기였다. 동경 기독교 청년회에서 주관하는 행사의 이름은 '조선 유행가의 밤'이었다. 동경에 거주하는 오만 조선인의 자녀에게 교육의 기회를 부여할 무산 아동 야학의 기금을 마련하는 것이 행사의 목적이었다. 조선신문이 동행 취재를

하고 포리도루 전속 가수들이 공연하는 것으로 행사의 전체적인
윤곽이 잡혔다고 했다.

"근 2년 동안 정신없었잖아. 박사장 일도 그렇고. 며칠 동경
바람이나 쐬다 오자고."

왕평이 이시하라 사장의 반대에도 불구하고 행사에 참여하려
는 이유가 여기에 있었다. 수복에게는 휴식이 필요했고, 수복이
쉬려면 기선이 필요했다. 왕평의 요청으로 기선의 출장을 승인
하긴 했지만 조선신문 학예부장 김기림은 기선이 왕수복 전담
기자로 전락한 것 같아 마음이 찜찜했다. 기림의 마음을 아는지
모르는지 기선은 소풍을 앞둔 아이처럼 콩닥콩닥 가슴이 설레는
중이었다.

"수복아, 우리 공연 끝나고 동경 철도 타자. 그냥 기차가 아니
야. 지하로 다니는 기차래."

"땅 밑으로 기차가 다닌다구? 에이, 거짓말!"

기선이 눈을 동그랗게 치뜨고 수복을 째려보고는 취재 수첩을
내밀었다. 그동안 선배들한테 들은 최신 동경 소식이 빼곡히 적
혀 있었다. 쿄바시역에서 긴자역까지 운행하는 새로운 지하철도
노선이라고 적힌 글 밑에는 빨간색으로 굵은 밑줄까지 그어져
있었다. 수복의 눈이 신기한 듯 반짝거렸다.

"몇 년 전에 오다와라 급행열차가 개통됐는데 그 철도랑 연결
이 된다네. 그러니까 우에노시장 갔다가 지하철도 타고 호텔로
가면 될 것 같아."

어린아이처럼 들떠 떠들어 대는 기선을 보며 수복이 웃음을 터뜨렸다.

"우리 관광 가는 게 아니고 아이들 야학 기금 마련하러 가는 거야."

"알아. 조선인 무산 아동 야학 기금 마련하는 공연인 거 안다고요."

"알면서 왜 관광 얘기부터 한담?"

"가는 사람도 신이 나야 열과 성을 다하지, 얘는 참."

기선의 너스레에 두 사람은 깔깔대며 바닥을 뒹굴었다. 별것도 아닌 일에 이렇게 웃어본 게 얼마 만인지. 배가 아플 만큼 웃어젖히고 난 수복은 불쑥 메밀전이 먹고 싶다며 기선을 바라보았다. 수복이 뭔가를 먹고 싶다고 말한 게 굉장히 오랜만이었기에 기선은 곤로 앞에서 비지땀을 흘리며 메밀전을 부치는 일이 하나도 고생스럽지 않았다.

"그나저나 기요시는 언제 만주로 가는 거야?"

"만주? 만주를 왜?"

만주사변 때부터 시작된 중국과 일본의 대립에 조선인들까지 만주 전선으로 끌려가 죽음을 맞이하던 때였다. 그런 곳에 기요시가 간다는 소식에 수복의 얼굴에 근심이 어렸다. 얼마 전까지만 해도 아무런 내색이 없었는데 무슨 일이 생긴 걸까 의아했다.

"아직 소식 못 들었어? 경무국 내부자가 폭로를 했다던데. 무슨 비리를 저질렀대. 학예부장 정보라 완전히 믿기는 어려워. 아닐 수도 있어."

수복이 당연히 알고 있을 거라 생각한 기선이 눈치를 살피며 둘러댔다. 수복은 이제야 왜 기요시가 최근 들어 자신을 찾지 않았는지를 알 수 있었다. 근래 기요시에게서는 아무런 연락도 없었다. 내색하지 않으려 했지만 불쑥불쑥 기요시와 나눈 추억들이 솟구쳐 마음이 어지럽던 차였다. 기선의 말은 수복의 마음을 더욱 심란하게 만들었다.

하루에도 몇 번씩 오르락내리락 감정 기복이 심해진 수복을 걱정스럽게 지켜보던 왕평은 특단의 조치를 마련했다. 일주일 앞으로 다가온 공연을 핑계 삼아 수복이 다른 생각을 할 수 없도록 빡빡하게 연습 일정을 짜고는 모든 포리도루 전속 가수와 관현악단원에게 매일 열 시간의 합동 연습을 지시한 것이다. 연습은 차질 없이 진행되었다. 마지막 연습을 마친 후에는 의기투합하는 차원에서 단체 회식을 하자는 윤건영의 제안을 받아들여 근사한 곳에서의 식사 자리도 마련했다. 하지만 공연을 앞두고 과한 식사를 하지 않는 건 수복의 오랜 습관이었다. 회식에서 빠진 수복은 식사가 끝난 후 충무로 모나리자*에서 합류하기로 했다.

몸은 쓰러질 만큼 피곤했지만 뭉친 근육을 푸는 데 걷는 것만큼 좋은 게 없다는 생각에 수복은 모나리자까지 걸어가기로 마

---

* 음악평론가 김관이 연 유명한 명곡 다방 '에리제'가 이름을 바꾼 곳이다. 배우 겸 가수인 강석연이 운영했다. 충무로와 명동 금융가에 인접해 주식 관계자들이 많이 찾았고 강석연과 친분이 있는 가수들도 자주 찾았다.

음먹었다. 종로통 낙랑파라 앞을 지날 무렵, 누군가 툭 튀어나와 수복의 손목을 낚아챘다. 깜짝 놀라 고개를 드니 테너 가수 이인선*이 서 있었다. 수복의 얼굴이 환해졌다.

"낙랑파라에서 환송회 중인데 수복 씨도 같이 한잔할래요?"

"무슨 환송회에요?"

인선이 부끄러운 듯 머리를 긁적였다.

"나 이태리 가요. 이철 사장님이 줄을 대서 유학을 가게 됐어요."

"너무 잘됐다. 축하해요!"

의례적으로 하는 말이 아니었다. 황주에서 병원을 개업해 의사로 있다가 시끌벅적한 연애를 거쳐 결혼한 후 딸까지 두었는데, 그런 그가 이태리 유학이라니. 언젠가 총독부가 주최한 행사에서 그를 처음 만났다. 중후한 저음이 무대 뒤에서 왕평과 수다를 떨던 수복의 귀를 자극했다. 모든 감각 기관이 잠에서 깨어나듯 새롭고 신비로운 느낌이 들어 고개를 돌려 보니 훤칠한 키의 잘생긴 조선인이 무대에 서 있었다. 그가 이인선이었다. 그의 유학 소식이 기쁘면서도 왠지 씁쓸했다. 인선과 인사를 나누고 또 한참을 걸어 모나리자에 들어서자 복혜숙 사장이 뛰어나와 수복의 손을 맞잡았다.

---

* 이인선(1907~1960)은 동양 제일의 테너라는 호평을 받았던 한국의 오페라 개척자다. 평양 출신으로 감리교 목사의 아들로 태어나 세브란스 의전을 졸업하고 개업의가 되었으나 얼마 지나지 않아 이탈리아로 유학을 떠났다. 1937년 귀국 독창회를 성공적으로 개최했다.

"안 보는 사이 왜 이렇게 얼굴이 상했어? 무슨 걱정이라도 있는 거야?"

"걱정은 무슨. 잘 지내셨어요?"

"나야 뭐. 또 신보 나오나 봐? '평양 기생 왕수복'으로 전광판 광고한다고 대머리가 신났던데?"

그놈의 평양 기생, 평양 기생. 수복은 한숨을 쉬며 계단을 올라갔다. 왕평과 김용환 둘이 앉아 수다를 떨고 있었다.

"평양 기생 왕수복! 신보 나온다면서요?"

김용환이 물었다.

"다음 달이 삼천리 투표 마감이니까 투표에도 영향을 줄 테지. 발표가 10월이라니까 그 전에 신보를 내면 좋겠다는 게 내 생각이야."

"도대체 평양 기생은 언제까지 우려먹을 작정이세요?"

수복이 불쑥 끼어들었다.

"그 잘난 기생 타이틀은 언제까지 붙일 거냐구요!"

말을 하다 보니 더 화가 나고 부아가 치밀어 수복의 목소리가 점점 더 높아졌다. 잠자코 듣기만 하던 왕평도 수복을 노려보며 차갑게 쏘아붙였다.

"그 좋은 타이틀을 왜 버려? 그 때문에 팔리는 레코드가 몇 장인데? 돈 좀 벌었다고 배가 불렀나? 그래서 이러는 거야? 이제 뭐라도 된 것 같아서?"

수복의 눈에서 왈칵 눈물이 솟았다. 조마조마한 마음으로 두 사람을 살피던 김용환이 슬며시 끼어들어 수복을 달랬다.

"난 부러워 죽겠구만. 회사에서 대대적으로 광고해 주면 얼마나 좋아."

뭐가 좋다는 건지 모르겠다. 가수가 되기 전에는 조선 반도 최고의 예기가 되고 싶었다. 그러나 정담을 허망하게 보내고 난 후에는 꼿꼿하게 고집부리다 꺾이는 일은 당하지 않겠다고 마음먹고 스스로 박사장과 기요시 품에 안겼다. 그러는 와중에 조선의 노래를 부르고 싶다는 새로운 꿈이 생겼다. 하지만 기생 출신이라는 꼬리표는 좀처럼 떨어지지 않았다. 애당초 기생이 아니었다면 박사장과 기요시가 자신을 탐냈을까 싶기도 했다. 기생은 늘 감정을 숨기고 사람들 앞에서 인형처럼 웃어야 했다. 수복은 끅끅 터져 나오는 울음을 참으려 했지만 결국 툭, 눈물이 뺨을 타고 흘러내렸다.

"나 하나 좋자고 이러는 거야? 사람들이 좋아하는 게 뻔히 보이는데 피하는 이유가 뭐야? 잘 팔려야 다음 레코드도 나오고 가수도 노래할 맛이 날 게 아니야."

왕평이 계속 부아를 쏟아 냈지만 수복은 뒤도 돌아보지 않고 빠른 걸음으로 모나리자를 빠져나갔다. 용환이 곧바로 따라 나왔지만 이미 수복을 태운 인력거가 출발해 버린 후였다. 수복은 왜 이렇게 기생이란 말에 민감한 건지 스스로에게 묻고 또 물었지만 답을 찾을 수 없었다. 이태리 유학과 평양 기생 사이의 괴리에서 수복의 가슴이 와르르 무너지고 있었다.

"힘들어서 그래."

기선의 결론이었다.

"너무 힘들었잖아. 열아홉이 겪기에는 너무 힘들어서 별것도 아닌 일에 민감한 거야."

그래, 기선의 말처럼 수복은 이제 겨우 열아홉이었다. 하지만 그게 전부는 아니었다.

"근데 넌 왜 이인선을 부러워하기만 해? 왜 너는 유학을 못 간다고 생각하는 거야?"

두 사람의 눈이 마주쳤다.

"무슨 말이야?"

수복이 눈을 동그랗게 뜨고 반문했다.

"맨날 가난해서 학교 못 다녔다고 입버릇처럼 말했잖아. 근데 지금은 돈도 있는데 왜 청승을 떠냐고. 1년에 필요한 학비가 대충 육백팔십 엔 정도야. 백 엔이 팔십팔 원이니까 육백 원 정도겠지? 그런데 다달이 팔백 원씩 버는 네가 유학을 왜 못 가? 악착같이 한 푼도 안 쓰고 다 모았으면서?"

수복의 눈에 생기가 돌자 기선이 펜과 수첩을 꺼내 들었다. 공부에 목마른 수복에게 자신감과 의욕을 불어넣을 시간이었다.

1935년 5월 17일 오후 7시.

동경 중심부에 위치한 동경 공회당에서는 오전부터 조선의 음악이 울려 퍼지고 있었다. 모두 들뜬 마음으로 연습하고 있는데 포리도루 본사에 다녀온 왕평의 얼굴이 몹시 어두웠다.

"얼굴이 왜 그래요, 뭐 잘못됐어요?"

연습을 마친 용환이 모두를 대신해 머뭇거리며 말을 건넸다.

"오늘 공연에 얼마나 올지 알 수가 없다네."

"왜 몰라요?"

답답함을 참지 못한 수복이 다그치듯 나섰다.

"다들 허드렛일들을 하니 공연에 오려면 일을 못 하지. 이런
데 올 생각이나 하겠어."

왕평의 시선이 창밖으로 향했다. 보통의 경우라면 공연 전부
터 공연장 입구가 사람들로 북적여야 했고 인력거도 줄줄이 도
착해야 했지만 개미 새끼 한 마리도 보이지 않았다.

"기운 빠지지 맙시다. 관객이 한 명이든 두 명이든 최선을 다
해야지."

"그럼요. 설사 관객이 한 명도 없더라도 여긴 일본 땅이에요.
기운 냅시다."

김용환과 윤건영이 합세해 침울한 분위기를 띄워 보려 무진
애를 썼다.

"어? 저 사람들 여기 들어오려는 거 아닌가?"

왕평의 말에 모두가 우르르 창가로 몰려들었다. 어디에서들
나타났는지 조선인으로 보이는 사람들이 공회당을 향해 걸어오
고 있었다. 침울했던 공기가 들뜬 분위기로 바뀌었다.

"화장실 다녀올 시간 되려나?"

"첫 곡 끝나고 누가 인사말 하기로 했지?"

"무슨 인사?"

"관객 인사말 말이야."

"정한 대로 하면 되잖아."

"정한 게 생각 안 나니까 그러지."

의상을 매만지며, 화장을 고치며, 물을 마시며, 목을 풀며 모두가 우왕좌왕이었다. 동경 공회당은 '조선 유행가의 밤' 공연을 보러 온 수많은 조선인으로 가득했다. 한 명도 안 오면 어쩌나 걱정했는데 객석은 빈자리가 보이지 않을 정도로 꽉 찼다. 어디서 이렇게 많은 사람이 온 것인지 믿어지지 않았다.

"경무국장이 힘을 쓴 모양이야."

"경무국장이요?"

"동경 가게 주인들을 찾아다니면서 조선인을 고용하고 있으면 공연을 볼 수 있게 해 달라고 부탁을 하고 다녔다는군. 입장권까지 손수 사서 말이야."

소문만 무성했던 기요시는 동경에 있다가 엊그제 만주 전선으로 떠났다고 했다. 콧날이 시큰해졌다. 마지막 인사도 나누지 못하고 쫓기듯 떠난 그 마음이 어땠을까.

그때 무대에 선 흥행사가 수복의 이름을 외쳤다. 이제 수복이 무대에 오를 시간이었다. 수복은 쿵쾅거리는 심장을 부여잡고 천천히 계단을 올랐다. 수복이 등장하자 숨죽이며 지켜보던 관객들 사이로 우레와 같은 함성이 터져 나왔다. 객석의 함성과 함께 조명이 들어온 순간 수복의 눈앞에 믿기지 않는 장관이 펼쳐졌다.

머리가 희끗희끗한 할아버지 할머니, 땟국물에 절은 작업복을 입은 아저씨, 그저 부모를 따라나선 코흘리개 어린 소년 소녀까지. 삼천 명이 넘는 관객이 수복의 이름을 외치며 객석을 가득 메우고 있었다. 왕평의 목소리가 환청처럼 수복의 귓가를 울렸다.

'난 아무도 부르지 않은 노래를 당신에게 줄 겁니다. 그 노래는 고단한 조선인의 마음을 위로할 조선의 노래가 될 것이고 암울한 미래에 희망가가 될 것이오.'

그 순간 깨달았다. 조선의 노래가 된 내 노래, 조선을 위해 쓰일 나의 목소리. 왈칵 눈물이 솟구치고 심장이 터질 듯 박동했다. 목이 메어 목소리가 나오지 않았다. 끅끅 터져 나오는 울음을 참으며 그저 무대에 서서 관객들을 바라볼 뿐이었다. 객석에서도 훌쩍대는 소리가 들렸다. 그때 누군가 '칠석날 떠나던 배 소식도 없더니' 하며 노래를 부르기 시작했다. 누가 부르나 싶어 객석을 둘러보자 까만 교복을 입은 남학생 하나가 잘 맞지 않는 음정으로 열심히 노래를 부르는 모습이 눈에 들어왔다. 그의 목소리는 둘이 되고 셋이 되더니 급기야 삼천 명의 목소리가 되었다. 수복도 천천히 입을 열어 합창 대열에 끼어들었다.

악단은 노래 중간부터 급히 연주를 시작했다. 〈고도의 정한〉이 공회낭 전체에 울려 퍼졌고 이끌리듯 객석으로 내려간 수복은 관객들과 눈을 맞추었다. 울먹이며 부르는 노래는 한숨이 되

216

고 마음이 되어 모두를 하나로 만들었다. 가슴이 벅차올랐다. 정성스레 한 화장이 눈물로 얼룩졌지만 상관없었다. 수복의 노래는 사람들의 마음을 어루만졌고 사람들은 마치 자신들이 조선에 있다는 착각에 사로잡혔다.

공연을 마치고 관객들이 모두 돌아간 시각, 수복 일행이 공연장 밖으로 나오는데 교복 차림의 남학생이 급하게 달려오더니 수복에게 레코드 한 장을 내밀었다.

"다음 달에 조선으로 돌아가는데 혹시 사인해 주실 수 있나요?"

남학생의 공손한 말투에 수복은 환한 미소를 지으며 그가 내민 펜과 레코드를 받아 들었다. 수복이 한삼식韓三植이라는 이름을 레코드에 적으며 어느 집 셋째 아드님이냐고 묻자 삼식이 얼굴을 붉혔다.

"조선에 돌아가서도 공부 열심히 해서 꼭 훌륭한 사람이 되세요."

"고맙습니다."

꾸벅, 인사를 하고 뛰어가는 삼식의 뒷모습에 수복의 마음은 다시 한번 끓어올랐다.

늦은 밤. 호텔 방에 나란히 누운 기선과 수복은 난생처음 경험한 감동의 순간들을 곱씹으며 시간 가는 줄 모르고 수다를 떨었다.

"관객들 때문에 오늘 너무 큰 감동을 받았어."

"나도 눈물 나더라. 그분들도 지금쯤 이런 얘기하면서 누워 있겠지?"

"아니. 그분들은 삶이 고단해서 가자마자 곯아떨어졌을 거야."

수복의 목소리가 미세하게 떨리고 있었다.

"왕부장님이 계약하자고 평양 왔을 때 한 말이 있어."

침대에서 몸을 일으킨 수복이 그때의 왕평을 떠올리며 흉내를 내기 시작했다.

"흠흠. 난 아무도 부르지 않은 노래를 당신에게 줄 겁니다. 그 노래는 고단한 조선인의 마음을 위로할 조선의 노래가 될 것이고 암울한 미래에 희망가가 될 것이오."

장난으로 한 말이었지만 갑자기 목이 메어 왔다. 미운 구석도 있는 왕평이었지만 어쨌든 그는 수복에게 새로운 목소리를 준 사람이었다.

"그래서 마음이 무거워. 아무 노래나 부르면 안 돼. 좋은 노래를 잘 불러야 해."

한동안 말이 없던 수복은 결심한 듯 반짝이는 눈으로 기선을 바라보며 또박또박 힘주어 말했다.

"나 유학 갈래."

기선이 수복을 와락 끌어안았다.

"그래. 잘 생각했어. 이태리를 가야 성악 창법을 배울 수 있는 건 아니야. 일본에도 이태리 창법을 가르치는 학교가 얼마나 많은데."

"왜 계속 사람들 말이 어긋나게 들리고 마음이 비뚤어질까 이유를 몰랐는데 배움에 대한 갈증 때문이었던 것 같아. 결심하고 나니까 날아갈 것처럼 마음이 가벼워."

그때 호텔 전화기가 요란스레 울렸다.

"경성이요? 연결해 주세요. 네, 부장님. 이난영 취재요? 무슨 취재를 이렇게 갑자기 하래."

"난영이한테 무슨 일이라도 생겼어?"

기선이 전화를 끊자 수복이 물었다. 기선은 대답도 하지 않고 와인병을 들고 벌컥벌컥 들이켰다.

"이난영이 조선 대표로 동경 전국 명가수 음악대회에 나갔다고 그거 취재하래. 아니, 근데 조선 대표면 당연히 너지, 왜 이난영이야?"

〈목포의 눈물〉 이후 이난영의 기세가 파죽지세였다.

"난영이는 기생 출신이 아니니까 조선의 대표가 될 만하지."

수복의 눈에 씁쓸함이 스쳤다. 기선은 그럴듯한 반박을 하고 싶었지만 할 말이 떠오르지 않았다.

"얼른 가서 사진 몇 장만 찍고 올게. 자지 말고 기다려. 알았지?"

기선은 다급히 카메라를 챙겨 호텔 방을 빠져나갔다. 수복은 멍하니 닫힌 방문을 바라봤다. 평양 기생 출신의 유행가 가수 왕수복. 레코드를 낼 때마다 늘 평양 기생이라는 낙인이 붙어 다녔다. 조선 반도에서 왕수복이 기생 출신이라는 사실을 모르는 사람은 단 한 사람도 없으리라. 돌아오지 않는 기선을 기다리던 수복은 어느새 쓰러져 눈을 감았다.

'환영, 왕수복, 김용환, 윤건영, 왕평, 전옥, 포리도루 만세!'

경성 공항에 도착한 수복의 일행을 가장 먼저 환영한 것은 대형 현수막이었다. 그 아래에는 만면에 미소를 지으며 이시하라 사장이 손을 흔들고 있었다. 본사 사장으로부터 칭찬받았다는 얘기는 들었지만 그렇다고 일본인인 이시하라가 조선인 예술단을 환영하러 공항에 대기하고 있다니 놀라웠다. 게다가 아서원*에서의 환영 행사라니.

반도호텔과 조선호텔 사이에 위치한 아서원은 화교가 운영하는 곳으로 예약하기가 어렵기로 유명했다. 예약된 방에 들어서자 또 다른 현수막이 수복의 눈길을 끌었다.

'평양 기생 왕수복, 신보 발매 확정!'

수복의 얼굴색이 확 달라졌지만 왕평이 삼천리 인기투표 결과가 나올 시간이라고 떠드는 바람에 누구도 눈치채지 못했다. 지지직. 잡음을 내던 라디오가 주파수를 찾자 아나운서의 선명한 목소리가 흘러나왔다.

"8개월에 걸쳐 전 세계 곳곳에서 조선인들이 뽑아 주신 삼천리 최고 인기가수 결과입니다."

---

* 1920년대 초 지금의 소공동 롯데호텔 자리에 개장했다. 880평 규모의 홀을 가진 당시 최대 규모의 북경 요리 전문점이었다.

아서원에 모인 사람들이 허둥대며 한꺼번에 라디오 앞으로 몰려들었다.

"5위 빅타 레코드, 김복희!"

순간 탄성이 쏟아졌고 왕평은 술잔을 들어 한입에 털어 넣으며 혼잣말을 중얼거렸다.

"5등도 대단하지. 김복희 애썼다, 애썼어. 빅타 이기세 난리 났겠구만."

조용히 하라는 기선의 면박에 머쓱해진 왕평은 젓가락을 집어 들었고 사람들은 아나운서의 다음 발표를 기다리며 숨죽인 채 라디오 쪽으로 몸을 기울였다.

"4위는 포리도루, 전옥!"

브라보, 전옥 최고! 역시! 여기저기서 박수 소리와 함께 축하의 환호가 터져 나왔다. 탕수육을 집었던 왕평은 젓가락을 내려놓고 전옥을 향해 함성을 질렀다.

"브라보, 우리 옥이! 최고야 최고!"

수복과 일선이 선배인 전옥에게 축하 인사를 하고 이시하라 사장이 두둑한 금일봉을 전하자 전옥은 두 팔을 번쩍 들어 여유로운 웃음을 지어 보였다.

"다음은 3등입니다. 오케 레코드, 이난영!"

왕평이 휘파람을 불며 테이블 위로 올라서서 넥타이를 풀어 수복과 일선의 목에 걸었다. 뒤이어 흥분한 아나운서의 목소리가 흘러나왔다.

"이렇게 되면 1등과 2등이 같은 회사 소속 가수가 되겠는데요?"

"역시! 1등 포리도루 왕수복! 2위, 역시 포리도루 선우일선! 축하합니다."

펑, 소리와 함께 샴페인이 터졌고 왕평은 넥타이를 당겨 수복과 일선을 동시에 품에 안으며 환호했다. 이시하라 사장의 얼굴에도 환한 미소가 걸렸다. 전쟁에서 승전고라도 울린 듯 여기저기서 환호와 박수가 이어졌다. 분위기는 한껏 달아올랐다.

"이렇게 기쁘고 좋은 날 다 같이 건배합시다. 제가 한마디 올리겠습니다."

상기된 표정으로 이시하라 사장이 잔을 들고 나섰다.

"포리도루의 오늘은 누구 한 사람의 공이 아닙니다. 오늘의 영광은 모두 여러분 덕분입니다. 지난 수년간 우리는 상상할 수 없을 만큼 비약적인 발전을 이루었습니다. 확신컨대 포리도루의 내일도 오늘과 비교할 수 없을 만큼 대단할 것입니다."

함성과 박수 소리가 터져 나왔고 모두가 상기된 표정으로 이시하라를 주목했다. 수복만이 어두운 표정으로 바닥에 시선을 고정하고 있었다.

"당장 우리 포리도루의 얼굴인 왕수복 양의 신보 발매가 코앞으로 다가왔습니다. 포리도루 전 직원이 신보 홍보에 더욱 박차를 가해 평양 기생 왕수복 양이 영원한 반도 최고의 가희로 우뚝 설 수 있도록 전력을 다해야 할 것입니다."

함성과 박수 소리가 더욱 높아졌지만 그럴수록 수복의 고개는 바닥으로 고꾸라졌다.

"왕평 부장을 위시해서 전 포리도루 직원들은 가수 여러분이 최고의 역량을 발휘하고 또 그만큼 최고의 대우를 받을 수 있도록 물심양면의 지원을 아끼지 않겠다는 약속을 드립니다. 앞으로 더욱 잘 부탁드리겠습니다."

어눌한 조선말로 꽤 긴 연설을 마친 이시하라는 한참이나 허리를 숙여 감사를 표했고 왕평은 자리에서 벌떡 일어나 좌중을 향해 큰소리로 외쳤다.

"포리도루여 영원하라, 간바레!"

지난 몇 년간 겪었던 고통과 위기의 순간들이 한꺼번에 보상받는 듯 모두의 가슴이 벅차올랐다.

"이쯤 해서 우리 포리도루의 자랑, 왕수복 양의 소감을 한번 청해 봅시다."

이시하라 사장의 말에 모두들 박수를 치며 일제히 수복을 바라보았다. 주변 분위기와 너무도 다른 수복의 표정에 사람들은 하나둘 고개를 갸웃거리며 수군거렸지만 수복은 그 표정 그대로 자리에서 일어나 천천히 사람들을 바라보며 입을 열었다.

"오늘날 저를 이 자리에 있게 해 주신 왕평 부장님, 감사합니다."

뿌듯한 표정으로 수복을 바라보던 왕평의 눈에 눈물이 고였다.

"제 까탈스런 성격을 참아 주신 선배님들 후배님들 고맙습니다. 일선아, 못되게 군 거 미안해."

일선은 입꼬리를 올리며 수복에게 눈을 찡긋했고 수복은 이시하라 사장에게 시선을 옮겼다.

"늘 부족하지 않게 물심양면으로 신경 써 주신 사장님, 감사합니다. 모두들 정말 고맙습니다."

모두가 감회에 젖는 듯 눈물이 가득한 눈으로 잔을 부딪치며 수복을 바라보았다. 그때였다.

"오늘부로 저는 포리도루를 퇴사하겠습니다."

뜨겁게 달아올랐던 분위기가 수복의 한마디에 차갑게 얼어붙었다. 모두가 말을 잃고 멍한 눈으로 수복을 바라보았다.

"모든 것을 정리하고 저는 유학을 떠나겠습니다."

"안 돼!"

정적이 흐르는 가운데 말을 마친 수복이 허리를 숙여 인사하자 이시하라의 비명이 아서원 건물 전체에 울려 퍼졌다.

스무 살

1936년 4월 23일, 평양 기생 출신의 유행가 가수 왕수복은 스무 살 생일을 맞았다. 수복이 유학을 간 지는 한참이 지난 때였지만 생일을 기념이라도 한 듯 세간은 수복의 이야기로 떠들썩했다. 삼천리를 비롯해 조선신문, 매일신문, 동아일보 등 조선 반도의 주요 일간지와 잡지는 연일 수복의 기사로 도배되었다. 레코드 판매량 백만 장을 기록한 경이로운 유행가 가수가 포리도루를 퇴사하고 기성 권번에 기적을 반납한 이유가 무엇일까. 장삼이사들은 각자의 관점으로 수복의 행동에 의문점을 제기하며 나름의 추측을 이어 갔다.

　　"나쁜 년. 조선 반도를 이렇게 헤집어 놓고 정작 본인은 여유만만이겠지?"

　　궁시렁대는 기선을 보며 기림은 책상 위에 놓인 원고를 집어 소리 내 읽기 시작했다.

"'동경의 우에노 음악학교* 벨트라멜리 요시코** 여사의 문하생으로 들어간 왕수복 양은 서양식 창법을 공부하고 있습니다. 벨트라멜리 요시코 여사는 이화여전 피아노 학과를 졸업한 성악가 채선엽의 스승으로도 유명합니다……' 채선엽이 누군데?"

원고에서 눈을 뗀 기림이 떨떠름한 표정을 짓고 있는 기선을 바라보았다.

"신문사 학예부장이 채선엽도 몰라요? 조선인 최초로 성악 레코드를 낸 사람이잖아요. 〈즐거운 우리집〉, 〈구노의 세레나데〉, 〈아! 목동아〉 이런 거 못 들어 보셨어요?"

"그 사람은 정통 성악가지. 그럼 왕수복이 유행가 안 부르고 성악가로 전향한다는 소리야?"

"지난번 삼천리 기사 보셨으면서. 최승희가 세계에 한국 무용을 알린 것처럼 조선 민요를 세계에 알리고 싶다 그러잖아요. 수복이 꿈이 얼마나 크고 원대한데."

"그런 내용이 있었어? '난 문사의 아내가 되고 싶어요.' 이거밖에 기억 안 나는데?"

기림이 수복의 목소리를 흉내 내자 학예부원들 모두 자지러질 듯 깔깔대기 시작했다. 한바탕 웃고 난 후 기림이 기선에게 다시

---

* 도쿄 음악학교. 우에노 공원 안에 있어 우에노 음악학교로도 불렸다. 1887년 관립으로 개교했고, 1918년 윤심덕이 최초의 여성 관비 유학생으로 사범과에 무시험 입학했다.
** 벨칸토성악연구원 소속 이탈리아 성악가. 우에노 음악학교 교사로 있다가 이탈리아 문사 벨트라멜리 안토니오와 결혼해 이탈리아로 갔다. 남편과 사별한 후 우에노 음악학교로 돌아왔다. 당시 일본 악단의 최고 권위자로 손꼽혔다.

말을 건넸다. 항간에 떠도는 박사장의 재기 소식이었다.

"폭삭 망했는데 어떻게 재기를 해요? 아무리 반도 최고의 갑부였다고 해도 말이 안 되지."

"얼핏 들으면 말이 안 되는데, 화재 보험을 들었었대. 보상금이 어마어마하대."

"보험금이요?"

"독일 보험 회사인데 보상금이 몇 곱절이나 된대. 운 좋은 놈은 뭐가 되도 된다니까."

"진짜 불사조네."

"그거 알아? 경무국장을 만주로 날린 것도 박사장이래."

박춘식은 색깔 안경을 쓰고 조선호텔 팜 코트에 앉아 이철과 커피를 마시고 있었다. 경성 데파트 화재로 이철은 박춘식에게 생명의 은인이 되었고 박춘식은 이철의 투자자가 되었다. 몇 해 전, 이철이 독일 보험 회사의 한 상품을 소개했었다. 춘식은 다달이 나가는 보험료가 너무 많다며 투덜댔지만 3년간 또박또박 보험료를 납부했다. 그리고는 잊어버리고 있었다.

화재 사고로 망연자실한 춘식이 쥐약이라도 먹고 죽을까 했던 날, 오케 레코드의 이철이 춘식에게 화재 보험을 상기시켜 주었다. 지옥 같은 현실은 한순간에 천국으로 바뀌었다. 춘식은 차근차근 새기를 위한 계획을 세우기 시작했다. 그게 2년 전의 일이었다. 백화점 재건 공사를 추진한 끝에 경성 데파트는 2년 만에 멋진 외관으로 재탄생했다. 춘식은 최신식 포드도 한 대 뽑았다. 그러고도 남은 돈은 이철에게 투자했다. 그 돈은 이난영의 레코드 제작비로 쓰여 몇 배로 불어났다. 조선신문에서 개최한 애향가 가사 공모전*에서 장원을 차지한 〈목포의 눈물〉 덕분이었다.

일본의 내정간섭이 심해질수록, 조선인에 대한 핍박이 심해질수록 사람들에겐 척박한 현실을 잊을 수 있는 은신처가 필요했다. 그 갈증을 해소한 주인공이 바로 이난영이었다. 나라 잃은 슬픔이 담긴 노랫말은 사람들의 마음을 움직였다. 얼마 되지 않아 〈목포의 눈물〉은 조선인의 노래가 되었고 그 인기는 1년이 넘도록 식을 줄 몰랐다.

"사장이 이렇게 한가해도 돼? 움직일 때 한몫 단단히 챙겨야지. 여기저기 뛰어다니면서."

"뛰는 건 손기정이나 남승룡**이 하는 거고. 난영이 일본 갔어. 참, 왕수복도 동경 갔다며?"

"그런데?"

춘식의 무감한 반응에 말을 꺼낸 이철이 머쓱해졌다. 무관. 무감. 무신경.

"냄비인 거야 냉혈한인 거야? 금방 올랐다가 금방 식은 거야, 아니면 애당초 달아오르질 않은 거야?"

---

* 1934년 조선신문과 오케 레코드사가 전국 6대 도시의 애향가 가사를 공모했다. 삼천여 편의 응모작이 들어왔으며 무명시인 문일석의 원고 〈목포의 노래〉가 당선작으로 뽑혔다.
** 1936년 제11회 베를린 올림픽대회 마라톤에서 각각 금메달과 동메달을 획득한 체육인.

춘식은 피식, 웃어 보이고는 커피잔을 집어 들었다.

"날 거쳐 간 기생이 어디 한둘인가. 흔해 빠진 기생이랑 연애질 좀 한 게 뭐라고."

삐딱한 몸짓에 일부러 불량하기로 작정한 것 같은 춘식의 모습이 안쓰러웠다. 이철은 측은한 눈빛으로 춘식의 인영을 조용히 응시하며 말했다.

"그래, 그렇게 자꾸 세뇌라도 해. 동경에서 성악 공부한다니 조만간 돌아오겠지 뭐."

동경에서의 하루하루는 고요하게 흘러갔지만 수복은 자기 자신과 치열한 사투 중이었다. 조선에서야 가는 곳마다 유명인 대접을 받았지만 요시코 선생 앞에만 서면 숙제를 하지 못한 열등생처럼 늘 긴장해야 했다.

처음 얼마간은 신나고 재미있었다. 수복이 피아노를 치며 〈오 솔레 미오〉나 〈산타루치아〉 같은 노래를 부르면 요시코는 흐뭇한 미소를 지으며 중후하고 시원하게 뻗어 나오는 수복의 목소리를 홀린 듯 감상하곤 했다. 이태리 사람보다 더 자연스럽게 감정 표현을 한다는 극찬도 아끼지 않았다. 음악과 함께 이태리 말을 공부했던 것이 효과를 발휘한 모양이었다. 요시코가 수복에게 남다른 기대를 걸게 된 이유이기도 했다.

그러던 어느 날, 이태리 가곡이 아닌 〈아리랑〉을 연습하던 중이었다. 가사를 일본어로 바꿔 연습하던 수복의 눈에 요시코의 마뜩잖은 표정이 들어왔다. 수복은 잔뜩 주눅이 들었다. 어두운 표정의 요시코는 수복에게 왜 유학을 왔느냐고 물었다.

"조선 민요를 잘 부르기 위해 유학을 결심했습니다. 조선 민요가 세계적인 음악으로 알려졌으면 좋겠습니다."

아무리 스승이라지만 일본인 앞에서 어떻게 그런 용기가 났는지 모르겠다. 하지만 그건 수복의 진심이었다. 수복은 조선 무용으로 세계인의 환호를 받은 최승희처럼 되고 싶었다. 조선의 노래를 온 세계에 알린다는 상상만으로도 수복은 황홀해졌다. 그러나 호기롭게 대답한 수복은 은근히 걱정되기 시작했다. 일제가 내선일체를 외치며 조선인을 내지인으로 만드는 데 혈안이 된 시기였다. 그런데 수복의 말을 들은 요시코의 딱딱한 표정이 풀렸다. 요시코는 다정한 목소리로 말을 건넸다.

"이태리 말로 아무리 잘 불러봐야 이태리 사람을 따라가겠어요? 내 나라 것이 아니면 흉내 낼 뿐인 거지 생명력 있는 음악이라고는 할 수 없어요. 방금 그 노래 조선말로 다시 해 볼까요?"

피아노 앞에 앉은 수복은 심호흡을 하고 조선어로 〈아리랑〉을 부르기 시작했다. 경성방송국에서 불렀던 그 〈아리랑〉이었다. 다만 그때와 발성이 달랐다. 요시코에게 전수받은 벨칸토 창법*으로 〈아리랑〉을 부르자 그녀의 얼굴에 만족스럽다는 미소가 어렸다.

---

* 바로크 시대에 생겨나 18세기에 확립된 이탈리아의 가창 기법으로 '아름다운(bel) 노래(canto)'라는 뜻을 가지고 있다. 19세기 전반 이탈리아 오페라에 쓰였던 기교적 창법이다.

"그래. 이거예요! 제 향토에서 생겨난 노래로 세계적 성악가
가 되어야 의미 있는 거예요."

수복의 가슴이 벅차올랐다. 조선 민요를 조선 창법이 아닌 다
른 창법으로 부를 수 있다는 사실을 깨닫기까지 너무 오랜 시간
이 걸렸다. 그날 수복의 마음에는 한 뼘쯤 자신감이 자라났고 이
자신감은 수복이 새로운 도전을 하는 데 든든한 버팀목이 되어
주었다.

1938년 12월 1일 밤.

동경의 한 군인회관에서 '무용과 음악의 밤'이라는 행사가 열
렸다. 일본에서 무용과 음악을 하는 조선 예술인들이 출연하는
행사였는데 일본 우에노 음악학교를 졸업한 후 천재적인 재능을
인정받고 있는 함귀봉*의 출연으로 화제를 모았다.

수복은 '무용과 음악의 밤' 행사에 신진 메조소프라노 자격으
로 참가해 조선 민요 〈아리랑〉과 〈농부〉를 성악 형식으로 불렀
다. 처음에는 생경한 발성에 고개를 갸우뚱하던 관객들도 이내
익숙한 멜로디에 노래를 따라 부르며 새로운 창법에 흥미를 보
였다.

노래를 마친 수복이 무대 인사를 하자 관객들은 기립 박수를
보냄으로써 메조소프라노 왕수복의 데뷔를 성공적으로 만들었

---

* 함귀봉(생몰년 미상)은 일본 동경에서 아동교육무용 및 건강무용운동을 주도한 한국 무용가
다. 6·25 전쟁 때 월북했다.

다. 수복은 유학 생활 중에 받은 수많은 공연 제의를 번번이 거절해 왔다. 무대에서 관객의 박수를 받으면 화려했던 가수 생활이 생각나 돌아가고 싶을 게 뻔하니 이를 악물고 참았다. 그런데 그 철칙을 깨고 출연을 결정하게 된 이유가 있었다. 이제는 선임 기자가 된 기선이 애걸복걸 매달린 게 첫째 이유였으나 더 결정적이었던 두 번째 이유는 요시코 선생이었다.

"벨칸토 창법을 수련한 지 꽤 오랜 시간이 지났으니 무대에서 부딪혀 보세요."

이것이 요시코가 수복에게 준 숙제였다. 조선 민요를 서양 창법으로 부르면 관객들이 어떻게 반응할지에 대한 수복의 궁금증 역시 또 하나의 동기였다. 이 모든 것들이 종합되어 수복을 '무용과 음악의 밤' 무대에 오르게 했다.

"메조소프라노 왕수복 양, 데뷔 무대 어떠셨습니까? 인터뷰 좀 부탁드리겠습니다."

장난스러운 목소리의 기선이 대기실 안으로 들어섰다. 이따금 만나긴 했지만 취재 기자와 출연자로는 실로 오랜만의 해후였다. 두 사람은 공연장을 빠져나와 동경의 밤거리로 나섰다. 길거리 음식을 사 먹고 물건 구경을 하다 보니 몇 해 전 왕평과 함께 왔던 때가 떠올랐다.

"왕부장님도 잘 지내지?"

"열심이지. 아침에는 신문사 돌면서 포리도루 가수들 기사 내라고 기자들 닦달하고 오후에는 총독부 관리들 접대하고."

"매사 열심인 거, 그게 왕부장님 매력이지."

"그 사람은 안 궁금해?"

기선의 말에 수복이 박춘식의 얼굴을 떠올렸다. 기선은 수복의 대답을 듣지도 않고 말을 이어 갔다.

"여전히 기생 건드리고 다니며 잘 살아. 그 정도 개차반이면 폭삭 망해야 하는데 어떻게 더 떵떵대니? 하늘도 너무 의리 없어. 살맛 안 나. 운 좋은 놈은 아무도 못 따라간다니까."

지난주 재개관한 경성 데파트는 예전보다 더 화려한 외관에 일본뿐 아니라 구라파 직수입 라인을 뚫어 매일 개점 시간이면 고객들이 까마득하게 줄을 설 정도로 성황을 누리고 있었다. 그뿐만 아니라 박사장이 손대는 레코드마다 엄청난 판매고를 올려 레코드사 사장들은 모두 박사장과 손을 잡으려 안간힘을 쓴다고 했다.

기선은 수복의 추문을 덮기 위해 폭로된 고복수의 연애 사건 후일담도 전해 줬다. 자신보다 열두 살 어린 소녀와의 연애로 천하에 죽일 놈이 됐던 고복수는 연애 상대인 황금심과 결혼해 아이까지 낳으며 알콩달콩 행복한 가정을 꾸렸다고 했다. 기선은 숙원 사업이었던 독립을 이루었다. 경성에 있는 사람들은 모두 어제와 다른 오늘을 사는데 자신만 진전이 없는 삶을 사는 것 같아 수복의 표정이 어두워졌다. 한동안 말없이 걷던 수복은 우에노시장 끝자락에 있는 그릇 가게로 기선을 데려갔다. 독립 기념 선물을 해 주려 고민하던 수복은 주전자와 자기 컵 두 개를 집어

들었다.

"새집에서 자리끼로 해."

"혼자 사는데 컵이 왜 두 개야."

"첫눈에 반할 남자 꺼. 예비용."

밖에서 사 온 오코노미야키와 뜨끈한 도쿠리로 작은 술상을 차린 두 사람은 오랜만에 마주 앉아 담소를 나눴다. 이런저런 이야기를 나눈 후, 기선이 경성에서 가져온 소설책 보따리를 꺼내 놓았다.

"전부 이효석 작가 책이네?"

도쿠리를 집어 든 기선의 입에서 난데없는 한숨이 흘러나왔다.

"그 사람 잘 되어야 해. 책 몇 권 산다고 큰돈이야 되겠냐만. 마누라랑 아들이 아파. 돈만 있으면 평생 멋쟁이로 살 사람인데. 사진 좀 봐봐. 잘생겼지?"

책 표지 안쪽에 실린 작가의 사진에 수복의 시선이 머물렀다. 동그란 뿔테 안경 너머 카메라를 응시하는 눈빛은 날카로웠고 곧고 높게 뻗은 콧대는 자존심이 강한 사람이라는 인상을 풍겼으며 적당히 부풀어 오른 입술은 인텔리의 분위기를 자아냈다.

"생긴 건 뭐 그저 그런데?"

"잘생겼다니까. 사진이 잘 안 나와서 그런 거야."

"언니 이 사람 좋아하는구나?"

"좋은 사람이야, 멋쟁이고. 경성에 있었으면 소개해 줬을 텐데. 소설이나 수필만 잘 쓰는 게 아니야. 영화광이기도 해. 그래서 시나리오도 썼어. 너 〈화륜〉 알지?"

수복이 고개를 가로저었다.

"몇 년 전에 나온 영화인데 그 영화 시나리오를 썼어. 지금은 〈애련송〉이라는 영화의 시나리오를 작업 중이고."

"재주가 많으시네."

"숭실전문학교 교수야. 병원비가 한두 푼이 아니니 돈을 벌어야겠지. 버터 좋아하고 커피 좋아하고 음악 좋아하고 책 좋아하고. 나는 그 사람의 고급스러운 취향이나 분위기가 좋아. 남자로서 좋아한다는 건 아니야. 그냥 가까운 곳에 그 사람이 있으면 좋겠어. 돈 많으면 후원자가 되어 글만 쓰게 할 텐데."

"기도 제목에 넣어 둘게. 우리 기선 언니의 좋은 분, 힘 나게 해 주세요. 하고."

"내 기도도 해 줘."

"언니가 기도할 게 있어?"

기선이 수복 앞으로 바짝 다가앉으며 비밀이라도 말하려는 듯 괜히 주위를 살폈다.

"지난번에 나 연극했잖아."

"〈앵화원〉*?"

몇 달 전 밤늦게 전화를 건 기선은 연극 출연 제안을 받았다며 호들갑을 떨었다. 극예술연구회에서 올리는 연극에 여자 배우를

---

*　안톤 체호프 원작. 1938년 극예술연구회에서 공연을 올렸다.

찾지 못해 유명오가 출연을 부탁했다는 거였다. 수복은 기자가 언제 연극 출연할 기회가 있겠느냐며 해 보라고 했고 기선은 여주인공의 딸 '아냐'를 연기했다. 작고 마른 체형에 무대 분장까지 하니 아이처럼 귀여웠다.

"그때 연극 보러 온 사람이 있어. 그 사람이 자꾸 만나자는데 어쩌지?"

독신주의자를 자처하며 연애나 남자에 대해 부정적이었던 기선이었다.

"언니는 어떤데, 그 사람 좋아?"

기선은 고개를 갸웃거리며 애매한 표정을 지어 보였다.

"그게 문제라니까. 좋은 건지 싫은 건지 잘 모르겠어."

"좋은 거네."

"왜?"

"싫은 건 싫은 거고 애매한 건 싫지 않다는 건데, 그건 좋은 쪽으로 갈 확률이 높다는 거지."

"확실한 건 내가 자꾸 그 사람을 기다리고 있다는 거야."

"거봐. 좋은 거라니까."

기선의 얼굴이 발그레하게 달아올랐다. 알고 지낸 지 수년이 지났지만 기선의 입에서 남자 얘기가 나온 건 처음이었다.

"근데 사실은 있지."

머뭇거리는 게 수상했다. 기선의 표정을 살피던 수복이 불쑥 물었다.

"그 사람이랑 잤구나?"

헉, 깜짝 놀란 기선이 입을 벌린 채 천천히 고개를 끄덕였다. 수복은 환호성을 울리며 기선의 남자를 파고들기 시작했다. 기선의 마음을 움직인 남자는 동경 상과대학을 졸업한 대학교수인데 처음에는 열 살이나 많은 게 걸렸지만 대화를 나누다 보면 나이 차를 전혀 느낄 수 없다고 했다.

"아침에 커피를 만들어서 오기도 하고, 아침에 못 보면 밤에는 꼭 봐야 직성이 풀리고, 야근하면 신문사 앞으로 찾아와서 도시락도 주고 가고."

"세심하시네. 근데 기도할 게 뭐야?"

순간 발그레하던 기선의 얼굴이 어두워졌다.

"고향에 아내가 있대."

그런 사람이 많은 시절이었다. 부모님이 일찍 정혼을 시켜 고향에 아내와 자식이 있는 사람. 직장 때문에 가족과 떨어져 지내면서 진짜 연애를 시작하는 사람. 그런데 그게 왜 하필이면 생애 처음으로 연애를 시작한 기선의 남자란 말인가.

"본처랑 이혼할 테니까 결혼하자는데….."

"그럼 걱정할 게 없잖아."

"아들도 있는데 본처가 순순히 이혼할까 싶기도 하고."

"남편 마음 떠났는데 그 본처도 마음 맞는 사람 만나서 행복하게 살아야지."

"내가 왜 이 남자를 좋아해서 이렇게 골치 아프게 된 건지 모르겠다."

"일단 믿어 봐. 아, 그리고 경성 가면 아까 말했던 이효석 책 더 보내 줘. 언니 때문에 이효석한테 호기심이 생겼어."

"알았어. 잡지에 기고한 것까지 내가 다 보내 줄게."

기선이 경성으로 돌아간 후 수복은 다시 같은 일상을 반복했다. 피아노를 치고 발성 연습을 하고 요시코 선생의 레슨을 받고 틈틈이 요리하는 일상을. 그러던 어느 날 생각도 못 한 손님이 수복을 찾아왔다. 수염이 덥수룩하게 자라 산적 같은 몰골의 남자였다.

"공부는 그만하면 됐소. 이제 경성으로 돌아갑시다."

왕평이었다. '무용과 음악의 밤' 행사 기사를 보고 수복을 데려와야겠다고 마음먹었다 했다.

"메조소프라노 왕수복으로 레코드도 내고 공연도 합시다. 한창 돈 벌 나이에 뭐가 무서워 타국 땅을 몇 년째 떠돈단 말이야. 와병 중인 어머니 생각은 안 하고."

포리도루를 퇴사한 게 어제 일처럼 생생하게 떠올랐다. 짐짓 꾸짖는 것처럼 들리는 조용하고 낮은 왕평의 목소리가 가슴에 아프게 박혔다.

"평양 기생이 아니라 내지 유학파 메조소프라노로 홍보할 거니까 걱정하지 말고."

피식 웃으며 고민하겠다는 말로 왕평을 돌려보냈지만 수복은 아직 자신이 없었다. 어느 정도 성악을 알게 되니 시작하기가 더 어려웠다.

이런저런 고민으로 또 시간을 흘려보내던 어느 날, 비가 억수처럼 퍼붓는 오후였다. 아침에 널었던 이불을 급히 걷고 있는데 요시코 선생이 뛰어와 다짜고짜 수복을 품에 안았다. 영문도 모른 채 요시코의 품에 안긴 수복의 머리 위로 억센 빗줄기가 쏟아져 내렸다. 요시코의 손에는 어머니 부고를 알리는 언니 영실의 전보가 들려 있었다.

빗줄기인지 눈물인지 모를 투명한 액체가 무감한 수복의 얼굴 위로 한없이 흘러내렸다.

메밀꽃 필 무렵[*]

---

* 　1942년, 이효석은 월간 종합 잡지 《춘추》에 소설 〈풀잎〉을 연재했다. 〈풀잎〉의 주인공 '준
보'와 '실'은 이효석과 왕수복의 관계에서 착안한 인물로 알려져 있다. 본 책의 '메밀꽃 필 무렵',
'풀잎', '실과 바늘'은 〈풀잎〉의 내용을 바탕으로 재구성한 것이다.

승일은 경성방송국 자료실에서 오후 방송에 내보낼 레코드를 찾고 있었다. 한국어 방송의 성공으로 승일은 시노하라의 신임을 받는 유일한 조선인이 되었다. 그 모든 게 왕수복 덕분이라 믿었던 승일은 그녀의 레코드를 종종 틀곤 했다.

"새 노래 나온 지가 한참인데 도대체 언제까지 〈고도의 정한〉만 죽자고 틀 건지 원."

한 달 전에 만났을 때보다 더 살이 오른 왕평이 씨익 웃으며 승일 앞에 서 있었다.

"새 노래라니요. 수복 양 귀국했습니까?"

둘은 양과자점에서 팥빙수를 사이에 두고 마주 앉았다. 지독히도 더운 여름 날씨라 팥빙수가 제격이었다.

"어머니 1주기라 잠깐 들어왔답니다. 며칠 지내다가 다시 들어갈 거라는데요."

"근데 새 노래라니요."

왕평이 숟가락을 내려놓고 레코드를 내밀었다.

"갑자기 퇴사하는 바람에 발매를 못 했는데 이번에 자비로 찍었습니다. 노래가 좋아요. 왕수복 목소리에 너무 잘 어울리고 애잔하기까지 합니다."

"제가 방송에 틀어도 되는 겁니까?"

"마음껏 트셔도 됩니다. 하하하."

어머니 1주기 법요식이 진행되는 내내 수복은 장례 때보다 더 구슬프게 눈물을 쏟았다. 1년이 지났어도 어머니를 잃은 슬픔은 온전히 가시지 않았다. 갈수록 커지는 그리움으로 법요식을 마친 수복과 영실은 방가로로 향했다. 수복이 유학하는 동안 언니 영실은 기적을 반납하고 방가로라는 이름의 다방을 운영하고 있었다. 방가로의 문을 열자 기분 좋은 커피 향이 후각을 자극했다.

"내가 커피 맛있게 내려 줄게."

"라디오도 틀어 줘. 조선에 왔으니 조선 음악이랑 조선말이나 실컷 들어야지."

지지직거리는 소음이 잦아들고 이내 조선어 방송이 흘러나왔다. 영실은 쇼쿠팡과 버터를 꺼내 커피와 함께 내려놓았다. 딸랑. 종소리와 함께 환한 미소를 머금은 기선이 들어섰다.

"수복아, 이거."

"드디어 나온 거야?"

수복은 탄성을 지르며 기선을 와락 끌어안았다. 몇 년을 준비 중이라고만 하더니 드디어 시인 양기선의 시집이 나온 것이다. 수복은 자기 일처럼 기뻐하며 한 장 한 장 책장을 넘겼다.

"나중에 봐. 창피하잖아."

기선이 책을 뺏으려고 했지만 수복은 이미 어느 한 대목에 꽂혀 시선을 떼지 못하고 있었다.

"이 시 너무 좋다. 어떻게 사슴에 비유할 생각을 다 했어?"

"오랜 시간 한 남자를 기다리다 보면 모가지가 길어져."

그 남자가 기선에게 이런 시를 쓰게 한 모양이었다. 수복이 입술을 달싹이며 뭔가 위로의 말을 하려는 순간 라디오에서 그녀의 목소리가 흘러나왔다. 이게 뭐냐고 묻는 기선에게 수복도 모르겠다는 듯 고개를 가로저었다. 그때 아나운서의 설명이 뒤따랐다.

"왕수복 양이 포리도루를 퇴사하기 전에 녹음했던 〈두만강 푸른물아〉*를 들려 드렸습니다."

아하, 그제야 기억난 듯 수복과 기선의 입가에 미소가 피어났다.

"왕부장이 '평양 기생 출신의 왕수복 양 신보 발매' 이렇게 홍보하려던 그 노래, 맞지?"

"몇 번 안 부르고 녹음해서 나도 기억이 가물가물해."

---

* 김용호 작사, 이시우 작곡, 왕수복 노래. 광복 후 김정구가 〈눈물 젖은 두만강〉이라는 이름으로 발표했다.

"노래 좋은데? 역시 왕부장은 촉이 좋아, 그치?"

"그걸 알면 포리도루로 냉큼 돌아와야지."

어느새 방가로에 들어온 왕평이 따뜻한 미소로 수복을 바라보고 있었다. 수복은 왕평의 품으로 뛰어들었다. 어머니를 생각해서 조선으로 돌아가자던 그때 왕부장 말을 들었더라면 어머니와 조금 더 시간을 함께 할 수 있었을 텐데. 아쉬움이 더해져서인지 오랜만에 보는 왕평이 더욱 반가웠다.

"바쁘신 분이 평양에는 웬일이세요?"

"좋은 일에는 안 가도 슬픈 일에는 꼭 가는 게 내 철칙이야. 가산 선생이 아내상을 당했어."

가산이라면 기선이 그토록 안타까워하던 이효석이 아닌가. 수복은 걱정스러운 눈으로 기선을 바라보았다.

"언니도 조문 가야 하는 거 아니야?"

가산의 딱한 처지에 대한 몇 마디 말이 오간 후, 기선은 왕평과 함께 조문을 가고 영실과 수복은 어머니 영정 사진을 보며 추억에 빠졌다. 채 마흔이 안 된 너무도 젊은 아낙이 자매를 향해 미소 짓고 있었다.

"스무 살도 안 돼서 혼자가 됐는데 나라면 자식들 다 버리고 돈 많은 놈 찾아갔을 거야."

"평양 여자라 그래. 책임감. 배포. 평양 여자들 진짜 못 말린다니까."

"나는 뭐 평양 여자 아니니?"

"언니도 자식이 있었으면 그랬겠지. 근데 결혼은 안 할 거야? 연애라도 하든지."

수복은 요시코의 주선으로 이태리 유학을 준비하고 있었다. 어머니 1주기 법요식 때문에 잠시 일정을 미루긴 했지만 돌아가는 대로 입학 준비에 매진할 예정이었다. 영실은 마뜩잖은 표정을 지으며 수복을 바라보았다.

"꼭 그 먼 곳을 가야겠어? 이제 좀 편하게 살면 안 되니? 언니랑 같이 방가로 운영하면서 레코드도 내고 이따금 공연도 하고 그러면 좋잖아."

"배우다 만 실력으로 무슨 레코드를 내라는 거야."

유학 자금 한 푼 보탤 형편도 안 되면서 이래라저래라 하는 게 무슨 소용인가 싶어 영실은 입을 닫고 말았다. 얼마나 시간이 흘렀을까. 기선이 한껏 취한 모습으로 들어섰다.

"이기지도 못할 술을 왜 이렇게 많이 마셨어."

"가산이 안됐어. 애들도 안됐고. 그렇게 약한 여자가 어떻게 애는 셋씩이나 낳았을까. 아니지. 둘째가 엄마 따라갔으니 이제 둘이지. 원래 마른 사람인데 눈 뜨고 못 볼 정도로 상했더라."

취기 때문인지, 가산이 불쌍하다며 훌쩍거리던 기선은 어느새 자기 신세 한탄을 늘어놓았다.

"내가 더 불쌍해. 이혼도 못 하는 남자 기다린다고 모가지만 실어시다가 힐미니 되겠어."

엉엉 소리를 내며 오열하던 기선은 와인병을 찾아 벌컥벌컥

들이부었다.

"헤어져. 여태껏 이혼 못 한다는 게 말이 돼? 본처가 이혼 안 해 준다는 거 핑계야."

"그건 아니야. 그이가 나한테 얼마나 잘하는데."

"똑똑한 양기선은 어디 가 버렸나. 완전 헛똑똑이네."

"얼른 그 사람과 결혼해서 늘 같이 있고 싶어. 수복아, 나 미쳤지?"

"미친 건 아니지. 사랑에 빠졌을 뿐이야. 지독한 사랑에."

기선은 그대로 테이블에 엎드려 잠이 들었고 수복은 그런 기선의 등을 쓰다듬었다. 난생처음 뜨거운 사랑에 허우적대는 모습이 어딘가 자신을 닮은 것 같아 수복의 가슴이 시려 왔다.

칭얼대는 아이들을 본가에 내려놓은 후에야 혼자가 된 효석은 담배 한 개비를 빼 들고 하늘을 바라봤다. 뭉게구름이 솜사탕처럼 말랑말랑해 보였다. 하늘이 효석의 마음을 살랑대게 했다.

일주일 만에 마주하는 하늘은 흠잡을 데 없이 완벽한데 그 일주일 새 효석은 홀아비가 되었고 아이들은 엄마 없는 아이가 되었다. 조문 온 유명오는 숭실전문학교가 폐교 절차를 밟는다는 청천벽력 같은 말로 효석을 더 암담하게 만들었다. 엊그제까지만 해도 될 대로 돼라, 산 입에 거미줄이야 치겠냐 싶었다. 초상 치르는 일이 급해 다른 일들은 모두 뒷순위였다. 그런데 막상 아내를 보내고 나니 밥 먹고 살 일이 막막했다. 효석은 다시 담배

한 개비를 빼 들었다.

　두 시간 후 명오를 만나기로 했다. 그 친구라고 무슨 방법이 있을까 싶었지만 새로 개교하는 학교의 교수 자리라도 만들어 올지도 모른다는 막연한 희망에 가슴이 두근대기도 했다. 효석은 담배꽁초를 발로 비벼 끄고 명오와 만나기로 약속한 다방으로 걸음을 옮겼다. 방가로 간판은 의외로 쉽게 눈에 들어왔다. 딸랑. 종소리와 함께 퀭한 눈의 말라빠진 남자가 들어서자 영실이 손님을 맞았다.

　"〈나비부인〉*이네요?"

　효석의 첫 마디에 영실은 고개를 갸웃거렸다.

　"음악 말입니다."

　그제야 이해한 영실은 효석에게 자리를 안내하고 물컵을 내려놓았다.

　"동생이 좋아하는 건데 오페라라고 하더라고요."

　"저도 좋아하는 음악입니다."

　"선생님도 음악을 하세요?"

　영실의 커다란 눈이 반가움과 다정함을 담아 반짝이자 효석은 손사래를 쳤다.

　"그냥 음악을 좋아하는 사람입니다."

　"〈나비부인〉을 좋아하신다니 신기하고 반가워요. 동생 있을 때

＊　자코모 푸치니가 작곡한 2막 오페라. 15세 게이샤 '초초상'과 일본에 근무하는 미군 '핑커튼'의 비극적인 이야기를 줄거리로 한다.

오셨더라면 더 좋았을걸. 어머나 내 정신 좀 봐. 뭘 드릴까요?"

"커피 주십시오."

짧게 목례를 하고 주방으로 향하던 영실이 몸을 돌려 다시 효석을 돌아보았다.

"혹시 토스트 좋아하시면…."

효석의 입가에 미소가 피어났다. 토스트라는 단어만 들어도 입안 가득 버터 향이 퍼졌다. 향긋한 커피는 후각을 만족시켰고 스피커로 흘러나오는 〈나비부인〉의 수록곡 〈아디오 피오리토 아실〉*은 청각을 만족시켰다. 효석은 명오가 정한 약속 장소에 흡족함을 느끼며 호기심 가득한 눈으로 방가로 내부를 둘러보기 시작했다. 노란 불빛의 샹들리에 아래 푹신해 보이는 회색의 커다란 소파가 시선을 끌었다. 여느 다방과는 다른 분위기였다. 옅은 회색 소파 위에 올려진 색색의 쿠션이 주인의 미적 감각을 짐작하게 했다. 고풍스러운 금장 손잡이가 인상적인 장식장에는 고급스러워 보이는 식기와 와인잔이 가지런히 놓여 있었고 바닥에는 은은한 금빛의 카펫이 조명과 조화를 이뤄 클래식한 분위기를 자아냈다.

"다방 장식은 직접 하셨습니까?"

"동생이 일본 다방 사진을 여러 장 보내 줘서 참고하긴 했어요."

* 〈Addio, fiorito asil〉.

"〈나비부인〉 좋아한다는 그 동생분이요?"

"네."

영실은 효석의 빈 잔에 커피를 채우며 웃어 보였다. 창밖으로 서서히 어둠이 내려앉을 무렵 명오가 숨을 헐떡이며 뛰어들어왔다.

"많이 기다렸지?"

"괜찮아. 음악도 듣고 커피도 마시고 오랜만에 좋았네."

명오는 그새 반쪽이 된 얼굴에서 그동안 효석이 홀로 겪었을 고통과 절망을 알 수 있었다.

"대동공전이라고 들어 봤나?"

"대동공전? 처음 듣는데?"

"거기 이사장하고 얘기가 길어져서 늦었네. 이번 학기부터 수업 시작하면 어떻겠나."

효석의 입가에 미소가 번지자 서류 몇 장을 꺼낸 명오는 사인부터 하라고 성화였다.

"빨리 사인을 해야 월급이 들어오지. 내가 일주일 내내 얼마나 공을 들였는데."

펜을 쥔 효석의 손이 미세하게 떨렸다. 일주일 전 폐교 소식을 전할 때의 명오 목소리가 떠올랐다. 그동안 혼자 허둥대고 다녔을 친구를 생각하니 목이 메어 왔다. 효석이 사인한 서류를 양복 주머니에 넣으며 명오가 큰소리로 외쳤다.

"대동공전 이효석 교수, 오늘 같은 날 술 한잔해야지?"

효석이 다시 방가로를 찾은 건 그로부터 꼭 1년이 흐른 어느 날이었다. 목구멍이 포도청일 때는 취직 말고 다른 건 생각나지도 않더니 대동공전으로 자리를 옮기고 시간이 지나자 아무 일 없는 평범한 일상이 못 견디게 지루했다. 그나마 글 쓰는 일에 소홀하지 않은 건 잡지사에서 정한 마감 시한이 있었기 때문이었다. 효석은 의자를 박차고 일어서고 싶은 욕구를 참고 참아 마감이 이틀 앞으로 다가온 소설의 마무리 작업을 하고 있었다. 때마침 명오가 성난 목소리로 전화를 걸어 왔다.

"자네 김광진 선배 소식 들었나?"

목소리로 짐작건대 몹시 흥분했거나 몹시 화가 났거나 둘 중 하나가 분명했다. 보성전문학교의 전임 교수였던 김광진은 경제학 분야 최고 석학이라고 알려진 인물로 최근 교수직을 그만두었다는 소문을 들은 효석도 그의 근황을 궁금해하던 차였다.

"처자식 있는 양반이 새파랗게 젊은 여기자와 연애 중이라네."

"과묵한 양반이 그런 재주가 있었어? 하하하."

"자네 지금 웃음이 나오나?"

"울 일도 아니지 않나. 난 오히려 부러운데?"

진심이었다. 아내 병간호로 병원에서 지낼 때는 병원 밖으로만 나가면 천국일 거라 생각했다. 그러나 아내를 보내고 나온 병원 밖 세상은 천국도 지옥도 아니었다. 크게 슬퍼할 일은 없었지만 그렇다고 크게 기뻤던 기억도 나지 않는 지난 1년이었다. 김광진의 연애 소식은 효석의 삶에 로맨스의 부재를 일깨웠다. 효석이 씁쓸해진 건 이 때문이었다.

"남의 연애에 괜시리 열 내지 말고 술이나 한잔하세. 커피도 좋고. 아, 혹시 예전에 갔었던 방가로라는 다방은 어떤가?"

1년 전 딱 한 번 들렀던 곳이었지만 효석은 단박에 방가로를 찾아냈다. 간판은 여전했고 흐르는 음악도 여전했다. 무엇보다 다방 주인인 영실이 자신을 단번에 알아본 것이 효석을 기쁘게 했다. 둘은 함박웃음을 주고받았다. 그러나 명오는 통화할 때보다 훨씬 더 흥분해 있었다.

"연애하는 유부남이 어디 한둘인가. 자네 너무 예민한 거 아닌가?"

"그런 불륜이야 신문 고십난*이나 삼류 소설에나 나오는 줄 알았지. 게다가 상대가 양기선 아닌가. 내가 누구보다 아끼는 후배를 말이야. 그래서 말인데…."

명오는 광진과 기선의 불륜을 소재로 소설을 쓰겠다고 했다. 명오는 이를 불륜 행위에 대한 마땅한 처벌 정도로 생각하는 것 같았다. 효석은 차라리 후배에게 솔직하게 의견을 전하는 게 낫지 않겠느냐고 타일렀지만 이미 불륜 소설에 꽂힌 명오에게는 효석의 말이 들리지 않는 모양이었다. 효석도 그쯤에서 입을 닫고 말았다.

"자네는 어떤가. 지난번 합이빈** 다녀온 얘기를 쓰겠다고 했잖

* 가십란.
** 하얼빈.

252

은가."

"여기 오기 전까지 끄적거리기는 했는데 마무리가 아주 곤욕일세."

"〈메밀꽃 필 무렵〉 같은 역작이 나오길 기대하고 있으니 긴장하게. 참, 학생들이 자네를 유난히 따른다고 이사장 칭찬이 자자하던데 도대체 비결이 뭔가?"

"그야 커피도 내려 주고 버터 바른 빵도 내주니 그렇겠지."

"학생들을 집까지 부른다는 소린가?"

"커피를 맛보고 싶어 하는 녀석이 있어 하나둘 부르기 시작한 게 점점 더 숫자가 늘어 가네."

"우리 집사람도 자네가 만들어 준 밀감잼과 채소 수프가 먹고 싶다고 난리던데."

"조만간 제수씨도 초대해야겠네. 경성에서 귀한 커피를 구했는데 향이 아주 일품이야."

"학생들한테 밀려서 내 차례가 언제 오려나. 하하하."

이런저런 일상 얘기들로 수다를 나누던 두 사람은 술이나 한잔하자며 일어섰다. 명오가 문을 열려는 순간 수복이 문을 밀고 들어서는 바람에 두 사람이 부딪힐 뻔했다.

"아니 이게 누구십니까. 왕수복 양 아닙니까."

명오는 만면에 미소를 지으며 수복 앞에 대뜸 손부터 내밀었다.

"기억 못 하시겠죠? 저, 양기선 기자 선배, 유명오입니다."

"아, 그때 그 연극?"

"맞습니다. 반주도 없이 수복 양이 막간 가수 노릇을 해 주셨었죠. 하하하."

명오 뒤에 선 효석이 한 발자국 옆으로 비켜서 수복을 응시했다. 효석과 시선이 마주친 순간 수복의 가슴이 찡해 왔다. 사진으로 봐 왔던 이효석이 눈앞에 있다니.

"이쪽은 대동공전 이효석 교수. 제 죽마고우입니다. 가산, 이분은 소개 안 해도 알겠지? 평양이 낳은 최고의 유행가 가수, 왕수복 양."

수복이 웃을 듯 말 듯 미소를 짓는 동안 수복의 체향이 효석의 예민한 콧속을 파고들었다.

"다나, 타부*?"

순간 깜짝 놀란 수복이 입으로 손을 가리며 소리를 질렀다.

"어머! 그걸 어떻게 아세요?"

"신비로움과 여성스러움을 더해 여성 본래의 중후한 멋을 느끼게 하는 향수죠."

"세상에나."

명오가 어리둥절한 표정으로 바라보자 수복이 잇몸을 반쯤 드러내며 환한 미소를 지어 보였다.

"제가 뿌린 향수 이름을 정확하게 맞히셨어요."

"아, 향수 얘기였군요. 이 친구 별명을 개코로 지을까 봐요. 하

---

* 1932년 프랑스 회사 다나에서 출시한 여성용 향수.

하하. 농입니다, 농. 사실 가산의 장점이자 단점이 바로 지나치게 세심하고 로맨틱하다는 거죠. 아무튼 장점이 많은 친구입니다. 하하하."

"근데 나가는 길이세요?"

"오랜만에 죽마고우를 만났으니 술 한잔해야지요."

인사를 하고 나가려던 명오가 갑자기 몸을 돌려 수복을 향해 외쳤다.

"수복 양. 기선이한테 들었는데 이 친구 책 거의 다 읽으셨다죠? 언제 한번 전화하셔서 독자평 좀 신랄하게 부탁합니다. 매운맛을 보면 안 써지던 글이 써지기도 하거든요. 하하하. 대동공전 영문학부입니다."

"네."

미소로 그들을 배웅한 수복은 소파 위에 털썩 주저앉고 말았다. 효석이 잘생겼다는 기선의 말은 사실이었다. 영실은 호들갑을 떨며 수복의 옆으로 다가와 앉았다.

"저 사람이야, 저 사람. 내가 예전에 말했었잖아. 〈나비부인〉을 알아듣는 이가 왔었다고."

"나비부인?"

"작년에 너 동경으로 가고 얼마 안 돼서 저 사람이 들어서는데 음악을 들으면서 알은체를 하더라고. 그래서 내가 깜짝 놀랐지. 그 사람 말고는 〈나비부인〉 얘기한 사람이 단 한 명도 없었거든."

"그리고 또, 또 무슨 말을 했는데?"

"또? 글쎄. 아, 생각났다! 다방 장식을 직접 했냐고 물었어."

그날 밤, 수복은 스탠드 불빛 아래 이효석의 단편집을 펼쳐 효석의 사진을 들여다보았다. 동그란 안경 너머 카메라 렌즈를 노려보는 눈빛이 용맹스러웠다. 같은 사진인데 왜 예전에 봤던 때랑 다르게 보이는 걸까? 수복은 시간 가는 줄 모르고 효석의 여러 책을 뒤적였다.

어느새 떠오른 태양 빛이 눈부시게 방안으로 쏟아졌다. 눈이 서걱대고 뻑뻑해 안약을 집어 들었을 때 안약 옆에 있던 향수병이 소리를 내며 쓰러졌다. 그 순간 그의 목소리가 다시금 선명하게 들려왔다.

'다나, 타부? 신비로움과 여성스러움을 더해 여성 본래의 중후한 멋을 느끼게 하는 향수죠.'

동성동본의 아내와 결혼하기 위해 무진 애를 썼다더니 다른 남자들과 확실히 뭔가 달랐다. 커피를 내리던 수복은 자신이 어제부터 계속 그의 생각을 하고 있다는 걸 깨달았다. 수복은 어제 헤어지기 직전 명오가 남긴 말을 되새기며 수화기를 뚫어져라 응시했다. 명오의 실없는 말이 뇌리에 깊이 박혔던 걸까. 어느새 수화기를 든 수복의 입에서 대동공전 영문학부라는 말이 튀어나왔다. 잠깐 기다리라는 교환원의 목소리가 꿈결처럼 아득했다. 이제라도 끊을까. 아니야, 그게 더 이상해. 갈등하는 사이 심해처럼 낮게 가라앉은 목소리가 수복의 귓가를 울렸다.

"네, 이효석입니다."

끅. 침을 한번 삼킨 수복은 속사포처럼 말을 쏟아 냈다.

"지난번 방가로에서 만났던 왕수복입니다. '산허리는 온통 메밀밭이어서 피기 시작한 꽃이 소금을 뿌린 듯이 흐붓한 달빛에 숨이 막힐 지경이다.'라고 하셨는데 온통 메밀밭인 곳은 어디예요? 메밀꽃을 소금을 뿌린 듯하다고 표현하신 이유는 뭐예요?"

"네?"

"그러니까 제 말은 〈나비부인〉만큼 유명한 가극이 〈토스카〉인데요, 〈토스카〉 아시죠? 푸치니의 걸작이라고 알려진 작품 말이에요. 로마 초연은 성공하지 못했지만 토스카니니가 맡으면서 대성공을 거두었어요. 〈토스카〉 아시죠? 〈나비부인〉을 좋아하시니까 〈토스카〉도 좋아하실 거 같아서요."

"…네?"

"그러니까 제 말은 〈토스카〉 들으러 오시라구요. 언니한테 들었어요. 〈나비부인〉 좋아하신다고. 그래서 〈토스카〉 들으러 오시라고 한 거예요…."

수복의 목소리가 점점 낮게 잦아들었다. 이내 어색한 침묵이 흘렀다. 잠시 후 망설이는 듯 효석의 낮은 목소리가 수화기 너머로 흘러나왔다.

"수업이 다섯 시쯤 끝나는데, 다섯 시 반쯤 시간 괜찮으십니까?"

무슨 말이지? 만나자는 말인가? 수복의 가슴은 두근대고 얼굴은 화끈 달아올랐다. 그렇게 약속을 하고 말았다. 결과적으로 수복이 먼저 만나자고 전화를 건 꼴이 되어 버렸다. 전화를 끊었지만 벌겋게 달아오른 얼굴의 열기는 좀체 사그라들지 않았다. 무턱대고 약속을 잡은 것이 뒤늦게 후회됐지만 이제 와 되돌릴 수도 없는 노릇이었다.

다섯 시 반. 효석이 약속한 시간에 정확히 맞춰 평양호텔 레스토랑에 도착해 주위를 두리번거리자 수복이 천천히 자리에서 일어나 어색한 미소를 지어 보였다. 어색함은 두 사람이 자리에 앉은 후에도 이어졌다. 수복은 멍한 표정으로 효석을 바라볼 뿐이었다. 긴 다리를 꼬고 하얀 손가락으로 테이블을 두드리며 커피를 마시는 효석의 모습이 이국적인 느낌을 풍겼다. 한동안 넋을 잃고 효석을 바라보던 수복이 망설이다 입을 열었다.

"향수는 어떻게 그렇게 잘 아세요?"

고개를 들어 수복과 눈을 맞추며 효석이 느릿하게 대답했다.

"좋아하면 관심을 갖게 됩니다. 그러다 보면 남들보다 조금 더 알게 되지요."

"조금 더 아는 정도가 아니시던데요."

"수복 양은 푸치니 오페라 마니아신 모양입니다. 〈토스카〉까지 구하신 걸 보면."

"아직은 〈토스카〉보다 〈나비부인〉이 더 좋아요."

"아직은?"

"조금 더 듣다 보면 달라실 수도 있겠지만 아직은 〈나비부인〉이 익숙해서요."

"〈나비부인〉 중 특별히 좋아하는 곡이 있는지 궁금한데요?"

"〈운 벨 디 베드레모〉*요!"

"'어느 맑고 개인 날'?"

수복은 단박에 우리말로 곡명을 대는 효석을 감탄하는 눈으로 바라보았다.

"〈코로 아 보카 끼우사〉**도 좋아해요. 선생님은 어떤 곡을 좋아하세요?"

"저도 〈운 벨 디 베드레모〉를 좋아합니다. 이태리어가 좋아서 음악을 듣기 시작했습니다. 일본어처럼 가볍지도 않고 영어처럼 말캉하지도 않고 뭐라고 표현하는 게 좋을까…."

"품격 있는 귀족의 언어 같지 않나요?"

수복이 끼어들어 효석의 말을 마무리했다.

"맞소, 귀족! 정말 딱 맞아떨어지는 단어요. 하하하."

한번 대화의 물꼬를 트자 첫 만남이라는 게 믿기지 않을 정도로 쉴 새 없이 웃음이 피었다. 대화를 이어 가던 수복이 다시 향수 얘기를 꺼냈다.

"낙엽 태우는 냄새를 좋아하시는 분이라 향수 같은 인위적인 향은 싫어하실 줄 알았어요."

"낙엽 태우는 냄새를 좋아하는 건 어떻게 아셨습니까?"

수복은 효석의 눈에서 시선을 떼지 않은 채 마치 책을 펼쳐 든

---

* 〈Un Bel Di Vedremo〉. 〈나비부인〉 제2막에 나오는 아리아.
** 〈Coro A Bocca Chiusa〉. 〈나비부인〉에 나오는 허밍코러스.

것처럼 낭독을 시작했다.

"낙엽 타는 냄새같이 좋은 것이 있을까. 갓 볶아낸 커피 냄새가 난다. 잘 익은 개암 냄새가 난다. 갈퀴를 손에 들고는 어느 때까지든지 연기 속에 우뚝 서서 타서 흩어지는 낙엽의 산더미를 바라보며 향기로운 냄새를 맡고 있노라면 별안간 맹렬한 생활의 의욕을 느끼게 된다. 연기는 몸에 배서 어느 결에 옷자락과 손등에서도 냄새가 나게 된다. 나는 그 냄새를 한없이 사랑하면서 즐거운 생활감에 잠겨서는 새삼스럽게 생활의 제목을 진귀한 것으로 머릿속에 떠올린다."*

한 치의 머뭇거림도 없이 그 많은 문장을 줄줄 외는 수복의 모습이 효석을 벅차게 만들었다. 독자들의 연서도 받았고 그들을 직접 만난 적도 있었지만 유행가 가수가 자신의 문장을 외우고 있는 모습은 보고도 믿기 어려운 광경이었다. 책과 음악 그리고 일상에 대한 대화를 나누며 효석은 생명력을 잃었던 삶이 잠에서 깨어 기지개를 켜는 듯한 느낌을 받았다. 손 놓고 있던 삶의 의욕이 되살아나 눈앞에 앉은 여인을 새로운 눈으로 바라보게 했다. 이런 변화는 수복에게도 전해졌다. 그의 뜨거운 시선을 느끼며 수복은 선물 상자를 내밀었다. 한눈에 봐도 고급스러워 보이는 양장본이었다.

"《남편 도스토예프스키의 회상》이라."

* 1388년 조선신문에서 발간한 《조선문학독본》에 실린 이효석의 글 〈낙엽을 태우면서〉를 일부 인용했다.

"이 책을 꼭 드리고 싶었어요. 박문서관*에 들어왔다는 소리를 듣자마자 달려갔다니까요."

"박문서관이라니. 이 책을 사러 경성까지 다녀왔다는 말이오?"

"네. 세계적인 대문호의 아내로 사는 게 얼마나 고단했을까 하는 마음으로 읽기 시작했는데 부부의 사랑은 절대적인 신뢰가 필요하다는 걸 알게 됐어요. 도스토예프스키는 아내의 깊은 사랑이 있었기에 대문호가 될 수 있었던 거예요. 할 수만 있다면 저도 누군가에게 이런 아내가 되고 싶어요."

말을 마친 수복은 효석과 눈도 마주치지 못했고 생각지도 못한 고백을 받은 효석의 마음은 밤바다에 비치는 윤슬처럼 살랑거렸다. 즐거운 시간은 너무도 빠르게 흘러갔다. 이제 막 서로를 알아보기 시작한 두 사람은 떨어지지 않는 걸음을 떼어야 했다.

수복이 현관에 들어서자 거실에 놓인 전화가 요란하게 울려 댔다. 부리나케 달려가 수화기를 집어 들자 방금 헤어진, 기분 좋은 그의 목소리가 흘러나왔다.

"생각해 보니 〈토스카〉를 듣지 못했소. 내일 〈토스카〉를 같이 들으면 어떨까 해서."

수복의 입가에 함박웃음이 피어났다. 그날을 시작으로 효석과 수복은 매일 만나 늦은 밤까지 음악을 듣고 얘기를 나누었다. 이

---

* 1907년 노익형이 경성에 세운 서점 겸 출판사. 만 종의 서적을 비롯해 각종 문방구를 취급했다. 한국 소설을 출간하기도 했다.

야기는 해도 해도 끝나지 않았고 서로에 대한 호기심은 점점 커져만 갔다.

"선생님 소설 덕분에 제 마음이 얼마나 풍성해졌는지 몰라요. 유례, 관야, 미란, 세란, 단주, 일마, 운파… 선생님 소설 속 이름들이 눈에 선해요. 제가 그 사람이 된 것 같은 착각까지 한다니까요."

"그런 하찮은 이름보다 고전 속 중요한 인물들의 이름을 기억하는 게 더 의미 있지 않겠소?"

"중요한 인물이 따로 있나요? 베아트리체*니 헬렌**이니 햄릿이니 그런 인물들만 중요한가요? 저는 왜 그런지 미란, 일마, 운파 이런 이름들이 더 친근하고 정이 가요."

"엘리사***는 어때요. 마음에 들어요?"

"앙드레 지드의 인물 중에서 제일 마음에 안 드는 게 엘리사에요."

"그럼 쇼오샤****는 어때요, 마담 쇼오샤."

"토마스 만 말씀이시죠? 쇼오샤는 인간적인 매력이 있어요. 선생님, 문학 시험이라면 그만하세요. 초라한 제 밑천이 다 드러나겠어요."

---

* 단테 알리기에리의 《신곡》 속 인물. 단테를 인도하고 구원하는 역할로 등장한다. 실제 단테가 평생을 두고 사모한 여인으로 알려져 있다.
** 샬럿 브론테의 소설 《제인 에어》의 인물. 주인공 제인 에어의 친구로 등장한다.
*** 앙드레 지드의 소설 《좁은 문》의 주인공. 사촌 동생인 제롬을 사랑하지만 쓸쓸하게 집을 떠나 아무도 모르게 죽는다.
**** 토마스 만의 소설 《마의 산》의 등장인물. 비(非)시민적 세계를 대표하는 인물이다.

"놀랍소. 어떻게 음악가가 고전에서 현대 문학까지 두루 섭렵할 수가 있단 말이오?"

"과대평가예요. 저는 그저 책 읽는 걸 좋아하는 평범한 독자일 뿐이에요."

"그 정도가 아니라니까. 당신과 대화를 하다 보면 내가 문인이라는 게 부끄러울 정도요."

음악과 문학이 주요 이야깃거리이긴 했지만 이는 부차적인 것이었다. 이제 막 사랑을 시작한 연인은 그저 함께 있는 것만으로도 행복했다. 하염없이 거리를 걸어도 하나도 피곤하지 않았다. 나란히 걷는 효석의 손이 수복의 손등을 슬쩍슬쩍 스칠 때마다 소름이 돋아 수복에게 짜릿한 희열을 불러일으켰다.

"혼자 계시는데 식사는 어떻게 하세요."

"간단하게 커피나 토스트 정도로 만족하고 있소."

"학생들 가르치시려면 잘 드셔야 할 텐데 제가 반찬 좀 가져다 드릴까요?"

"제일 반가운 선물이 바로 반찬이오."

"내일 당장 가져갈게요."

"언제든 환영이오."

수복은 걸음을 멈추고 별이 쏟아져 내릴 것 같은 까만 밤하늘 올려다보았다.

"이제야 돌아오지 않는 남편을 기다리는 나비부인의 마음을 알 것 같아요."

효석이 의아한 눈빛으로 수복을 바라보았다.

"사랑하는 사람을 기다리면서도 무슨 사정이 있겠지 하는 마음으로 1년이 가고 2년이 가고 또 3년이 가고…. 그렇게 기다린 것 아닐까요?"

"혹시 내가 당신을 기다리게 할까 봐 걱정되는 건 아니오?"

속마음을 들켜 뺨이 발갛게 달아오른 수복은 이내 고개를 떨구었다. 효석은 살며시 그녀의 턱을 들어 눈을 맞추었다. 효석을 바라보는 수복의 눈동자에 눈물이 고였다.

"〈나비부인〉의 핑커튼은 3년이나 초초상을 애태웠지만 나는 핑커튼이 아니오. 당신만큼 나도 당신을 사랑하오. 당신 때문에 내가 더 행복할 거라는 확신이 들었소."

그때 등화관제를 알리는 사이렌 소리가 요란스레 울려 퍼졌다. 몇 년째 계속되는 등화관제 훈련은 반짝이던 거리의 조명을 도미노처럼 사라지게 해 화려한 도시를 암흑의 도시로 바꿔 놓았다. 효석은 수복의 손을 잡아끌고 무작정 달리기 시작했다. 골목길을 달리다 막다른 길을 만나면 길을 되짚어 또 다른 골목으로 뛰었다.

경주마처럼 내달리던 효석은 막다른 골목길에 접어들자 달리기를 멈추고 거친 숨을 몰아쉬며 수복을 바라보았다. 효석의 눈동자가 흔들리기 시작했다. 그 순간 수복이 깡충 뛰어 효석의 목에 팔을 두르고는 입을 맞추었다. 두 사람의 호흡이 조금씩 가빠져 왔고 서로를 바라보는 눈빛에는 갈급함이 어렸다. 효석이 수복의 뒷머리를 살포시 누르며 입속을 파고들었다. 서로의 혀가 다급하게 얽혔다. 그렇게 그 둘은 암흑이 된 평양의 어느 골목에서 서로를 끌어안은 채 뜨거운 키스를 나누었다.

수복과 헤어지고 집에 돌아온 효석은 늦은 밤까지 잠을 이룰 수가 없었다. 벅찬 가슴을 잠재우기가 힘들었다. 이렇게 강렬한 느낌은 처음이었다. 홀로 지낸 시간이 지독한 외로움의 시간이었음을 그녀의 존재로 깨달았다. 그녀는 무색무취하여 밋밋했던 효석의 인생에 한 줄기 빛으로 다가왔고 효석으로 하여금 새로운 꿈과 희망, 기대를 품게 했다. 그녀와 맞는 밤과 아침은 어떨지, 그녀의 맨살에 살을 부비면 어떤 느낌일지 궁금했다.

효석은 자신이 사랑에 빠졌음을 깨달았다. 불과 며칠 만에 감정이 통하고 생각과 취미가 맞는 사람을 찾았다. 기적이었다. 효석은 커피의 진한 향을 맡으며 수복의 달덩이처럼 하얀 얼굴과 포도알처럼 굵은 눈동자를 떠올렸다. 그날 밤 효석은 두근대는 심장으로 불면의 밤을 보내야 했다.

잠들기가 어려운 건 수복도 마찬가지였다. 한참을 망설이던 수복은 전화기를 집어 들었다. 오랫동안 기선과 연락하지 못한 것도 있었고 효석과의 상황을 숨기고 있자니 도둑이 제 발 저린 것처럼 마음이 불편해 견딜 수 없었다. 수복의 긴 얘기를 들은 기선은 길게 한숨부터 내쉬었다.

"그냥 잠깐 만나는 거지? 멀쩡한 총각들 놔두고 홀아비랑 결혼할 건 아니잖아, 그치?"

유부남과 사귀고 있던 기선에게 예상치 못한 답이 돌아오자 수복의 말문이 막혔다.

"너 동경 들어가야 하잖아. 가산이랑 헤어지고 들어갈 거지?"

"……아니. 일단은 왔다 갔다 해야지."

"그러다 정들면?"

"……."

"애 딸린 홀아비랑 연애하다가 미운 정 고운 정 다 들면?"

"……나 선생님 좋아해."

"나도 좋아해. 그 사람 작품 좋아하고 사모하고 응원해. 하지만 결혼은 다른 문제잖아."

목소리에 짜증이 묻어 있었다. 평소와 달리 부쩍 예민하게 반응하는 기선이 이상했다. 아마 광진의 이혼 문제가 해결되지 않았기 때문인 것 같았다. 그런데 갑자기 기선의 우는 소리가 들려왔다. 울음소리는 점점 더 높아졌다. 수복은 악에 받친 기선의 울음소리를 잠자코 들었다. 한바탕 울고 난 기선은 마치 다른 사람이라도 된 듯 목소리를 높이며 아까와는 다른 소리를 했다.

"가산 집에 갈 때 잊지 말고 꽃 사서 가. 장미도 좋고 카네이션이나 들국화도 좋고. 꽃말이 좋으면 더 좋아할 거야. 가산은 선물 하나에도 의미를 새길 만큼 세심하고 예민해. 참, 버터랑 커피도 챙겨. 평양호텔에서 파는 원두를 좋아한다고 했어. 이왕 이렇게 됐으니 초장에 휘어잡아. 너 없인 하루도 못 살게 만들어. 알았지?"

기선의 조언은 계속 이어졌다. 너무 잘해 주지도 말고 너무 몰아붙이지도 말라는 게 핵심이었다. 잘해 주면 금방 시들해지고 몰아붙이면 질려서 도망간다는 거였다. 전화를 끊은 수복은 문득 궁금해졌다. 기선의 애인은 지금 시들해진 상태일까, 도망간 상태일까. 어떤 경우든 현재 기선이 행복하지 않은 것은 분명해 보였다.

다음 날, 수복은 기선의 조언대로 예쁜 꽃말을 가진 꽃을 골라 약속 장소로 향했다. 그의 마음이 어제와 다르면 어쩌나 하는 괜한 노파심에 사로잡혀 약속 장소에 도착했을 때쯤, 수복의 눈에 함박웃음을 지으며 손을 흔드는 효석의 모습이 들어왔다. 성큼성큼 다가오는 효석의 발소리에 박자를 맞춰 수복의 심장도 쿵쾅쿵쾅 방망이질하기 시작했다. 이내 둘은 환한 미소를 지으며 나란히 길을 걸었다.

얼마 걷지 않아 야트막한 동산을 한참 오르던 중 담쟁이덩굴로 둘러싸인 예쁜 이 층 벽돌집이 눈에 들어왔다. 동화 속에나 나올 법한 집이었다. 가까이 다가갈수록 진한 녹색 향이 기분 좋게 오감을 자극했다. 담쟁이 넝쿨 사이로 청량한 푸른색의 대문이 눈길을 끌었다.

푸른 집, 효석의 집이었다.

풀잎

대문을 여니 초록의 시원한 잔디가 눈앞에 펼쳐졌다. 지하로 내려가는 계단은 거친 질감의 페인트로 칠해져 있었고 그 위에 띄엄띄엄 영문으로 적힌 시는 이국적인 정취를 자아냈다. 피아노가 놓인 거실은 상아색 카펫과 고풍스러운 가구가 조화를 이루어 모던한 느낌을 주었다. 외국 여행길에 사 모은 것으로 보이는 작은 소품들은 집주인의 이국적인 취향과 고급스러운 안목을 짐작하게 했다. 반짝이는 샹들리에에 마음을 뺏겨 한참을 바라보던 수복은 책상 위에 놓인 화병을 발견하고는 파라핀지에 싸들고 온 카네이션을 꽂았다.

"장미를 사려다가 카네이션 꽃말에 마음을 바꾸었어요. 흰 카네이션 꽃말이 뭔지 아세요?"

포트에 물을 넣고 커피 내릴 준비를 하던 효석이 수복을 보며 고개를 가로저었다.

"난 사랑에 빠졌어요."

효석의 입가에 미소가 어리자 수복은 효석 앞으로 바짝 다가와 장난스럽게 말했다.

"빨간색 카네이션의 꽃말은 당신의 사랑을 믿어요."

효석은 수복의 긴 머리를 쓰다듬으며 분홍색 카네이션의 꽃말을 물었다. 수복은 부끄러운 듯 얼굴을 붉히며 낮은 목소리로 속삭였다.

"당신을 열렬히 사랑합니다."

순간 두 사람의 시선이 마주쳤고 당황한 수복은 황급히 효석에게 등을 보이며 소리쳤다.

"카네이션의 꽃말이 그렇다구요."

수복은 말없이 미소 짓는 효석을 애써 외면하며 소매를 걷어붙이고 식사 준비를 시작했다. 한동안 부산하게 움직인 수복은 식탁이 꽉 차도록 한 상을 뚝딱 차려냈다. 불고기와 잡채, 각종 나물에 정갈한 백김치까지. 효석은 맛있다는 말을 연발하며 밥 한 그릇을 금세 비워냈다.

"사람 심리가 참 희한하오. 같은 음식도 누구와 먹느냐에 따라 맛이 달라지니 말이오. 그렇다면 결국 음식 맛이라는 게 인간의 마음에 달려 있다는 것 아니겠소?"

"그래서 오늘 음식 맛이 어떻다는 말씀이세요?"

"천상의 맛이지. 영혼을 살찌우는 마법의 음식이었소."

"영혼만 살찌시면 안 돼요. 선생님은 살이 오르셔야 해요. 너무 마르셨어요."

"나는 쉽게 살이 오르는 체질이 아닌데."

"무슨 일이 있어도 제가 꼭 살찌게 할 거예요."

효석의 가슴이 먹먹해졌다. 누군가의 보호와 관심을 받고 있다는 느낌은 참 오랜만이었다.

"언젠가 잡지 인터뷰에서 문사의 아내가 되고 싶다고 말한 적이 있어요. 단 한 사람. 존경할 수 있는 사람을 만나는 게 꿈이었거든요. 생각해 보니까 지금껏 선생님을 만나려고 방황했나 봐요. 선생님을 만나고 저의 방황은 끝이 났어요. 선생님을 만나고 제 인생이 다시 시작된 거예요."

자신의 감정을 솔직하게 표현하는 수복을 응시하며 효석은 엄지손가락을 들어 수복의 손등을 부드럽게 쓸었다.

"당신은 정말 특별한 말재주를 가졌소. 그 예쁜 입술로 존경이라는 단어를 말하니 우리 사랑이 한층 더 고귀하고 특별하게 느껴진다오."

"제일 처음 만난 남자가 당신이었다면 얼마나 좋았을까요. 제 과거가 너무 후회스러워요."

거리에 떠도는 소문을 들은 적이 있었다. 수복의 남자에 관한 꽤 구체적인 소문이었다. 아마 수복의 얼굴이 어두워진 것은 그 때문일 거라고 효석은 추측했다.

"과거 얘기라면 그만두오. 내 과거가 당신과 비교나 되겠소? 결혼했고 아이들이 있고 사별까지 했는데? 나는 오늘이 중요한 사람이오. 내 눈앞에 있는 사람과 지금 현재. 그게 가장 중요한 거지."

효석의 말이 얼마간 수복의 마음을 안심시키긴 했지만 모든 걱정이 가신 것은 아니었다. 수복은 다른 사람의 입을 통해 자신의 과거가 효석에게 알려지거나 잘못 전해지는 것을 원치 않았다.

"그래도 한 번쯤 제 입으로 설명할 기회를 주셨으면 해요. 그건 저를 위한 거예요."

물기를 머금어 보석처럼 반짝이는 눈동자에 효석의 마음이 말랑말랑해졌다.

"그럼 장소를 옮길까? 질 좋은 치즈와 와인을 사랑하는 여인에게 바치고 싶은데. 그건 나를 위한 거요."

효석은 거실의 일인용 소파에 자리 잡았고 수복은 효석의 다리에 등을 기댄 채 카펫 바닥에 앉아 손에 든 와인잔을 응시했다. 검붉은 와인에 자신과 효석이 겹쳐 보였다.

"생각할수록 눈물이 나요. 왜 내 인생이 그렇게 시작됐을까요."

효석은 수복의 뒷머리를 다정하게 쓸어내리다가 머리카락 사이에 손을 넣어 손가락 빗질을 시작했다. 높았다가 낮았다가 수복의 감정이 곡예를 하는 동안에도 효석의 손은 수복의 머리카락 속에서 움직였다. 수복은 담담한 어조로 박춘식과 기요시와의 일들을 털어놓다가도 중간중간 감정이 북받쳐 울먹이기를 반복했다. 수복은 그렇게 한참 동안 고해성사하듯 자신의 속내를 쏟아 놓았다.

"선생님을 처음 만나고 돌아온 밤 너무 속상하고 억울해서 잠을 잘 수가 없었어요. 지난날 불길처럼 일었다가 재가 되어 버린 시간들. 그 사람들은 제게 그런 사람들이었어요. 선생님을 만나고 나서야 사랑이 뭔지 알게 됐어요. 선생님만 생각하면 가슴이 뛰어요."

몸을 돌려 효석을 올려다보는 수복의 눈동자가 샹들리에의 빛을 받아 반짝거렸다.

"이 말을 꼭 믿어 주세요."

수복의 마지막 말에 효석의 손이 움직이기를 멈추었다. 물기 가득한 여자의 눈동자를 그윽하게 바라보던 남자는 여자의 얼굴을 쓰다듬으며 느릿느릿 입을 열었다.

"난 오늘의 당신을 사랑하오. 과거는 과거일 뿐. 난 당신 과거를 캐내고 싶지 않소. 부디 내 말을 믿어 주시오."

"사람들이 이런저런 말들을 만들어서 우리 사이를 갈라놓으면 어쩌죠?"

"쓸데없는 걱정이오. 사랑이라는 게 두 사람만의 은밀한 감정인데 왜 다른 사람이 끼어들게 하지? 다른 사람들은 무시하고 살아도 되오. 나는 내 코가 석 자라 다른 사람 신경 쓸 여유가 없소. 내게 처음 전화 걸었던 때의 용기는 어쩌고 이렇게 약한 소리를 하는 게요?"

효석이 수복의 콧등을 가볍게 꼬집었다.

"그러니까요. 선생님 때문에 제가 처음 하는 게 한두 가지가 아니에요. 그때 놀라셨죠? 동료 선생님들이 여자가 먼저 연락했다고 흉보지나 않았어요?"

쉴 새 없이 움직이는 수복의 입술을 바라보던 효석은 손가락으로 그녀의 입술을 살며시 쓸었다.

"내가 망설이느라 하지 못하는 걸 대신해 주어서 말할 수 없이 기뻤소."

"저는 제가 전화한 줄도 몰랐는데 어느새 선생님과 통화를 하고 있더라고요. 호호호. 그 바람에 요시코 선생님은 저를 기다리느라 10년은 더 늙으셨대요. 여름 휴가로 왔다가 이렇게 눌러앉아 버렸으니…."

"음악 공부쯤 아무 데서나 하면 어때서."

그 말에 수복은 뾰로통한 표정을 지으며 자리에서 일어나 효석의 무릎 위로 올라앉았다. 그리고는 효석의 목에 팔을 둘러 그의 가슴에 얼굴을 묻고 화난 목소리로 종알거렸다.

"음악 공부쯤 그만두면 어때. 이렇게 말씀하시면 안 돼요?"

"전도유망한 음악 학도한테 내가 어떻게 그런 말을 할 수 있겠소. 그럴 용기나 결심이 있다면야 모르지만."

"그야 남자가 어떻게 하느냐에 따라 달라질 수 있죠."

순간 수복은 마법을 경험한 듯 신기한 분위기에 사로잡혔다. 자신을 짓눌렀던 걱정거리가 효석 앞에서는 아무것도 아닌 일이 되어 버리는 마법. 수복이 신기한 듯 눈을 반짝이자 수복의 뺨에 가볍게 입을 맞춘 효석은 무릎에 앉은 수복을 일으키고는 주방으로 향했고 야식으로 토스트만 한 게 없다며 프라이팬에 버터를 녹이기 시작했다. 앞치마를 두른 효석의 모습이라니. 다른 사람은 알 수 없는 그의 은밀한 모습에 수복의 가슴이 뿌듯해졌다.

"도대체 얼마나 많은 여자한테 토스트를 만들어 주신 거예요?"

버터를 녹이던 효석이 무심한 듯 답변했다.

"여자들이 좋아하긴 하더군."

힐끗 수복의 눈치를 살피던 그는 다시 빙그레 미소를 지으며 말을 이었다.

"딸들이 가장 좋아하는 메뉴요. 그러고 보니 내가 여자들한테만 요리를 해 줬군."

효석의 재치 있는 답변에 수복의 입에서도 웃음이 터져 나왔다.

"동경에 있는 여류 화가한테도 해 주셨어요?"

효석이 웃음기를 거두고 수복을 바라보았다. 그 사람을 어떻게 아느냐는 듯 놀라는 눈으로.

"소문으로 들었어요. 지난 1년간 편지를 유난히 많이 주고받으셨다던데요?"

그녀는 죽은 아내의 학교 후배였다. 몇 달간 위로 편지를 주고받은 것은 사실이었지만 그녀를 향한 효석의 마음은 아내의 후배 그 이상도 이하도 아니었다.

"어쩌면 벌써 당신과 나의 소문을 듣고 연락이 뜸한 게 아닐까 싶은데?"

"어떤 분이세요? 예쁜가요? 젊은가요? 과거도 없으시구요? 제가 먼저 전화를 걸지 않았다면 그분과 인연이 되셨겠네요? 그렇죠?"

숨 가쁘게 이어지는 수복의 질문에 대답하지 않은 채 효석은 토스트가 담긴 접시를 테이블 위에 올려놓고는 카펫 바닥에 앉은 수복을 그대로 안아 소파 위에 내려놓았다.

"내 마음을 떠보려고 이러는 거라면 시간 낭비고 감정 낭비니까 그만두는 게 좋겠소. 나는 당신 때문에 죽었던 몸과 마음이 살아나 하늘을 날만큼 큰 환희에 빠져 있소. 나한테 다른 사람을 보거나 신경 쓸 여력이 있을 것 같소?"

그리고는 수복에게 입을 맞추었다. 수복도 효석의 목에 팔을 두르고 몇 번이고 뺨에 입을 맞추었다.

"다 잊어요. 제발 잊으세요. 나 말고 다른 사람은 다 잊어 주세요. 아셨죠?"

어린아이를 달래듯 다정한 눈빛으로 수복을 바라보던 효석은 천천히 고개를 끄덕였다.

"약속하신 거예요. 평생 한눈팔지 않고 나만 바라보기로. 네?"

아이처럼 보채는 모습에 효석의 가슴이 쿵쾅대기 시작했다. 효석은 그대로 여자의 허리를 당겨 안았다. 그날 밤, 두 사람은 둘만의 온전한 첫날밤을 맞았다. 오렌지색 스탠드 불빛 아래 사랑하는 사람의 품에 안긴 수복은 지금껏 한 번도 느껴보지 못했던 안락함과 평안함 그리고 전율을 경험했다. 경이로운 세계였다. 폭풍같이 수복의 품을 파고들던 효석은 어느새 낮게 코를 골며 잠들었고 수복은 믿기지 않는다는 표정으로 효석의 몸을 쓰다듬었다.

둘은 주말 내내 집 밖으로 한 발짝도 나가지 않은 채 붙어 있었다. 그 바람에 며칠 동안 깎지 못한 효석의 턱수염이 까칠까칠했다. 손끝에 닿는 생경한 느낌이 첫날밤의 전율을 떠올리게 했다. 수복은 그날 밤을 떠올리며 생긋 웃었다. 그때 잠들었던 효석이 반쯤 눈을 떴다.

"학생들에게 어떤 걸 가르치세요?"

잠에서 막 깬 사람에게 하는 질문치고는 이상했지만 효석은 느리게 몸을 일으켜 손가락으로 더듬어 책장에서 두툼한 책 한 권을 빼 들었다. 한동안 책을 뒤적이던 효석은 침대 끄트머리에 자리를 잡고 책을 읽기 시작했다.

"태양이 그대를 버리지 않는 한 나는 그대를 버리지 않겠노라. 파도가 그대를 위해서 춤추기를 거절하고 나뭇잎이 그대를 위해서 속살거리기를 거절하지 않는 동안, 내 노래도 그대를 위해서 춤추고 속살거리기를 거절하지 않겠노라."

"그건 누구 시에요?"

효석은 수복 앞에 책 표지를 펼쳐 보였다. 시집의 제목은 《풀잎》이었다.

"월트 휘트먼이라는 시인인데 나는 마음이 복잡할 때 이 시집을 꺼내 읽곤 하지."

"계속 읽어 주세요."

말 잘 듣는 아이처럼 효석이 다시 책을 읽기 시작했다.

"나는 그대에게 한 가지 약속을 하노라. 그대가 나를 만났기에 적당한 준비를 하기를 나는 요구하노라. 내가 올 때까지 성한 사람이 되어 있기를 요구하노라. 그때까지 그대가 나를 잊지 않도록 나는 뜻깊은 눈초리로 그대에게 인사하노라."

조곤조곤 시를 읊는 효석의 목소리가 수복의 귓가를 감미롭게 울렸다. 나른한 눈빛의 수복이 홀린 듯 효석을 올려다보았다.

"너무 좋아요. 마치 저를 위해 쓴 시 같아요."

수복은 효석의 침실에서 그와 살을 맞대고 있는 현실이 믿기지 않았다. 효석의 손등에 뺨을 비비며 수복이 고백하듯 나직한 목소리로 말을 이어 갔다.

"전 이제 기적을 믿게 됐어요."

수복이 큰 눈을 반짝이며 자신을 바라보자 효석은 기대에 찬 눈으로 다음 말을 기다렸다.

"지금 내 생활의 변화가 바로 기적이에요. 불과 얼마 전까지만 해도 음악 공부에 발전이 없어 도망치듯 평양에 왔는데 지금은 너무 행복하잖아요. 근데 갑자기 찾아온 행복처럼 갑자기 불행이 닥칠까 봐 조마조마하기도 해요. 당신과 함께 맞이하는 낮과 밤이 너무 아름다워서 겁이 나요. 세상이 우리를 위해 존재하는 것처럼 아름다워서 마음이 불안해져요."

실과 바늘

수복은 잠시도 효석과 떨어져 있으려 하지 않았다. 출근하는 효석을 위해 아침상을 차리고 잘 다녀오라는 말로 배웅하고 집 안 청소를 하고 그의 손때가 묻은 포트로 커피를 마셨다. 그의 서재에서 그의 온기가 묻어나는 책을 읽다 보면 그가 돌아왔다. 소박한 반찬으로 저녁을 함께 먹은 후에는 나란히 앉아 피아노를 치거나 음악을 듣거나 밤 산책에 나섰다. 자정이 되면 숟가락처럼 서로의 몸을 포개고 침대에 누워 이야기를 주고받았다.

"어릴 적 너무 가난했어요. 아버지는 성실이라는 이름을 지어 주고는 두 돌도 안 돼서 돌아가셨어요. 그 충격 때문에 할머니는 아버지가 돌아가시자마자 제 이름부터 바꾸셨구요."

"이름을 왜?"

"아버지처럼 일찍 죽을까 봐 오래 살라고 성실을 수복으로 바꿨어요. 촌스럽죠?"

수복은 웃음을 터뜨렸지만 효석은 웃지 않았다.

"당신은 내게 특별한 사람이니 나만의 이름으로 당신을 부르겠소."

그때부터 효석은 수복을 '실'이라 부르기 시작했다. 수복은 '실'이라는 단어를 발음하는 단단한 효석의 입술을, '실'이라고 부르는 다정한 그의 눈빛을 사랑하게 되었다. 누군가에게 특별한 의미, 특별한 존재가 되는 느낌이란 이런 것이구나 싶었다. 기선이 말한 첫눈에 반하는 사랑이라는 게 무엇인지 짐작할 수 있게 되었고 미래에 대한 새로운 꿈과 희망도 품기 시작했다. 두 사람은 이렇게 서로를 의지하며 고단한 일상을 행복으로 채워 나갔다.

그 날은 실이 경성에 다녀오는 날이라 수업을 마친 효석이 평양역으로 마중을 나갔다. 가는 길에 꽃집에 들러 분홍색 카네이션을 집어 들었다. '당신을 열렬히 사랑합니다.' 꽃말을 말하며 뺨을 붉히던 실이 떠올라 콧노래까지 흘러나왔다.

"얼굴빛을 보니 경성 간 일이 잘된 것 같은데?"

효석이 인사를 건네자 카네이션 향을 맡으며 환했던 실의 얼굴에 어두운 그림자가 드리웠다.

"대판 싸우고 왔는걸요?"

"오랜만에 만났을 텐데 무슨 일로?"

"〈그리운 강남〉에서 3절을 빼고 레코드를 낸다는 거에요. 그러면 김용환 씨 부분이 없어지고 후렴구랑 연결도 안 되는데."

다시 생각해도 억울하고 분해 실이 두서없는 말을 쏟아 내기 시작했다.

"사람들이 3절을 얼마나 좋아하는데. 거기가 제일 많이 합창하는 부분이에요. 그래서 3절을 빼면 난 절대로 노래하지 않겠다고 하고 나와 버렸어요…."

말을 제대로 잇지 못하는 실을 품에 안은 효석은 실의 등을 천천히 쓰다듬었다.

"우리는 천생연분인 것 같소. 나도 오늘 총독부 검열에 걸릴 만한 원고를 넘기고 왔는데."

"네?"

효석에게서 몸을 떼어 낸 실은 놀란 눈으로 효석을 올려 보았다.

"총독부가 국책 사업으로 노연만두*를 내놓았잖소."

"보리빵 말씀이세요?"

"노연만두가 잘 팔릴 수 있게 글을 써 달라고 했는데 솔직하게 써서 넘기고 왔소."

"뭐라고 쓰셨는데요."

"너무 맛이 없길래 맛이 없다고 썼지."

효석의 말에 굳은 얼굴의 실이 깔깔대기 시작했고 효석도 실을 따라 한바탕 크게 웃었다.

---

* 조선총독부가 국책 사업의 일환으로 내놓은 보리빵.

"눈 딱 감고 맛있다고 쓰면 원고 청탁이야 또 받을 수 있겠지. 하지만 그렇지 않아도 힘들게 사는 조선인들에게 맛없는 노연만 두를 사 먹으라고 지갑을 열게 할 수는 없지 않소. 그건 도저히 내 양심이 허락하지 않았소."

"잘하셨어요. 정말 잘하셨어요."

실은 크게 팔을 벌려 효석을 끌어안으며 그가 했던 것처럼 효석의 등을 쓰다듬었다. 그때 청년 여러 명이 역에서 나오다가 끌어안은 두 사람을 힐끗거리며 수군대기 시작했다.

'왕수복 아니야?' '또 남자를 갈아 치웠나?' 말소리는 점점 커져 어느새 또렷하게 들릴 만큼 가까워졌다. 두 사람의 이름을 부르며 지나가던 청년과 효석의 눈이 마주쳤다.

"애 딸린 남자가 뭐가 좋다고 끌어안고 난린지. 말세다, 말세야."

그가 효석의 눈을 빤히 바라보며 조롱을 쏟아 내는 바람에 효석은 인내심을 잃고 청년을 향해 주먹을 뻗고 말았다. 그 순간 실이 몸을 날려 효석의 팔에 매달린 채 애타게 울부짖었다.

"참아요, 참아야 해요."

효석은 거친 숨을 내쉬며 실의 어깨를 당겨 안고는 빠른 걸음으로 평양역을 빠져나갔다. 모던 걸과 모던 보이들이 등장하고 자유연애가 들불처럼 번져가는 시대였지만 아직 세상은 애 딸린 남자와 처녀의 사랑을 사랑 그대로 봐 줄 만큼 너그럽지 않았다.

며칠 후, 오랫동안 연락이 없는 수복 때문에 애가 탄 영실이 기선을 앞세워 효석의 집으로 들이닥쳤다.

"연애나 할 것이지. 살림까지 차린 거야?"

"요시코 선생이 전보를 몇 통이나 보낸 줄 알아?"

두 사람이 한꺼번에 흥분하며 달려들었지만 수복은 평온한 모습으로 커피를 내놓았다. 기선은 가방에서 신문 뭉치를 꺼내 던지듯 수복 앞에 내밀었다.

"이걸 보고도 웃음이 나오려나?"

조선신문을 비롯해 매일, 동아 등 신문이라는 신문은 하나같이 〈반도의 가희 왕수복의 열애〉라는 제목을 달아 수복과 가산의 사진을 게재했다. 예전 삼천리 인터뷰를 인용한 〈문사의 아내가 될 절호의 기회〉라는 기사도 보였고 〈동경 성악 유학은 중도 포기〉라는 기사도 보였다.

"내가 평양에 눌러 있으라고 할 때는 귓등으로도 안 듣더니 그 남자를 언제 봤다고 이렇게 살림까지 차리고, 이게 도대체 무슨 일이니? 너 이러려고 평양으로 온 거였어?"

영실의 한탄이 끝도 없이 쏟아졌고 수복은 말없이 듣고만 있었다. 분위기가 점점 심각해졌다. 자매 사이에서 어쩔 줄 몰라 하던 기선은 방가로 예약 손님이 도착할 시간이란 말로 겨우 영실을 달랬다. 영실이 돌아가자 수복과 기선 사이에 불편한 침묵이 흘렀다.

"괜찮아?"

오랜 침묵을 깨고 기선이 걱정스러운 눈으로 묻자 수복이 빙그레 미소를 지으며 대답했다.

"나야 괜찮지. 불륜도 아닌데. 숨어 지내는 것도 아니고."

그러다 흔들리는 기선의 눈동자와 마주치자 다급하게 기선의 손을 모아쥐며 말을 더듬었다.

"언니. 내 말은 그런 뜻이 아니고⋯⋯."

"나도 괜찮아. 그 사람이랑 나 지난주에 약혼했어."

기선은 왼손 약지를 수복 앞에 흔들어 보였다. 작은 다이아몬드 알이 반짝거렸다.

"너무 예쁘다. 근데 약혼식에 나는 왜 안 불렀어?"

"너무 갑자기 한 거라 경황이 없었어. 내가 도대체 언제까지 기다려야 하냐고 몰아붙이니까 갑자기 약혼하자는 거야. 근데 아직 이혼도 못 했는데 사람들 부르는 건 좀 그렇잖아? 그래서 절에 가서 스님 앞에서 절하고 반지 하나씩 나눠 끼고 끝. 사실 난 아직 실감도 안 나."

"잘됐다, 잘됐어. 언니, 아까는 영실 언니 때문에 차마 말하지 못했는데 나 요즘 너무 너무 행복해. 왜 이제야 그 사람을 만났을까 한스럽기도 하고."

한껏 들뜬 목소리로 자신을 바라보는 수복을 보며 기선의 마음이 왜 그런지 쓸쓸해졌다.

"가산은, 가산은 어때?"

"그 사람 눈빛 보면 알잖아. 날 보는 눈빛이 너무 따뜻하고 꿈을 꾸는 것처럼 나른해. 내 이름을 부르면 자기 가슴이 먹먹하고 두근두근 설렌대."

'사랑이 시작될 때는 다 그래. 시작하는 연인들은 다 그렇게 눈이 먼단다. 1년만 지나 봐라. 같이 있어도 외롭고 이 사람 마음이 변하지나 않을까 매일 조바심을 내게 된단다.'

이런 말이 목구멍까지 올라왔지만 기선은 입술만 달싹일 뿐 아무 말도 하지 않았다. 쓸데없는 말이 씨가 되어 행복한 두 사람을 불행한 파국으로 이끌까 싶어서였다.

기선의 걱정은 오래지 않아 현실로 다가왔다. 유행가 가수와 소설가의 만남에 대한 기사는 끊임없이 신문, 잡지에 오르내렸다. 그러던 어느 날 효석의 죽마고우인 유명오가 연구실로 불쑥 찾아왔다.

"자네, 지금 제정신인가?"

명오의 첫마디였다. 영문을 몰라 어리둥절해 하는 효석 앞에 명오는 구겨진 신문을 내밀었고 효석은 느릿느릿 기사를 읽어 내려갔다.

"많은 문자를 써서 세세하게 설명하고 국책 운운하며 방패를 삼아 보아도 맛이 없는 것은 결국 맛이 없다."

그리고는 눈을 들어 씩씩대는 명오를 빤히 쳐다보았다. 뭐가 문제냐는 듯.

"내가 쓴 대로 오자 하나 없이 잘 나왔군. 근데 내 글이 자네를 이렇게 화나게 한 건가?"

"언문으로는 사람들 마음을 그토록 설레게 하는 사람이 국문으로는 왜 이렇게 삐딱한가. 국책 사업을 이렇게 망쳐 버리면 누가 자네한테 원고를 청탁하겠나."

"청탁이 없으면 내 글을 쓰면 되지. 그게 글쟁이 팔자 아니겠나."

"자네 정신세계가 어떻게 된 거 아닌가? 혹시 집에 들인 그 여자 때문에 자네가 이렇게 달라진 게 아니냐 이 말일세. 경성이고 평양이고 온통 자네 이름이 오르내리지 않는 곳이 없네."

명오는 수복과 효석의 사진이 실린 신문을 흔들며 목에 핏대를 올렸다. 효석은 무감한 눈으로 힐끗 신문을 바라보다 이내 포트에 물을 채워 넣으며 혼잣말을 중얼거렸다.

"남녀가 연애하는 게 뭐 큰일이라고 신문 기사까지 났는지."

"보통 남녀가 아니니 그렇지. 연애나 하다 말 것이지 기생 출신을 집에까지 들인 이유가 대체 뭔가."

커피를 내리던 효석이 몸을 돌려 명오를 빤히 보며 느릿느릿 대꾸했다.

"사랑하니까."

"사랑? 지금 사랑이라고 했나? 그 사람 과거가 어떤지 알고 사랑 운운하는 겐가?"

"과거를 알고 더 사랑하게 됐네. 자네는 집안이나 과거만 알지 정작 중요한 건 모르나 보군."

"그보다 더 중요한 게 대체 뭐란 말인가."

"어떤 인격을 가졌는지, 서로 얼마나 잘 통하는지가 중요하지. 그 사람과 대화를 하다 보면 밤이 새는지도 모르게 시간이 훌쩍 지나가네. 관심사나 취향도 비슷하고. 진심으로 나보다 더 나를 아끼고 위하는 사람이네. 내가 살아있다는 걸 실감하게 해 주는 사람이라는 말일세. 난 과거의 유행가 가수 왕수복이 아닌 현재의 왕수복을 사랑하고 있네."

무슨 일이건 느긋하고 온화한 태도를 견지했던 효석이 전혀 다른 사람처럼 보였다. 명오는 거침없이 단호한 효석의 태도에 포기한 듯 입을 닫고 대신 책 한 권을 꺼내 들었다.

"지난주에 출간된 내 신작이네. 자네가 이걸 읽고 달라졌으면 좋겠네."

말없이 책장을 뒤적이던 효석이 화난 표정으로 명오를 노려보았다.

"김광진 교수와 양기선 기자의 이야기를 기어이 쓴 건가? 이렇게 저급한 제목으로?"

효석은 《이혼일지》라고 적힌 책을 흔들어 보였고 명오는 담담하게 대꾸했다.

"자네 제자들이 어학 외에 다른 수업까지 자네가 맡게 해 달라고 총장을 설득 중이라는데 자네를 존경하는 제자들은 안중에도 없나? 존경하는 스승이 기생 출신한테 빠져 글 한 줄 제대로 쓰지 못하는 걸 안다면 자네 제자들 마음이 어떻겠나."

"자네는 문학을 한다는 사람이 왜 그렇게 생각이 편협한가. 사랑에는 국경도 없다는데. 어쩌면 내 행동을 통해 사람들이 자유롭게 사랑하는 법을 배우게 될지도 모르지."

"그 여자 때문에 자네가 불이익을 받는 대도 상관없겠나?"

"무슨 불이익을 받는다는 겐가?"

"뻔하지 않나. 죽마고우인 나도 받아들이기 힘든데 다른 사람들은 오죽하겠나."

지금껏 서로 의견 대립 한 번 없었던 효석과의 우정이 미천한 출신의 여자 하나 때문에 유린당하는 것 같아 명오는 피가 거꾸로 솟는 느낌이었다. 무엇보다 천재 문학가가 여우한테 농락당하고 있다는 생각에 마음이 조급해졌다. 한시라도 빨리 둘을 떼놓는 것밖에 방법이 없을 것 같았다. 명오는 직접 수복을 만나 제 발로 효석의 집에서 나가게 해야겠다고 마음먹었다.

"수복 양. 가산의 문학적 생명을 더 이상 죽이지 말아 주세요."

갑자기 집으로 찾아온 명오가 청천벽력 같은 말로 수복을 충격에 빠뜨렸다.

"가산은 어느 한 사람만의 소유가 아닙니다. 잘 아시겠지만 조선 반도 최고의 문인입니다. 그런데 보세요. 당신을 만나고 글한 줄 제대로 쓰지 못하고 있습니다. 겨우 끄적거렸다는 게 노연만두가 맛이 없다는 글이라니. 국책 사업에 그렇게 찬물을 끼얹었는데 원고 청탁이 또 들어오겠습니까? 게다가 두 사람 얘기가 연일 신문에 오르는 바람에 학교도 어수선한데 무슨 글을 쓰겠습니까. 가산을 사랑한다면 가산을 위해 제발 떠나세요. 그게 가산을 살리는 유일한 길입니다."

그날따라 유난히 빨리 어둠이 찾아들었다. 휘파람을 불며 집 안으로 들어서던 효석은 불도 켜지 않고 어둠 속에서 불안한 눈빛으로 울고 있는 실을 발견하고는 세상이 무너진 듯 가슴이 내려앉았다. 가방을 던지듯 내려놓고 실을 끌어안았다. 너무 많이 울어 쉴 대로 쉰 목소리의 실이 지친 눈빛으로 남자를 바라보며 느릿느릿 입을 열었다.

"내 사랑 때문에 세상이 너무 시끄러워졌어요."

초점 없는 눈으로 실이 중얼거리자 효석이 책장을 더듬어 휘트먼의 시집을 빼 들었다.

"태양이 그대를 버리지 않는 한 나는 그대를 버리지 않겠노라."

몸을 일으킨 실이 효석 앞으로 다가와 천천히 효석의 무릎에 얼굴을 묻었다. 한층 편안해진 표정의 실을 확인한 남자는 여자의 뒷머리를 부드럽게 쓰다듬으며 다시 시를 낭독했다.

"파도가 그대를 위해서 춤추기를 거절하고 나뭇잎이 그대를 위해서 속살거리기를 거절하지 않는 동안, 내 노래도 그대를 위해서 춤추고 속살거리기를 거절하지 않겠노라."

살며시 고개를 들어 효석과 눈을 맞춘 실은 그의 눈을 응시하며 다음 문장을 읊었다.

"나는 그대에게 한 가지 약속을 하노라. 그대가 나를 만났기에 적당한 준비를 하기를 나는 요구하노라. 내가 올 때까지 성한 사람이 되어 있기를 요구하노라. 그때까지 그대가 나를 잊지 않도록 나는 뜻깊은 눈초리로 그대에게 인사하노라."

효석은 한 글자도 틀리지 않고 완벽하게 낭독하는 실을 사랑스러운 눈빛으로 바라봤다. 실은 효석의 품을 파고들어 그의 가슴에 얼굴을 부비며 낮게 속삭였다.

"아무래도 동경에 다녀와야겠어요. 다 정리하고 올게요. 당신 곁에 머물려면 정리할 시간이 필요해요. '그때까지 그대가 나를 잊지 않도록 나는 뜻깊은 눈초리로 그대에게 인사하노라.' 아셨죠?"

환희에 찬 눈으로 실을 바라보던 효석은 여자의 허리를 당겨 안았다. 실의 귓가를 간질이며 뭔가 말을 하려는 듯 입술을 달싹이던 효석은 실의 눈을 바라보며 천천히 입을 열었다.

"어제보다 오늘 더 당신을 사랑하오. 오늘보다 내일 더 사랑할 것을 맹세하겠소. 당신이 괜찮다면 외롭고 불쌍한 이 문사의 아내가 되어 주겠소?"

갑작스러운 청혼을 받자 포도알처럼 굵은 실의 눈에 왈칵 눈물이 고였다. 행복에 겨운 눈물이 뺨을 타고 흘렀다. 실은 효석의 목에 팔을 둘러 힘껏 매달렸고 효석은 실을 품에 안았다. 그날 밤 두 사람은 실이 동경에서 돌아오면 조촐한 둘만의 결혼식을 올리기로 약속했다.

이 주간의 이별. 짧다면 짧은 시간이었지만, 실이 돌아오기만을 기다리는 효석에게는 하루하루가 지옥 같은 시간이었다. 실과 바늘이 헤어져 있으니 바늘이 앓기 시작했다. 실의 부재가 효석의 몸과 마음을 서서히 망가뜨렸다. 몇 날 며칠 기침과 고열이 계속되어 감기약을 먹었지만 증상은 나아지지 않았고 오히려 구토와 경련이 일었다. 실이 없다는 핑계로 식사를 거른 채 시커먼 커피만 들이켠 게 원인일지도 몰랐다.

며칠째 학교에 나오지 않는 걸 이상하게 여겨 집으로 찾아온 명오 덕분에 효석은 평양 도립병원에 입원할 수 있었다. 의사는 효석에게 결핵성 뇌막염이라는 진단을 내렸다. 소식을 듣고 예정보다 빨리 평양에 도착한 수복은 부리나케 병원으로 달려갔고 영양 부족으로 면역력이 약해지면서 결핵균이 전신에 퍼진 것이라는 의사의 말에 심한 자책에 빠졌다. 동경에 가지 않고 그의 곁에서 삼시 세끼를 정성껏 챙겼다면 걸리지 않았을 병이었다.

한바탕 울고 난 후 실은 영실이 구해 준 전복으로 전복죽부터 끓였다. 영양가 있는 음식을 먹게 해서 어떻게든 효석을 건강하게 만들어야겠다는 생각밖에 없었다. 기력이 없어 눈도 제대로 뜨지 못했던 효석은 실이 떠먹여 주는 전복죽을 반이나 비워 내고는 거짓말처럼 눈을 떴는데 그 모습에 실은 또 한 번 눈물을 쏟았다. 실은 동경에서 돌아온 날부터 하루도 쉬지 않고 집에서 음식을 해 병실로 날랐고 매일 밤 그의 곁에서 밤을 새우며 간호했다. 쇠약했던 효석은 실의 정성스런 간호에 힘입어 혼자 병원

정원을 산책할 정도로 빠르게 회복되어 갔다. 그날도 곤로 앞에서 효석에게 먹일 음식 준비를 하고 있는데 갑자기 효석의 학교 제자들이 찾아왔다.

"선생님 병문안을 하시려면 병원으로 가셔야지, 왜 집으로들 오셨어요?"

수복은 의아한 눈으로 학생들을 바라보았다. 서로 눈치 보느라 쭈뼛거리며 입을 열지 못하는 학생들을 보며 수복은 명오의 말을 떠올렸다. 학생들 입에서 무슨 말이 나올까 긴장해 가슴이 방망이질을 해 대는데 한 학생이 어렵게 용기를 낸 듯 결연한 눈빛으로 수복을 바라보며 천천히 말문을 열었다.

"선생님에 관한 낯 뜨거운 소문이 너무 많습니다. 그 때문에 건강이 나빠지신 거예요. 선생님 같은 인텔리와 기생 출신은 전혀 어울리지 않습니다. 제발 선생님 곁을 떠나 주세요."

뒤통수를 세게 한 대 얻어맞은 느낌이었다. 신문이나 잡지에서 떠드는 기사를 학생들이라고 모르지 않을 거라 예상은 했지만 제발 떠나 달라는 말을 면전에서 듣자 수복은 충격을 받고 휘청거렸다. 심장이 요동치고 얼굴은 화끈거리며 다리에 힘이 풀려 금방이라도 쓰러질 것 같았지만 수복은 마음을 다잡으려 무진 애를 썼다.

"여기까지 오는 걸음이 쉽지 않았을 텐데 요기부터 하세요."

학생들은 당당하고 기품 있는 수복의 태도에 주눅이 들었다. 이내 수복은 커피와 버터를 바른 쇼쿠팡을 준비했다. 한 사람 한 사람 눈을 맞추며 손수 포크를 건네는 다정함에 학생들은 차마 거절하지 못하고 하나둘씩 쇼쿠팡을 집어 들었다. 입에 넣자마자 고소한 버터 향이 입안 가득 퍼지며 생전 처음 경험하는 맛의 신세계가 펼쳐졌다. 학생들이 버터 향에 탄성을 쏟아 내는 동안 수복이 긴 속눈썹을 내려 다소곳이 바닥을 응시한 채 느릿느릿 말하기 시작했다.

"선생님 병은 잘 먹고 잘 자고 잘 쉬어야 좋아지는 병이에요. 영양가 있는 식단으로 식사를 챙기고 잘 쉴 수 있게 정성껏 돌볼 사람이 필요하답니다. 그러니까 지금은 제가 선생님 곁을 떠날 시간이 아니라 곁에 머물러야 할 시간이에요."

당당한 기세로 몰아붙이던 학생들은 수복의 말에 숙연해져 모두 고개를 숙이고 말았다. 수복은 학생들을 돌려보내고 나서야 집을 나섰다. 병원 가는 길에는 꽃집에 들렀다. 꽃을 보면 바닥까지 가라앉은 기분이 좀 나아지려나 싶었다.

며칠 상태가 좋아지나 싶었던 효석은 다시 미열과 잔기침을 시작했고 어제부터는 각혈까지 해 잠을 이루지 못했다. 실은 붉은 카네이션과 분홍, 하얀 카네이션을 화병에 꽂아 효석의 시선이 닿는 곳곳에 올려 두고 축음기에는 쇼팽 레코드를 올렸다. 쇼팽의 피아노 협주곡이 울려 퍼지자 반쯤 눈을 뜬 효석이 희미하게 미소를 지어 보였다. 몰라보게 살이 내려 쇠약해진 효석을 보며 실의 눈에 눈물이 고였다.

"선생님은 정말 혼이 나셔야 해요. 이게 뭐예요. 약속도 안 지

296

키고."

"무슨 약속을 안 지켰지? 한눈팔지 않고 당신 생각만 하고 있었는데?"

실이 효석을 흘겨보며 휘트먼의 시를 외기 시작했다.

"'내가 올 때까지 성한 사람이 되어 있기를 요구하노라.' 성한 사람으로 있으라고 했잖아요. 이게 뭐예요. 병원에 누워서 병수발이나 들게 하고."

힘없이 웃어 보인 효석은 천천히 몸을 일으켜 병실을 둘러보았다.

"꽃향기를 맡으니 당신이 곁에 있는 게 실감이 나. 난 당신이 있어야 살 수 있는 사람이오."

겨우 기력을 차린 효석은 원고지부터 찾았다. 당장 쓰지 않으면 안 된다며 몇 날 며칠 원고지를 붙들고 씨름했다. 무리하면 안 된다고 의사가 경고했지만 실도 효석을 말리지 못했다. 효석의 눈은 원고지 앞에서 생기 있게 이글거렸고 글을 쓰는 동안만큼은 어떤 통증도 그의 육체와 정신을 지배하지 못했다. 꼬박 일주일이 걸려 완성된 원고를 들고 실은 우편국으로 달려갔다. 일주일쯤 지났을까. 효석의 소설이 실린 잡지가 병원으로 도착했다.

〈풀잎〉이란 제목의 단편 소설이었다. '실'과 '준보'라는 등장인물이 처음 만난 순간 사랑에 빠져 장래를 약속하기까지의 과정이 자세히 묘사되어 있었다. 수복, 아니 실은 읽고 또 읽으며 소설에 담긴 효석의 마음을 절절하게 새겼다. 그것은 효석이 실에게 보내는 연서였다. 비록 병원에 있었지만, 그의 손을 잡고 그의 체온을 느끼고 그와 살을 맞댈 수 있다는 게 얼마나 큰 행복인지를 생각하며 실은 하루에도 몇 번씩 감사 기도를 올렸다. 오늘도 무사히, 내일도 모레도 이 행복이 계속되기를.

효석의 와병 소식은 오래지 않아 경성에도 전해졌다. 기선은 〈풀잎〉을 읽자마자 수복에게 연락했지만 연락이 되지 않자 영실을 찾았고 영실로부터 효석의 상황을 들을 수 있었다. 왕수복의 레코드 발매를 궁리하고 있던 왕평은 낭패한 얼굴로 망연자실했다.

"중한 병인가?"

"결핵성 뇌막염이라는데 며칠 괜찮았다가 또 안 좋아지고 그러는 모양이에요."

"그럼 왕수복이도 병실에 종일 죽치고 앉아 있다는 말이야?"

"그럴 테죠. 어젯밤에는 호흡 곤란도 왔고 각혈도 했다는 걸 보면 그렇게 가벼운 건 아닌 것 같아요."

"이거야 원. 애초에 왜 애 딸린 남자랑 살림을 차려서 팔자에도 없는 병수발을 드는 건지."

한숨이 쏟아졌다. 아픈 사람 탓을 할 수도 없고 그렇다고 대안을 찾을 수도 없으니. 최근 들어 레코드사 문예부장들은 군국가요 레코드를 만들라는 총독부 학무국장의 독촉에 시달리고 있었다. 총독부의 조선인 강제 징병이야 어제오늘 일이 아니었지만 이번에는 조선 청년들을 전선으로 내몰기 위한 유행가 보급에 혈안이었다. 포리도루는 김용환의 〈반도의용대가〉, 〈남아의 의기〉, 〈소년 용사〉 같은 군국가요를 발매했지만 학무국장의 압박은 계속되었다. 이런 상황에 왕수복이 돌아왔다는 소식까지 전해지자 이시하라는 왕수복의 군국가요 레코드 계획을 학무국장에게 보고하고 말았다. 이제 다급해진 건 왕평이었다.

"당장 평양에 가 봐야겠는데."

"저도 같이 가요."

두 사람이 병원에 도착했을 때는 이미 사방에 어둠이 깔린 뒤였다. 갑작스러운 방문에 실례가 되지 않을까 염려한 왕평은 병실 밖에서 기다리기로 했다. 과일 바구니를 손에 든 기선이 막 병실 문을 두드리려는 순간 병실 안에서 수복의 울음소리가 들려왔다. 뭔가 좋지 못한 예감에 왕평과 눈이 마주친 기선의 얼굴이 하얗게 질렸다.

불과 다섯 시간 전까지만 해도 효석은 눈을 반짝이며 실에게 시집을 읽어 주었다. 말투는 어눌하고 느릿느릿했지만 눈빛만은 생생하게 살아 있었는데 어느 순간 시집이 손에서 떨어져 나갔고 효석은 극심한 가슴 통증을 호소했다. 숨 쉬는 것마저 힘들어할 정도였다. 용틀임을 하며 괴로워하는 효석을 보며 실은 마지막 순간이 다가오고 있음을 직감했다. 진통제를 주사했지만 고통은 좀처럼 잦아들지 않았다.

연락을 받고 병원으로 달려온 효석의 아버지는 소문으로만 듣던 아들의 여자를 마주하고는 불편한 기색을 감추지 않았다. 통증으로 괴로워하던 효석은 마지막 애원을 하듯 아버지의 손을 부여잡으며 힘겹게 말을 꺼냈다.

"제 인생 마지막 사람입니다, 아버지. 아껴 주세요."

실은 점점 더 숨쉬기 힘들어하는 효석을 끌어안으며 울부짖었다.

"말하지 마세요, 힘들어서 안 돼요. 제가 꼭 고쳐 드릴게요. 이 까짓 병 아무것도 아니에요."

실의 만류에도 효석은 연신 가쁘게 숨을 몰아쉬며 마지막 말을 남기려 애를 썼다.

"당신은 내 삶의 기적이고 내 글의 페르소나며 내가 지독히 사랑한 마지막 한 사람이오."

온몸에 피가 다 빠져나간 듯 창백한 얼굴로 힘없이 웃어 보이는 효석의 얼굴이 실의 가슴을 아프게 파고들었다. 실이 종잇장처럼 가벼워진 효석의 몸을 부둥켜안고 한참을 오열하는데 갑자기 그의 손이 툭 소리를 내며 침대 바깥으로 떨어졌다. 실이 눈을 뜨라고, 정신 차리라고 미친 듯 소리치며 효석의 몸을 흔들었지만 그는 끝내 감은 눈을 뜨지 못했다.

1942년 5월 25일.

온갖 꽃들이 피어나고 뭉게구름이 새파란 하늘을 한가로이 떠다니는 눈부시게 아름다운 날, 효석은 사랑하는 여인 실의 곁을 떠나 어둡고 외로운 혼자만의 세상으로 떠나 버렸다.

효석과 함께 생명을 잃은 '실'은 다시 '수복'이 되었다.

잃어버린 세계

믿을 수 없는, 믿고 싶지 않은 순간들의 연속이었다. 수복의 머릿속엔 오늘은 무슨 죽을 끓일까, 죽 말고 밥이 더 낫지 않을까와 같은 생각들이 아직도 가득한데 온통 검은색 양복 차림의 사람들이 효석의 사진 앞에 국화를 내려놓고 묵례하고 있었다. 동그란 안경테 너머 그의 날카로운 눈동자가 수복을 뚫어지게 바라보고 있었다. 그가 금방이라도 달려 나와 품속으로 파고들 것만 같았다.

그때 효석의 가족들이 장례식장으로 우르르 몰려와 수복을 끌어내라고 소리를 질러 댔다. 결혼도 하지 않은 기생이 무슨 자격으로 상주 노릇을 하느냐며 고함을 쳤다. 수복의 뺨에 눈물이 흘렀다. 기생 출신이라는 꼬리표는 포리도루를 은퇴해도, 사랑하는 사람을 떠나보내는 순간에도 수복의 발목을 잡았다. 모든 것을 체념한 듯 수복이 자리에서 일어서려는데 누군가 효석의 아버지 앞에 무릎을 꿇었다.

"병든 아드님을 간호하며 임종을 지킨 사람입니다. 아드님이 마지막까지 사랑한 사람입니다. 이 여인이 장례에 참석할 자격이 없다면 누구한테 그 자격이 있겠습니까."

정중하면서도 단호한 남자의 말에 효석의 아버지는 허공을 바라보며 헛기침만 해 댔다.

"지금 저 여인보다 더 원통하고 억울한 사람이 어딨겠습니까. 저 여인을 쫓아낸다면 아드님은 영면에 들지 못하고 구천을 떠도는 신세가 되고 말 겁니다."

소란을 피웠던 유족들은 한마디 대꾸도 하지 못했고 그 덕에 수복은 장례 행렬 맨 앞줄에서 효석의 마지막 길을 배웅할 수 있었다. 하지만 장지에서 생각지도 못했던 당혹스러운 일이 또 한 번 생겼다. 효석의 집안 형이라는 사람이 불쑥 수복 앞을 가로막고서는 당장 집을 비우라며 목소리를 높였다. 수복은 뭐라 답해야 할지 몰라 허둥대기만 했다. 차가운 흙 속에 묻힌 효석의 시신을 끌어안고 하소연하고 싶은 마음이 굴뚝 같았다. 그때 먼발치에 서 있던 효석의 아버지가 나섰다. 그는 수복에게 다가와 마음 정리가 되는 대로 이사하라는 말을 남겼다. 효석의 마지막 당부와 장례식장에서의 일이 영향을 끼친 듯했다.

병원에서 보낸 시간이 길었던 만큼 사람 손길이 닿지 않아 집은 엉망이었다. 하지만 집안 곳곳 두 사람이 만들어 놓은 추억들이 수복에게 손을 내밀었다. 효석과 나란히 앉아 젓가락 행진곡을 치며 깔깔댔던 그랜드 피아노. 스탠드 불빛에 의지해 얼굴을 맞대고 읽었던 휘트먼의 시집. 효석이 긴 다리를 꼬고 앉았던 소파. 유창한 독일어로 슈베르트의 가곡 〈보리수〉를 부르던 그의 목소리. 모든 것이 생생했다. 억지로 꽁꽁 싸매 두었던 그리움이 별안간 한꺼번에 쏟아졌다.

수복은 물 한 모금 밥 한술 제대로 넘기지 못했다. 이따금 영실이 찾아오는 것을 빼면 수복은 종일 정원에서 시간을 보냈다. 나무에 물을 주고 꽃을 가꾸다 해가 지면 침대에 쓰러져 잠에 빠졌다. 버터와 커피는 모두 쓰레기통에 버렸다. 효석을 떠올리게 했기 때문이었다. 그래도 불쑥불쑥 그가 나타나 수복의 안녕을 묻곤 했다. 수복은 점점 수척해져 갔다.

신록이 우거지는 초여름의 어느 날, 기선이 연락도 없이 초인종을 눌렀다. 평일 오전의 방문이 갑작스럽기도 했고 반갑기도 했다. 급히 취재할 일이 있어 장례 기간 동안 수복의 곁을 지키지 못했던 것이 기선의 마음을 불편하게 했던 터였다.

"출근 안 하고 이 시간에 언니가 웬일이야."

"나 실직자 됐어. 영 불안해서 계속 다닐 수가 있어야지."

"또 옮겼어? 이번에는 어딘데?"

내선일체를 추진해 온 일제는 민족 말살 정책을 주창하며 조선어를 사용하는 신문들을 폐간하기 시작했다. 그게 벌써 2년 전의 일이었다. 기선은 다행히 폐간 직전 삼천리로 옮겼지만 얼마

지나지 않아 그마저도 대동아로 이름을 바꾸었다. 이에 기선은 회사에 장래가 없다고 보고 제 발로 회사를 나온 것이었다.

"걱정 마. 며칠 쉬다가 잡지사로 출근할 거야."

"언니 인생은 참 변화무쌍하다니까."

"시대가 변화무쌍한 거지. 이럴 줄 알았으면 장례 치르는 동안 네 옆에 붙어 있을걸. 괜히 애꿎은 김교수 무릎만 꿇게 했잖아."

"그건 또 무슨 소리야?"

효석의 아버지 앞에 무릎을 꿇었던 남자의 신원이 밝혀지는 순간이었다. 호리호리한 체격에 양복이 잘 어울렸던 그 남자가 말로만 듣던 기선의 약혼자였다니.

"진작 알았으면 인사라도 드릴걸. 형부 덕에 장례에 참석할 수 있었는데."

"내가 그 사람을 좋아하는 이유 중의 하나가 그런 거야. 불의를 참지 못하는 거."

"나 대신 꼭 고맙다고 말씀드려 줘."

"나중에 네가 직접 말해. 안 그래도 그 사람이 네 얘기 해. 많이 힘들 거라고."

"왕부장님은 잘 지내지? 경황이 없어서 인사도 제대로 못 했거든."

"왕부장이야 지금 다리가 찢어지지."

"왜?"

계속되는 전쟁으로 군수 물자 보급에 난항을 겪던 일본은 국

305

가 총동원령*을 선포했고 최근 실시한 조선 징병제**를 정당화하기 위해 연일 안간힘을 쓰고 있었다. 내선일체론뿐 아니라 조선인도 전쟁에 참전해 일황을 위해 목숨을 바쳐야 한다는 논리를 강력하게 주입했고 총독부 학무국 관리들은 조선의 지식인과 예인들을 앞세워 전쟁을 찬양하게 하거나 징병을 칭송하는 이른바 선동전을 벌이고 있었다. 그에 따라 김용환에 이어 남인수가 〈강남의 나팔수〉, 〈그대와 나〉를 불렀고 수복의 아류 가수로 화제를 모았던 이화자는 〈마지막 필적〉이라는 군국가요를 불렀다. 문학계도 마찬가지였다. 반도에서 글 쓴다는 사람들은 죄 총독부 선동전에 동원되었다. 가야마 미쓰로라는 이름으로 창씨개명한 춘원 이광수는 〈징병과 여성〉, 〈대동아 일주년을 맞는 나의 결의〉라는 글을 써 징병을 종용했고 시인 모윤숙은 〈여성도 전사다〉라는 글로 징병을 독려했다.

"목구멍이 포도청이라 어쩔 수 없이 끌려다니는 거지. 포리도루에서 만든 영화 주제가 있지?"

"〈그대와 나〉?"

"그래 그거. '연예부대'니 '이동 연예대'니 이런 이름으로 가수들 모아서 전국 팔도를 돌며 위문 공연을 하는데 왕부장님이 거

---

* 1938년 4월 1일에 공포, 5월 5일부터 시행됐다. 일본이 반도의 모든 물자, 산업, 인원, 단체, 근로 조건, 생산, 유통 구조, 출판, 문화, 교육 등을 통제 운용할 수 있는 근거가 되는 전시체제의 기본 법령이었다.
** 일본은 1938년 조선 육군 특별지원병 제도를 시작으로 징병제, 학병제를 순차적으로 실시했다.

기 쫓아다니느라 집에도 거의 못 들어가는 모양이야."

"그런 공연에 가수들이 많이 가는 모양이지?"

"안 가면 들들 볶이는데 안 가고 배겨? 출연료도 배로 많이 주고. 그나마 지금은 우리말로 노래하지만 앞으로는 어떻게 될지 아무도 모를 일이야."

기선이 초점 없는 눈으로 허공을 바라보며 탄식하듯 중얼거렸다.

"어린애들부터 일황을 위해 몸 바칠 수 있는 황국 신민으로 만들어라. 그래서 보통학교가 국민학교가 된 거잖아. 교가도 다 일본어로 바뀌었고. 이러다가 조선말 쓴다고 잡혀가는 세상이 올지도 모르겠어. 에휴, 레코드도 전부 일본어만 내라고 할 수도 있을 것 같아."

"그게 말이 돼? 조선 사람이 조선말을 안 쓰고 어떻게 살아. 그건 죽으라는 말이잖아."

수복이 잔뜩 흥분했다. 포리도루를 퇴사한 후 동경 유학 중에는 이따금 기선이 전하는 조선 소식이 마치 딴 세상 얘기처럼 생경했었다. 평양으로 돌아와서는 모든 신경이 효석에게 쏠려 나라가 어떤 지경에 이르렀는지, 조선인들이 어떤 처지에 놓여 있는지 제대로 살펴볼 겨를이 없었다. 내 나라 내 민족을 위해 좋은 노래를 부르겠다고 목소리를 높였던 자신의 과거가 부끄러워져 수복의 고개는 자꾸만 바닥으로 고꾸라졌다.

조선말, 조선 노래, 조선의 가회

경성행 기차를 타고 포리도루에 도착한 수복은 왕평을 발견하고는 달려가 팔짱부터 끼었다. 어리둥절한 표정의 왕평은 수복의 손에 이끌려 다방으로 들어섰다. 수복은 주문하기도 전에 공연하겠다는 말로 왕평을 더욱 놀라게 했다.

"아무것도 안 할 것처럼 처져 있더니 갑자기 무슨 바람이 불어서 공연을 하겠다는 게지?"

"그동안 제가 너무 거만했어요. 메조소프라노니 뭐니 겉멋에 빠져 있었어요. 좋은 노래를 찾는다는 핑계도 그렇고. 지금 조선인들이 많이 힘든데 이럴 때 위로가 될 노래를 하는 게 가수의 역할이 아닌가 하는 생각이 들었어요. 제 노래가 필요한 곳이면 어느 자리건 가야죠."

왕평은 수복의 눈을 지그시 바라보며 고개를 끄덕였다. 죽으란 법은 없는 모양이었다. 안 그래도 총독부 학무국에서 보낸 공문 때문에 머리가 아팠는데 적절한 시점에 수복이 등장해 주니 10년 묵은 체증이 쑥 내려간 듯 속이 다 시원해졌다.

"학무국에서 주관하는 공연인데 김용환과 윤건영이도 출연하기로 했소. 여기부터 시작할까?"

수복의 얼굴에 달덩이처럼 환한 웃음이 피어났다.

"다 같이 〈그리운 강남〉 부르면 되겠네요. 너무 오랜만에 불러서 노래가 될지 모르겠어요."

"천하의 왕수복이 무슨 그런 쓸데없는 걱정을 하고 있어? 삼천리 잡지가 증인 아닌가. 반도 최고의 인기가수 1위, 왕수복! 몇 년이나 됐다고 벌써 다 잊어버렸소?"

왕평과 함께 했던 추억들이 주마등처럼 스쳐 지나갔다. 아무것도 모르던 시절부터 절정에 다다랐던 순간까지. 왕평이 미웠던 때도 있었지만, 어쨌든 그 모든 순간에 그가 자신의 곁에 함께 있었음을 수복은 기억해 냈다.

"우리, 애증 관계인가요?"

"애증이라니. 우리는 전우지. 총탄이 오가는 전장에서 생과 사를 같이 하는 전우."

"전쟁은 태평양 건너에서 하고 있는데 여기가 무슨 전장이라고 전우예요. 호호호."

수복의 웃음에 왕평의 표정이 심각해졌다.

"한가한 소리. 조선 반도를 사이에 두고 세계열강들이 얼마나 치열하게 전쟁 중인데. 참, 공연에서 〈그리운 강남〉을 부르는 김에 레코드도 새로 내는 게 좋겠는데."

이번에는 수복의 얼굴이 어두워졌다. 왕평은 언젠가 수복이 화를 내고 거절했던 그 일을 아직 포기하지 못하는 모양이었다. 3절을 빼고 〈그리운 강남〉 레코드를 내는 일은 여전히 불쾌하고 내키지 않았다.

수복의 공연 소식을 들은 기선은 자기 일처럼 박수를 치며 약혼자와 함께 공연을 보러 가겠다고 신이 났지만 수복은 여전히 굳은 표정이었다. 결국 〈그리운 강남〉 3절에 대한 결론을 내리지 못한 채 공연일을 맞았다.

수복과 김용환, 윤건영이 무대에 올라 〈그리운 강남〉을 연습하고 있는데 갑자기 굳은 표정의 연출자가 노래를 중단시키더니 왕평을 무대 밖으로 호출했다. 세 사람은 불안한 마음으로 기다렸다. 한참 후에 돌아온 왕평이 심각한 표정으로 입을 열었다.

"우려했던 일이 현실로 다가왔소. 〈그리운 강남〉은 아무래도 3절을 빼고 불러야겠소."

수복이 발끈해 왕평에게 달려들었다.

"그럼 김용환 씨 부분이 없다니까요. 3절을 빼는 건 아무래도 말이 안 돼요."

당황한 용환이 급히 수습하려는 듯 수복의 팔을 잡아끌었다.

"합창이 있으니까 난 괜찮아. 안 그래도 시끄러운 시국에 문제 일으키지 맙시다."

오랜만에 무대에 서는 설렘으로 두근거렸지만 그렇다고 노래를 망가뜨리면서까지 무대에 서고 싶지는 않았다. 수복은 무대 밖으로 뛰어나가 어깨를 들썩이며 울기 시작했는데 때마침 약혼자와 함께 도착한 기선에게 그 모습을 들키고 말았다. 한동안 잠자코 옆에서 자초지종을 듣고 있던 기선의 약혼자, 김광진이 조심스럽게 수복을 바라보며 입을 열었다.

"혹 3절을 불러서 순사라도 들이닥친다면 애꿎은 조선인들한테 불똥이 튀지 않겠습니까?"

수복은 눈에 물기를 머금은 채 광진을 올려다보았다. 안경테 너머로 보이는 그의 단호한 눈빛이 가슴에 남았다.

그날 객석을 가득 메운 이천여 명의 관객은 오랜만에 만나는 유행가 여왕 왕수복에게 폭발적으로 환호했고 수복은 그동안 발휘하지 못한 열정을 남김없이 쏟아부으며 이에 보답했다. 맨 앞줄에서 공연을 관람하던 광진은 입을 다물지 못하고 수복에게 빠져들었다.

"왜 이렇게 흥분했어요? 수복이 노래 처음 들어요?"

뾰로통한 표정의 기선은 평소와 다른 약혼자의 태도에 불편한 기색을 감추지 않았다.

"처음 듣소. 이렇게 좋을 줄 알았으면 진작부터 들을걸. 하하하."

잇몸까지 드러내며 호탕하게 웃는 모습을 보며 기선은 몇 해 전 자신을 만나러 왔던 광진을 떠올렸다. 연극 〈앵화원〉에 출연한 기선에게 반했다며 광진은 오늘처럼 크게 웃었었다. 기선은 수복을 바라보는 자신의 남자를 차가운 표정으로 빤히 쳐다봤다. 공연이 끝나자마자 기선이 날카로운 말투로 광진에게 물었다.

"우린 언제쯤 결혼할 수 있는 거예요?"

순간 광진의 얼굴에서 웃음기가 사라졌다.

"이혼한다던 약속은 몇 년째 제자리걸음이고, 경성에 있는 난 평양에 있는 약혼자를 언제까지나 기다리기만 하고 있고. 도대체 얼마나 더 기다려야 당신과 내가 한집에 살 수 있는 거예요?"

기선의 목소리가 점점 더 높아짐에 따라 광진의 입에서는 땅이 꺼질 듯 깊은 한숨이 터져 나왔다.

"아홉 시간이나 기차를 타야 당신 얼굴을 볼 수 있는데 도대체 난 언제까지 불륜녀 딱지를 달고 숨어 살아야 하냐구. 당신, 이혼할 마음이 있기나 해요?"

길바닥에 서서 대화할 주제는 아니었지만 기선에겐 그런 걸 신경 쓸 여력이 없었다.

"집에 가서 얘기합시다."

"집? 유부남 데리고 내 집에 가자구? 동네 사람들이 날 뭘로 보겠어? 멀쩡한 유부남한테 꼬리 치는 불륜녀라고 수군거릴 게 뻔한데 우리 집에 가겠다고? 당신은 내 생각을 하기나 하는 거예요?"

광진의 팔을 단칼에 뿌리친 기선은 손을 들어 택시를 잡아타 버렸다. 순식간이었다. 공연을 보고 수복과 함께 저녁 식사를 하자는 두 사람의 계획은 이렇게 틀어지고 말았다. 광진은 황망한 표정으로 떠나간 택시를 물끄러미 바라보았다.

"누구 하나 쉬운 인생이 없네요."

돌아보니 무대 분장을 지운 수복이 광진 앞에 난처한 표정으로 서 있었다.

불판 위로 먹음직스러운 불고기가 지글지글 소리를 내며 익어 갔다. 이 장면을 말없이 바라보던 수복은 맥주병을 들어 광진의 잔을 채우며 미소를 지어 보였다.

"언니가 많이 힘들었으니 이해하세요."

"남녀 사이라는 게 상호작용인데 그 사람만 힘들었겠소?"

쓸쓸한 웃음 뒤에 감추어 두었던 너덜너덜해진 그의 본심이 드러나는 중이었다. 말문이 막힌 수복이 차마 그 말에 대꾸하지 못하자 광진이 헛헛한 미소를 머금으며 다시 말을 이었다.

"그래도 무대에서 노래하는 인생은 행복한 인생 아니겠소. 내 인생과는 비교가 안 되지."

"삼 분 남짓인걸요? 삼 분은 행복하지만 그 시간이 지나고 나면 인생무상, 삶의 회의. 똑같아요."

"〈그리운 강남〉은 그렇다 치고. 또 무슨 고민이 있소?"

"사실 고민하고 자시고 할 것도 없어요. 노래하는 게 업이니 제 업에 충실하면 되는데 자꾸 이게 맞나 돌아보게 되네요."

"그건 우리 모두에게 절체절명의 과제요. 제일 크고 중요한 고민이지요."

그의 화술은 여느 사람과 달랐다. 광진은 정확하고 확실하며 예상하지 못한 말로 수복의 마음을 사로잡았다. 수복은 어느새 마음을 열고 처음 만나는 광진 앞에서 이런저런 고민을 털어놓고 있었다.

"군국가요는 개인이 선택할 수 있는 문제가 아닐 거요."

광진은 심각한 표정을 지으며 현 상황에 대해 자세하게 설명하기 시작했다. 일본이 미국과의 해전에서 수많은 전함과 비행기를 잃어 이미 불리할 대로 불리해진 상황이라며 이런 때 전장에 끌려가는 조선 청년들은 결국 총알받이가 되고 말 거라는 것이 광진의 전망이었다. 조선 땅 어디에서도 들어 보지 못한 말이었다.

"동경 유학길에 오를 때 조선인에게 위로가 되는 노래를 배우겠다고 결심했었어요. 그런데 위로가 아니라 총알받이로 내몰게 하는 거라면 제가 노래할 이유가 없겠네요?"

수복이 울먹이자 광진은 위로하듯 나직한 목소리로 속삭였다.

"이 힘든 세상에 그마저 해 주는 이가 없다면 조선인은 어디서 마음의 위안을 얻겠소."

"그 사람을 보내고 제 인생이 끝났다고 생각했는데 오늘 무대에서 관객들의 박수와 함성을 받으니 다시 태어난 느낌이 들었어요. 설레고 벅차오르고…."

"오늘 그 마음으로 다음 무대에 서면 되는 것 아니겠소? 하루하루 힘겹게 사는 조선인을 위해, 핍박받는 조국을 위해 말이오."

취기가 오른 수복은 뺨이 발그레하게 달아오른 게 쑥스러운 듯 시선을 바닥에 고정했다.

"제가 팔랑귀예요. 조변석개인 것도 맞구요. 형부 앞에서 부끄러워 고개를 못 들겠어요."

"형부라니, 내가 왜 왕수복 씨의 형부가 됩니까?"

광진이 갑자기 정색하며 목소리를 높이는 바람에 수복은 당황해 말까지 더듬었다.

"기선 언니 약혼자니까요."

"결혼은 아니니 형부라는 호칭은 시기상조요. 남녀 사이가 언제 어떻게 될지 알고. 다른 사람 얘기는 하지 맙시다. 넌덜머리가 날 지경이오. 오죽하면 내가 이리저리 피해 다닐까."

광진이 맥주를 벌컥벌컥 들이켰다. 순간 수복은 기선이 없는 자리에서 기선의 약혼자와 술을 마시고 있다는 사실을 자각했고 그걸 의식한 이후부터 술잔에 손을 대지 않았다. 어색한 분위기를 알아챈 광진은 서둘러 술집에서 나가자고 했다. 시끌벅적한 술집을 빠져나온 두 사람은 말없이 한참을 걸어 이화동 골목길에 접어들었다. 아담한 이 층 빨간 벽돌집 앞에 도착하자 수복은 핸드백에서 선물 꾸러미를 꺼내 광진 앞에 내밀었다.

"지난번 장례식장에서 도와주신 것도 감사하고 해서 선물을 하나 샀어요."

광진은 선물을 건네받으며 흐뭇한 미소를 지어 보였다.

"내가 아니었어도 누군가 당연히 할 말이었는데. 고맙소."

"만년필이에요. 좋은 글 많이 쓰시라구요."

"이제부터라도 좋은 글을 써야겠습니다. 하하하."

광진은 선물을 만지작거리며 망설이듯 천천히 다음 말을 이었다.

"뒤에서 얘기하는 사람들 신경 쓰지 마시오."

갑작스러운 말에 수복이 눈을 동그랗게 뜨고는 광진을 바라보았다.

"그게 그들이 당신 뒤에 있는 이유니까. 당신은 사람들을 이끌어 갈 사람이라는 말이오."

수복은 정확히 이해할 수 없는 광진의 말에서 마음을 어루만지는 달콤한 위로를 느꼈다.

"내일모레 평양호텔에서 봅시다."

"평양호텔이요?"

"강연회가 있는데 강연회 끝나고 외로운 사람끼리 맛있는 요리나 먹읍시다."

"강연회는 처음인데 가도 될까요?"

"왕수복 양이 참석해 준다면 대단히 흥행할 것 같습니다. 꼭 와 주시오. 하하하."

수복이 환하게 웃어 보이자 광진이 손으로 수복의 콧등을 살짝 꼬집으며 목소리를 높였다.

"웃으니 얼마나 아름답소. 그렇게 웃어요."

잠깐 스쳤을 뿐인데 광진의 손가락이 닿았던 콧등에 열감이 솟았다. 화들짝 놀란 수복은 호탕하게 웃어 대는 광진의 눈치를 살피며 그를 따라 웃기 시작했다. 이유 없이 한바탕 크게 웃고 나니 머리까지 맑아지는 느낌이었다. 기선이 왜 이 남자를 마음에 두고 사랑하는지 알 것 같았다. 거침없이 대화를 이끌면서도 상대를 배려하는 세련된 세심함. 단점이라면 그가 아직 이혼 못한 유부남이라는 것뿐이었다. 감정에 솔직하고 돌려 말하기를 싫어하면서도 차분한 지성을 갖춘 사람, 그가 바로 기선의 약혼자 김광진이었다.

다음 날 왕평을 만나러 경성호텔에 들어서던 수복은 생각지도 못했던 인물과 조우했다. 꿈에서조차 두 번 다시 보고 싶지 않았던 얼굴, 박춘식이었다.

"오랜만입니다."

목소리는 더 끔찍했다. 잔뜩 굳은 표정의 수복은 기름진 얼굴로 넉살 좋은 웃음을 짓고 있는 박사장을 노려보았다. 악수라니. 기가 막혔다. 손을 잡는 대신 수복은 낮게 고개를 숙였다.

"시간이 약이라더니 옛말이 다 맞나 봅니다. 악연도 시간이 흐르니 반갑게 느껴지는 걸 보면."

머쓱해진 박사장은 손을 바지 주머니에 찔러 넣으며 비릿한 미소를 지어 보였다.

"여전한 모습 보기 좋소. 장미가 아름다운 건 가시 때문이라는 말도 틀린 말이 아닌 모양이오. 가시 돋친 말에도 내 가슴이 두

근대는 걸 보면. 하하하."

박사장은 다방을 향해 성큼성큼 앞장서 걸었다. 대형 화재 사고를 겪고도 오뚝이처럼 되살아난 주인공답게 여전히 당당하고 여전히 세련된 모습에 주눅이 들기도 했지만 수복은 의식적으로 가슴을 펴며 다방 입구로 들어섰다. 자리에 앉아 주문한 음료가 나올 때까지 짧지 않은 시간 동안 박사장의 시선이 집요하게 수복을 훑었다. 그의 뜨거운 시선을 느낀 수복의 입가에 미소가 피어났다. 아직도 미련이 남았다는 증거를 잡은 듯 통쾌했다.

"왕부장님 답이 늦어서 직접 만나겠다고 떼를 썼소. 왕부장 대신 내가 온 거요."

박사장의 용건은 군국가요 레코드였다. 총독부 학무국에서 레코드사마다 간판급 가수들을 총동원하라는 공문이 내려온 후 때마침 수복이 일본에서 돌아왔다는 게 알려졌다. 이후, 포리도루의 이시하라 사장이 별다른 대책도 없이 학무국장에게 수복의 군국가요 레코드 발매 계획을 보고했지만, 이렇다 할 진전이 없는 상황이었다. 수복은 박사장을 지긋이 바라보며 입을 열었다.

"얼마 전 미국과의 전쟁에서 항공모함 네 기와 삼백 기 이상의 비행기가 소실됐다면서요. 비행기 조종사들도 삼백 명 이상이 죽었다던데."*

---

* 미드웨이 해전. 1942년 6월 4일부터 6월 7일까지 미드웨이 인근 해상에서 벌어진 일본과 미국의 해군 전쟁. 미국은 항공모함 한 척, 일본은 항공모함 네 척이 손실되었다. 태평양 전쟁의 승패를 가른 결정적 해전으로 평가받는다.

그걸 어떻게 알았냐는 듯 박사장이 휘둥그레진 눈으로 수복을 바라보았다. 그리고는 곧바로 특유의 자신만만한 표정을 지으며 말을 이었다.

"그러니 지금이 노다지라는 얘기지. 조만간 난 전투기 사업과 비행 학교를 설립할 생각이오. 당신은 학도병 지원가를 열심히 부르고 조선 팔도를 다니면서 공연을 하시오. 출연료가 세배나 뛰었으니 당신 노래가 가장 비싸게 팔릴 시기 아니겠소? 종로익찬위원회*에서 주관하는 공연은 내가 회원이니 더 높은 출연료를 지급하겠소."

박사장은 커다란 눈을 반짝이며 신이 나서 떠들었고 수복은 그런 박사장을 벌레 보듯, 아니 오히려 측은하다는 듯 안타까운 눈으로 바라보았다.

"조선 청년들을 총알받이로 내몰고, 당신은 전투기 사업으로 돈을 벌고, 나는 노래를 팔고?"

"총알받이라니. 내선일체인 마당에 그게 무슨 당치 않은 소리. 전쟁 영웅을 만드는 데 우리가 일조하는 거라고 생각해야지."

전쟁 영웅이라니. 들을수록 기가 막힐 노릇이었다. 수복의 목소리가 한층 더 높아졌다.

"미국이 세계열강들과 합심해서 일본에 석유 수출 금지를 결의했다는데 무슨 승산? 승산 없는 전장에 나가면 그게 총알받이

---

* 종로의 인사들이 학도병을 독려하기 위해 조직한 단체.

지 무슨 전쟁 영웅이라는 건지. 도대체 무슨 근거로 그런 말을 하는 거예요?"

"당신 지금 무슨 말을 하는지 알고나 있소?"

"무슨 말 하는지 잘 알고 있고 뭘 해야 하는지도 알겠어. 당신과 내가 어떻게 다른지 잘 들어. 최소한 난 내 나라 내 민족 팔아서 먹고살 생각 추호도 없거든? 넌 순사보다 더 악질이야. 다른 사람은 어떻게 되든 그저 돈, 돈, 돈! 에잇, 이 돈벌레 같은 놈."

자리에서 벌떡 일어선 수복은 물컵을 집어 박사장을 향해 날려 버렸고 온몸에 물벼락을 맞은 박사장은 순식간에 물에 빠진 생쥐 꼴이 되고 말았다. 온몸을 부들부들 떨며 자리에서 일어난 박사장은 한 치의 망설임도 없이 수복에게 주먹을 날렸고 수복은 그대로 바닥에 나가떨어졌다. 다방 안에 있던 사람들의 시선이 일제히 두 사람에게 쏠렸다.

때마침 왕평과 기선이 뛰어들어와 두 사람을 떨어뜨리려 했지만 흥분이 가시지 않은 수복은 말리는 기선을 밀어젖히며 박사장 얼굴에 침을 퉤 뱉고 다방 밖으로 나왔다. 어디서 그런 용기가 났는지 모르겠다. 이유를 알 수 없는 눈물이 뺨을 타고 흘렀지만 수복은 멈추지 않고 한참을 뛰고 또 뛰었다. 자신의 이름을 부르는 왕평과 기선의 목소리가 들려왔지만 수복은 뒤돌아보지 않고 내달렸다. 추격전은 수복의 집 앞까지 이어졌다. 왕평이 헉헉대며 가까스로 입을 열었다.

"이제 어쩔 셈이야. 학무국장과 제일 가까운 박사장 얼굴에 침까지 뱉었으니."

왕평이 난처한 표정을 짓자 안타까운 표정의 기선이 합세했다.

"레코드는 나중에 생각하더라도 당장 며칠 뒤 공연은 어쩌죠?"

공연이란 말에 수복이 두 사람의 얼굴을 번갈아 보며 묻자 왕평이 곤란한 얼굴로 대답했다.

"부민관*에서 포리도루 소속 가수들이 모두 출연하는 공연이 있소."

"너도 이제 먹고살아야 하잖아. 부장님이 고민하시길래 내가 명단에 넣으라고 했어."

"엊그제 공연을 했는데 또 공연이라니요."

"박사장이 자기가 담판 짓겠다고 맡기라고 하는 바람에…."

"언제부터 내 일에 박사장이 끼게 됐어요? 총독부 고급 라인을 가져서? 난 포리도루를 퇴사한 사람이니 이래라저래라 마세요. 상의도 없이 나를 공연에 올릴 생각이나 군국가요 레코드 만들 생각은 꿈에도 하지 말라구요, 아셨어요?"

기선이 수복의 옷소매를 잡아챘지만 수복은 기선의 손을 뿌리치고는 경성역을 향해 다시 뛰기 시작했다. 한시라도 빨리 경성 바닥을 뜨고 싶었다. 왕평과 기선이 대체 박사장과 다른 게 뭔가. 앞에서는 안 그런 척하지만 그들도 어려운 시기에 제 살길만

---

* 1935년 12월 10일 완공된 공연장으로 부민관 혹은 경성부민관으로 불렸다. 지금의 중구 태평로1가 위치에 세워졌다.

찾는 박사장과 다름없었다. 간신히 그쳤던 눈물이 또 뺨을 타고 서럽게 흘러내렸다. 하늘 아래 단 한 명이라도 자신을 온전히 이해해 주는 사람이 있었으면 좋겠다는 생각이 그리 과분한 바람인가 싶어 서러웠다.

한참을 달리던 수복의 머릿속에 문득 광진의 얼굴이 떠올랐다. 복잡한 문제에 늘 명쾌한 해답을 주는 사람. 수복은 소매 끝으로 눈물을 훔치며 평양행 기차에 올랐다.

아무 대책 없이 수복을 보내고 만 왕평은 깊은 한숨을 내쉬었다. 수복이 오지 않는다면 어떻게 뒷수습을 해야 할지, 수복에게 수모를 당한 박사장의 얼굴은 어떻게 봐야 할지 난감했다. 왕평의 불편한 표정을 살피던 기선이 오랜 침묵을 깨고 겨우 입을 열었다.

"그래도 공연에는 오겠죠?"

"와야지. 고이소 구니아키 총독이 부임하고 첫 번째 공식 행사 자리인데."

평양역에 도착했을 때는 이미 사방에 어둠이 깔린 뒤였다. 불 꺼진 집에 도착한 수복은 아무것도 하지 않고 그대로 침대에 몸을 던졌다. 효석의 장례부터 오랜만의 공연까지 누적된 피로가 몰려와 깊은 잠에 빠졌다. 한 번도 깨지 않을 정도로 곯아떨어진 수복은 시계를 확인하고는 황급히 몸을 일으켰다. 아직 늦지 않았다. 수복은 서둘러 평양호텔로 향했다.

연단에 서 있는 그는 또 다른 매력을 뿜었다. 광진은 능숙하고 여유로운 태도로 객석에 앉은 사람들을 향해 고구려 사회의 생산 양식을 설명하며 딱딱한 경제 문제를 재밌게 소개했다. 광진에 관한 이런저런 생각을 하던 중 그의 입에서 이상 사회라는 단어가 나왔다. 그 순간, 수복은 숨을 죽이고 연단에 선 광진을 바라봤다. 능력 있는 개인이 자산을 소유하는 자본주의의 단계를 지나 프롤레타리아가 생산 수단을 공유하게 되면 무계급 사회인 공산주의가 도래한다는 광진의 말.

다른 말은 무슨 말인지 모르겠으나 무계급 사회라는 단어가 유독 수복의 마음을 사로잡았다. 무계급 사회에서는 기생 출신도 떳떳하게 살 수 있나 하는 궁금증이 들었다. 강연이 끝난 후 수복은 우르르 쏟아져 나오는 사람들 틈에 섞여 강연장 밖으로 나왔다. 강연에 참석했던 사람 중에는 탁월한 강연이었다며 엄지손가락을 들어 보이는 자도 있었지만 불손한 공산주의자라며 욕을 날리는 자도 있었다. 그때 멀리서 수복을 발견한 광진이 손을 흔들어 보였다.

"강연이 지루하지는 않았소?"

호텔 레스토랑에 마주 앉자마자 광진은 강연회 얘기부터 꺼냈다.

"아주 탁월한 강연이었어요."

수복의 말에 두 사람의 시선이 맞닿으며 누가 먼저랄 것도 없이 동시에 웃음이 터져 나왔다.

"강연 보고 나가는 분이 그렇게 말씀하시던데요, 탁월하다고."

"내 입으로 말하기는 좀 그렇지만 조선 경제사 하면 김광진이라고 할 정도는 된답니다."

수복의 입에서 또다시 웃음이 터져 나왔다.

"웃어요. 웃어야 예쁘다니까."

"무계급 사회는 어떤 사회예요?"

호기심에 찬 수복의 눈이 보석처럼 반짝거렸다. 광진은 수복의 눈빛에 심장이 멎을 것 같았지만 평정심을 유지하려 애쓰며 천천히 입을 열었다.

"인간을 가장 인간답게 하는 사회를 말하는 거요. 계급이나 신분 차가 없는. 학자들이 수많은 연구를 통해 여러 가지 결론을 내렸는데 내가 주목하는 건 맑시즘*이오. 재화를 공유하고 공동으로 소비하면 핍박받는 계층도 특권층도 사라진 사회가 도래하는데 그런 사회가 가장 이상적인 사회라는 이론이오."

"그럼 이상 사회인 무계급 사회에서는 기생 출신이라는 낙인도 없겠네요?"

"그저 하나의 경력이 되겠지."

"그런 사회가 빨리 왔으면 좋겠어요."

수복은 아련하면서도 착잡한 표정을 지었다. 경성에서 무슨 일이 있었다는 것을 직감한 광진은 테이블 위에 놓인 수복의 손

---

* 마르크스주의.

을 살며시 그러쥐었다. 그 따뜻한 손길에 안간힘을 줘 감췄던 수복의 감정이 우수수 쏟아졌다. 수복은 경성에서 있었던 일들을 고해성사하듯 다 고백하고 말았다. 그윽한 눈으로 수복을 바라보던 광진은 다시 힘주어 수복의 손을 잡으며 천천히 입을 열었다.

"내가 보성전문학교 교수직을 그만두고 고무공장을 운영하는 것도 사실은 그 때문이었소."

웃음기 가신 광진의 얼굴에 되돌아보기 싫은 기억을 떠올리는 어두운 그림자가 드리웠다.

"황국 신민을 만들라면서 교실 앞에 일장기를 걸어 두고 국민복*을 입는 것까지는 아니지. 일본말로 수업하는 것까지는 따르겠는데 일상 대화를 일본말로 하라는 건 도저히 받아들일 수 없었소. 그건 곧 내 나라말을 잊으라는 거니까."

"그래서 교수직을 그만두셨어요?"

"절이 싫으면 중이 나가야지 별수 있겠소?"

"저도 선생님처럼 그렇게 절을 나가고 싶은데. 내일모레 일이 벌써부터 걱정이에요."

"내일모레?"

"총독부에서 주관하는 공연이 있어요. 경성에서."

"닥치지 않은 일에 미리 걱정부터 하지 말아요. 닥치면 살아날 구멍이 보이는 법입니다."

* 일제는 1940년에 '국민복령'을 공포했다. 전시체제에서 양복의 원료를 절약하기 위한 제도였다. 이로 인해 소재 배급이 일원화되었고 총독부가 의상을 통제, 관리하게 되었다.

광진이 특유의 명쾌한 말로 또 한 번 수복을 웃게 했다. 둘은 그제야 스테이크를 썰었다. 이미 식어 버린 뒤였지만 둘에게는 그 어떤 음식보다도 맛있었다.

집에 돌아와 광진과의 만남을 되새기며 커피를 내리던 수복은 깜짝 놀라 커피잔을 바닥에 떨어뜨리고 말았다. 효석을 보내고 단 한 잔도 마시지 않았던 커피를 내리는 자신의 모습에 놀라서 였다. 그 순간 며칠째 효석의 생각은 전혀 하지 않았다는 사실이 떠올랐다. 수복의 마음속에 무언가 야릇한 기분이 솟아났다.

다음 날 경성으로 돌아온 수복은 긴 머리를 질끈 묶고 청소부 터 시작했다. 머릿속이 복잡할수록 몸을 움직여 생각할 수 없게 만드는 게 가장 효과적이었다. 온종일 집을 쓸고 닦았다. 세상의 모든 얼룩을 다 없애기라도 할 요량으로 닦고 또 닦았다. 그러다 걸레를 집어 던지고 집 안을 휙 둘러보았다. 기요시가 마련해 준 집이라는 게 꺼림칙했다. 집을 처분해야겠다는 결론에 도달했을 무렵 기선이 집안으로 들어섰다. 얼마 전 일로 인한 서먹서먹한 분위기를 깨려는 듯 기선이 수복에게 와인잔을 건네며 촉촉한 눈으로 미소를 지었다.

"이렇게 여유롭게 같이 시간 보낸 것도 오랜만이다. 그치?"

두 사람 사이의 서먹함은 와인이 줄어들면서 차츰 사그라들었다.

"연애 안 하고 혼자 살 거라고 그렇게 도도한 척을 하더니."

"그러게. 이젠 결혼해 달라고 악을 쓰고 매달리고 있으니. 사람 속 아무도 몰라."

"매달릴 만해. 형부는 아주 매력적인 인텔리야."

"똑똑하지."

"명확하고."

"단정하지."

"세심하고 다정하고."

"가끔 안 그럴 때도 있어."

"언니가 오죽 들들 볶았으면 그럴까."

"넌 왜 그 사람 편들어?"

순간 수복의 눈동자가 흔들리기 시작했다.

"난 그냥, 언니가 너무한 건 아닌가 싶기도 해서…"

"그럼 어떡하니. 동네 개새끼까지 내가 유부남 만나는 걸 아는
마당에."

"도망갈 곳을 주고 몰아붙여야지."

"남자란 시간 주면 도망가게 돼 있어. 애당초 시간 끄는 게 아
니었는데 내가 바보천치지, 에휴."

광진에 관한 이야기를 기선과 나눈다는 게 수복을 불편하게
했다. 둘 사이에 있었던 일과 광진을 떠올릴 때 드는 감정으로
인해 기선에게 죄스런 마음이 들었기 때문이었다. 수복의 표정
이 미세하게 일그러졌지만 기선은 이를 눈치채지 못한 채 화제
를 돌렸다.

"근데 진짜 큰일이야."

"왜, 또 무슨 일 있어?"

"내가 이전에 했던 말 기억해? 이제 조선말 쓰면 순사가 잡아갈지도 모른다고 했던 거. 이것 좀 봐봐."

기선은 수복 앞에 며칠 전 조간신문을 펼쳐 보였다. 신문의 내용은 꽤 심각했다. 조선인 경찰 야스다가 기차 안에서 조선말을 하는 함흥 영생고등여학교 학생 박영옥을 붙잡아 조사한 결과, 박영옥이 경성에 있는 정태진으로부터 조선어를 잊지 않아야 민족정신을 지킬 수 있다는 정신 교육을 받았다는 진술을 확보했다는 내용이었다. 이에 경찰은 정태진의 배후를 파기 시작했고 조선어학회가 민족 운동 단체라는 자백을 얻어 조선어 교육 폐지와 조선의 지식인 검거령을 내렸다고도 했다.

"여학생 하나가 조선말을 썼다고 조선어학회 학자 서른세 명을 잡아갔어. 밟고 때리고 지지고 온갖 고문을 다 해서 마흔여덟 명까지 조사했다가 서른세 명을 재판에 회부했다고. 고문 때문에 어떤 사람은 다리 병신이 됐고 또 어떤 사람은 눈 병신이 됐고. 조선에서 난 사람이 조선말을 했다는 이유로 고문당한다는 게 말이 되니?"

수복은 몇 해 전 일본 공연을 떠올렸다. 남루한 차림으로 자신의 노래를 따라 부르던, 잊고 있던 그들의 얼굴이 다시금 선명해졌다. 수복은 자신이 무엇을 해야 할지 더욱 명료해져 가는 느낌이었다.

다음 날, 경성 미용부에서 치장을 마친 수복은 공연장인 부민 관으로 향했다. 부민관 앞에는 '열광의 아시아'라 적힌 대형 현 수막이 바람에 펄럭이고 있었다. 총독이 참석하는 특별 공연인 만큼 이른 아침부터 대규모의 출연진과 악단들이 엉켜 연습하는 중이었다. 그런데 일선이 수복의 머리와 드레스를 의아한 눈으 로 바라보았다.

"언니, 왜 국민복 안 입었어?"

"국민복이라니?"

"학도병 출정 독려 공연이라고 출연자들 모두 국민복을 입으 라던데?"

"학도병 출정 독려 공연?"

"왕부장님한테 얘기 못 들었어?"

수복은 느리게 고개를 저었다. 왕부장은 총독이 참석해 포리 도루 가수들이 다 출연하는 중요한 행사라고만 했었다. 수복의 손과 눈가가 서서히 떨리기 시작했다. 그때 국방색 국민복을 손 에 든 왕평이 머리를 긁적이며 수복 앞으로 다가왔다.

"수복 양이 너무 예민하게 반응해서 어떻게 말을 꺼내야 할지 몰라 미루다가 그만 때를 놓쳤소."

"그래서요?"

얼굴이 벌겋게 달아오른 수복은 흥분한 채 손가락으로 무대를 가리켰다.

"저렇게 일장기가 휘날리는 무대 위에서 국민복을 입고 학도

병이여 출정하라, 외치라구요?"

"이번 한 번만 눈 딱 감고 나 좀 살려 주시오."

왕평의 목소리가 조금씩 떨려오고 있었다.

"총독은 수복 양이 나온다고 철석같이 믿고 있소. 당신 때문에 이곳에 오는 거란 말이오."

왕평은 애처로운 표정으로 수복의 옷소매를 잡고 매달렸다. 수복은 그런 왕평을 노려보며 목소리를 높였다.

"부장님은 진심으로 우리 조선 청년들을 전장으로 보내야 한다고 생각해요? 그러고 싶어요? 아무리 어려운 시기라도 그렇지, 나 살자고 다른 사람을 벼랑 끝으로 내모는 건 안 되잖아요. 무슨 천벌을 받으려고 이래요, 정말. 하늘이 무섭지도 않아요?"

수복은 왕평에게 소리쳐 봐야 소용없다는 걸 알고 있었지만 억장이 무너져 울부짖고 말았다. 무슨 이유를 댄다고 해도 총독 앞에서는 힘을 잃는다는 걸 수복도 잘 알고 있었다. 그래도 꼭두각시 노릇을 해야만 하는 상황에는 분노가 치밀었다. 수복은 왕평이 손에 든 국민복을 뺏듯이 집어 들고 대기실로 향했다. 참고 참았던 굵은 눈물이 수복의 뺨 위로 흘러내리고 있었다.

대기실 한쪽에 쪼그리고 앉아 국민복을 노려보던 수복은 문득 자신이 독 안에 든 생쥐라는 생각이 들었다. 이러지도 저러지도 못하는 신세가 아득하고 막막했다. 국민복을 입고 청년들 앞에 서서 전장으로 가라는 말도 못 하겠지만 그렇다고 총독 면전에서 조선말로 노래하는 것도 못할 노릇이었다. 혼자 오기를 부려 조선 노래를 부르자니 반주하는 악단, 왕평, 포리도루가 걱정이 됐다. 결말은 불 보듯 뻔했다.

그러는 사이 악단이 연주하는 기미가요*가 들려오기 시작했다. 행사가 시작됐다는 신호였다. 수복은 흥건히 배어 나오는 땀을 닦으며 거울 앞에 앉았다. 물끄러미 거울 속 자신의 모습을 한참 동안 바라보았다.

고이소 구니아키 총독을 위시한 총독부 관리들은 맨 앞줄에 앉아 매서운 눈초리로 감시하듯 무대를 주시하고 있었다. 학도병으로 출정하는 조선 청년들은 객석 앞쪽에 자리했다. 홍행사는 태평양 전쟁 필승 결의를 다짐하는 학도병들에게 힘찬 응원을 해 달라며 관객들의 호응을 끌어냈고 포리도루, 시에론, 콜롬비아, 오케 레코드 등의 전속 가수들은 군가와 행진곡을 메들리로 부르며 분위기를 고조시켰다.

공연의 열기가 최고조로 달아오를 즈음 수복의 차례가 왔다. 수복이 무대에 오르자 이천여 명의 관객이 일제히 자리에서 일어나 유행가 여왕의 귀환을 열렬히 환영했다. 구니아키 총독도 슬금슬금 자리에서 일어나 박수를 보냈다. 악단의 연주가 시작되자 수복은 바닥을 응시하며 마이크 앞으로 다가갔다. 이제 일

* 일본의 국가로 천황의 통치를 칭송하고 염원하는 내용이다. 원 가사는 일본의 전통 시였으나, 1880년 메이지 천황의 생일 축하로 처음 불린 다음부터 국가로 사용되었다. 제2차 세계대전 이후 폐지됐다가 1999년 일본의 국가로 법제화되었다.

본말로 조선 노래를 불러야 할 순간이었다.

무거운 마음으로 고개를 들어 노래를 시작하려는 순간 수복의 눈에 한 학도병의 눈물 젖은 얼굴이 들어왔다. 잔뜩 겁에 질린 눈동자가 수복에게 도와 달라는 듯 무언의 아우성을 보내고 있었다. 수복의 시선이 학도병을 훑어 내렸다. 머리보다 큰 군모와 덩치보다 큰 군복 그리고 왼쪽 가슴에 달린 학도병의 명찰. 그 명찰을 본 순간 수복은 그대로 그 자리에 얼어붙고 말았다.

한삼식. 어느 집 셋째 아들이냐고 우스갯소리를 했던 게 생각났다. 동경 공회당에서 수복이 차마 노래를 시작하지 못하고 있을 때 먼저 노래를 불러 주었던 소년. 수줍게 달려와 사인을 부탁했던, 조만간 조선으로 돌아간다던 그 소년이었다. 수복은 그에게 열심히 공부해서 훌륭한 사람이 되라고 했었다. 그런데 이제 그 소년은 학도병으로 끌려가 어느 전선인지도 모를 곳에서 일황을 위해 목숨을 바쳐야 했고 수복은 그런 그에게 일황을 위해 기꺼이 죽으라고 노래를 불러야 했다.

왈칵 눈물이 솟았다. 노래를 시작하려던 수복은 마이크에서 한걸음 뒤로 물러났다. 악단장은 노래를 시작하지 않는 수복을 힐끗거리며 지휘를 반복했다. 수복이 악단장에게 다가가 귓속말하자 지휘를 멈춘 악단장이 단상 아래로 내려갔고 주위는 차츰 수군대기 시작했다. 무슨 일이지? 무대 뒤편에서 지켜보던 왕평도, 박사장도, 곳곳에 경호를 서던 순사들도 긴장된 표정으로 무대를 주시했다. 총독 주변에서 경계를 선 경호원들도 총구에 손을 갖다 대며 긴장하는 모습이었다. 비장한 얼굴로 다시 마이크 앞에 선 수복은 정면에 앉은 총독에게 목례를 해 보이고는 천천히 입을 열었다.

"오늘 이렇게 귀한 시간 내셔서 직접 공연장을 찾아와 주신 내빈 여러분께 진심으로 감사의 인사를 올립니다. 예정대로라면 제가 노래를 들려 드려야 할 시간이지만 개인적인 사정 때문에 노래를 할 수 없게 됐습니다."

느닷없는 수복의 말에 장내는 다시 소란스러워졌고 긴장감은 폭발할 듯 쌓여만 갔다. 기자들은 가까이에서 사진을 찍기 위해 무대 앞으로 몰려들었다. 장내가 웅성이는 가운데서도 수복은 고이소 구니아키 총독의 눈을 피하지 않으며 또박또박 말을 이었다.

"오늘부로 저는 조선 음악 예술계를 은퇴하겠습니다. 먼 곳에서 찾아와 주신 관객 여러분, 그리고 그동안 부족한 저를 성원하고 아껴 주신 분들께 사죄의 말씀을 드리겠습니다. 더 좋은 모습을 보여 드리지 못해 송구스럽습니다. 죄송합니다."

웅성거리는 소리는 점점 더 커져 갔다. 개중에는 고함을 지르며 물건을 집어 던지는 사람도 있었고 무대 앞으로 뛰어나와 수복을 향해 삿대질하는 사람도 있었다. 동요하는 관객들을 향해 수복이 큰절을 올리자 기자들은 카메라 셔터를 누르기 바빴고 무대 위나 밖이나 모두 어찌할 바를 몰라 허둥대기 시작했다.

얼굴이 시뻘겋게 달아오른 왕평이 수복을 찾아 황급히 무대로 뛰어갔지만 수복은 이미 대기하고 있던 택시를 타고 부민관을 빠져나간 뒤였다. 머리끝까지 화가 난 구니아키 총독은 군홧발로 학무국장의 무릎을 무참히 까 대고도 분이 안 풀렸는지 일본말로 한바탕 욕지거리를 퍼붓고는 행사장을 나가 버렸다. 왕수복 출연을 성사시켜 학무국장의 조력자로 떠올랐던 박사장은 한순간에 닭 쫓던 개 신세가 되어 아수라장으로 변해 버린 무대를 멍한 눈으로 바라보고 서 있었다.

평소보다 일찍 집을 나선 광진은 고무공장으로 향하던 발걸음을 평양호텔로 돌렸다. 지난밤 한숨도 자지 못했던 피로감을 커피로 달래고 싶었다. 몇 년째 이혼해 주지 않는 본처도 이해할 수 없었지만 매일같이 언제 결혼하느냐며 쪼아 대는 기선에게도 신물이 나 결국 어젯밤 전화 통화로 안녕을 고하고 말았다. 처음에는 담담하게 그러자고 했던 기선은 십 분에 한 번씩 전화를 걸어 시시각각 변해 가는 자신의 감정을 여과 없이 드러냈다. 기선의 격한 감정을 밤새 받아 낸 광진은 하룻밤 새 10년은 더 늙은 기분이었다.

모든 일에는 순리라는 게 있다는 걸 뼈저리게 경험한 순간이었다. 결국 광진의 입에서 본처와 상관없이 더 이상 연을 맺고 싶지 않다는 말까지 나오고 나서야 기선은 백기를 들었다. 오랫동안 자신을 짓눌렀던 무거운 짐을 내려놓은 느낌에 육체적 피로에도 불구하고 광진의 아침은 유난히 상쾌했다.

그때 바람을 일으킬 정도의 무서운 속도로 한 소년이 '호외요'를 외치며 지나갔다. 바닥에 떨어진 호외를 집어 머리글을 읽던 광진의 입가에 기분 좋은 미소가 피어올랐다. 〈평양 기생 출신의 유행가 여왕 왕수복 전격 은퇴 선언, 학도병 지원 독려 공연 파행!〉 기개가 남다른 평양 기생 출신 왕수복이 결정타를 날린 게 분명했다.

뜬눈으로 밤을 새웠지만 수복은 평양역에 도착하자마자 피곤함도 잊고 우편국으로 달려갔다. 총독 면전에서 은퇴 선언을 해 버려 총독부 주관 행사를 망쳤으니 두 번 다시 경성 갈 일은 없을 것 같았다. 이미 처분하기로 마음먹은 이화동 집을 최대한 빨리 팔아야겠다는 생각이 들었다. 그래서 평양에 도착하자마자 우편국으로 가 기선에게 전보를 보냈다. 집값은 기선의 두 번째 시집 제작비로 투자할 테니 열심히 시를 쓰라는 애정 어린 독촉까지 덧붙이자 그제야 속이 후련해졌다.

평양의 아침 공기를 폐부 깊숙이 빨아들이며 수복은 생각에 잠겼다. 어떻게 살 것인가. 제 입으로 은퇴를 선언했으니 노래할 일은 없을 터였다. 그렇다고 이제 와 언니에게 손을 벌리기도 면목없는 일이었다. 그때 광진의 목소리가 환청으로 들려왔다.

'닥치지 않은 일에 미리 걱정부터 하지 말아요. 닥치면 솟아날 구멍이 보이는 법입니다.'

그래, 어떻게든 솟아날 구멍이 생기겠지. 수복의 입가에 다시 미소가 피어났다. 생각을 정리하자 그제야 피로가 몰려왔다. 지금 당장은 커피 한 잔만 있으면 세상 부러울 게 없을 것 같았다. 수복은 평양호텔을 향해 성큼성큼 걸음을 옮겼다. 티 없이 맑은 하늘을 마주하자 콧노래가 흘러나왔고 기분이 상쾌해졌다. 다방 안으로 들어선 수복은 낯익은 얼굴을 발견하고는 환한 미소를 지었다.

"이른 아침에 출근도 안 하시고 선생님이 여긴 웬일이세요?"

"어서 오세요."

그녀의 등장을 예상하고 있었던 듯 광진이 밝은 얼굴로 수복을 맞았다.

"큰일 치르고 오셨으니 커피라도 한잔 대접하려고 기다리고 있었소."

수복은 놀란 눈으로 광진을 바라보았다.

"제가 경성에서 무슨 짓을 하고 왔는지 아시는 거에요?"

"총독부 행사를 시원하게 망쳐 놨는데 어떻게 모를 수가 있겠소? 당신이 반도 최고의 가수라는 걸 또 한 번 상기했소. 은퇴했다고 호외가 다 나오다니. 하하하."

광진은 너털웃음을 지으며 양복 안주머니에서 호외를 꺼내 보였다.

"일 저지르고 혼자만 도망쳐 나와서 뒷감당할 사람들한테 너무 미안해요."

"남은 자들의 몫이니 그것까지 걱정하진 말아요."

"다른 사람들은 다 말리는 일을 선생님은 왜 말리지 않으세요?"

"그야 나는 옳은 일 하는 사람의 편이니까."

"제가 옳은 일을 한 걸까요?"

"하늘을 우러러 한 점 부끄러움이 없다면 또 거리낌이 없다면 옳은 일이지. 거리끼는 게 있소?"

"속이 다 시원해요. 포리도루 퇴사할 때는 지킬 게 많아 그랬는지 걱정이 한가득이었는데. 이제는 모든 게 내 손을 떠났다는 생각이 들고 날아갈 듯 마음이 가벼워요."

"그러니 잘한 일이고 옳은 일이라는 게지."

왈칵 눈물이 솟았다. 마음은 새털처럼 가벼운데 왜 그런지 굵은 눈물이 뺨을 타고 흘렀다. 수복은 고개를 주억거리며 울먹이기 시작했다.

"내 편 들어주는 사람은 선생님뿐이에요."

광진이 자신의 커다란 손을 뻗어 수복의 작은 손을 감싸 쥐었다. 손가락 깍지를 껴 부드럽게 주무르고는 물기 어린 수복의 눈을 지긋이 바라보았다.

"이제 백수가 됐으니 앞으로 뭐 먹고살 거요?"

"이제부터 고민해야죠."

"내가 고무공장 사장을 잘 아는데. 어때요, 고무공장에 취직하는 건?"

그 말에 수복이 잇몸까지 드러내며 깔깔대자 광진도 수복을 따라 큰소리로 웃기 시작했다.

"예쁜 얼굴로 공장에 박혀 있게 하는 건 좀 아깝고. 어쩐다? 아, 고무공장 사모는 어떻소? 그 사장이 허우대도 멀쩡하고 괜찮던데. 놓치면 아마 삼대에 걸쳐 땅을 치고 후회할게요."

깔깔대던 수복이 웃음을 멈추고 말간 눈으로 광진을 바라보았다. 광진의 얼굴에는 웃음기 대신 긴장감이 어렸다. 한동안 적막 같은 침묵이 흐른 뒤 수복이 천천히 입을 열었다.

"첫 번째 남자는 이런저런 사건 사고로 인생 종 치게 만들었고 두 번째 남자는 총알이 난무하는 전쟁터로 보냈고 세 번째 남자는 아예 저 세상으로 보냈어요. 얼마나 드센 팔자예요. 앞에서는 다들 웃고 있지만 뒤에서는 남자 잡아먹는 팔자라고 손가락질할 게 뻔한데, 공장 사장님이 그 팔자 센 여자를 감당하실 수 있겠어요?"

"정확히 말하자면 첫 번째 남자는 화재 사고 후 더 크게 성공해서 총독부 최고 요직들을 구워삶고 있지요. 이번 일로 얼마간 타격을 입긴 하겠지만 비행 학교도 설립하고 보란 듯이 조선 땅을 주름잡을 테니 염려하지 마시오. 두 번째 남자는 다른 사건에 연루돼 자기 죗값을 치르는 중이고 세 번째 남자는 그 여자를 만나기 전 이미 지병을 갖고 있어서 제 명을 다한 것이니 제일 불쌍한 사람은 그 여자가 아닐까. 고무공장 사장은 그렇게 생각할 거요."

할 말을 잃은 수복은 반쯤 입을 벌린 채 온화한 미소를 짓고 있는 광진을 바라보았다. 뜨거운 눈으로 수복을 바라보던 광진은 깍지 낀 수복의 손을 입술로 가져가 천천히 입을 맞추며 낮게 속삭였다.

"남들이 뒤에서 뭐라 하건 신경 쓰지 말라고 얘기했는데 벌써 잊었소?"

홀린 듯 넋을 놓고 있던 수복이 이제야 정신이 드는지 광진에게 잡혔던 손을 황급히 빼내자 광진은 빠져나가려는 수복의 손을 재빨리 낚아채 자신의 심장으로 가져갔다. 불규칙하게 쿵쾅대는 광진의 심장박동이 손으로 전해졌다. 전기에 감전된 듯 떨리던 수복의 손은 이내 광진의 몸에서 다급히 떨어져 나갔다. 수복의 놀란 눈동자가 웃음기 가신 광진의 눈을 응시했다.

"우리가 특별한 사이가 될 거라는 건 피할 수 없는 운명이오."

커피잔을 잡는 수복의 손이 떨리고 있었다.

"말도 안 돼요. 기선 언니가 있는데 어떻게…."

"그 문제라면 어젯밤 결론이 났소. 당신이 아니었어도 기선과 나는 안 될 인연이었소."

수복이 커다란 눈을 더 크게 뜨고 의심스러운 눈으로 광진을 바라보았다. 뜨거운 시선으로 한동안 수복을 바라보던 광진이 천천히 수복 앞으로 손을 내밀었다. 수복은 저 손이 얼마나 따뜻한지 알고 있었다. 저 손을 잡으면 위태로운 자신의 삶이 얼마나 든든해질지도. 광진의 커다란 손을 바라보던 수복이 눈을 들어 광진과 눈을 맞추었다.

수복의 커다란 눈망울에서 망설임을 읽은 광진은 시간을 주겠다는 듯 손을 내민 채 기다렸다. 두 사람 사이에 침묵이 흘렀다. 옆 테이블에 앉았던 손님들이 다른 손님들로 바뀌고 또 다른 손님들로 바뀌는 동안 바닥에 시선을 둔 수복은 미동도 하지 않고 눈만 깜빡일 뿐이었다. 여급이 빈 잔에 물을 채워주고 돌아설 무렵 수복이 허리를 곧추세우며 천천히 물컵을 집어 들었다. 긴장한 남자의 눈빛이 여자의 몸동작을 따라 움직였다. 여전히 자신 앞에 높인 남자의 손을 바라보며 수복이 굳게 닫았던 입을 열었다.

"이 손을 잡으면 기생 출신이라는 족쇄를 벗고 계급 없는 세상에 갈 수 있을까요?"

수복이 고개를 들어 광진을 바라보았다. 물기를 머금은 눈동자가 보석처럼 반짝거렸다. 광진은 손을 들어 수복의 헝클어진 머리를 귀 뒤로 부드럽게 넘기며 낮은 목소리로 속삭였다.

"내 심장이 뛰는 한 당신은 누구보다 고귀하게 빛나는 반도 최고의 가희요."

피식, 긴장했던 분위기를 깨고 수복이 힘없는 웃음을 터뜨리며 말했다.

"가수 안 한다고 선언한 지 하루도 안 됐어요. 금방 잊히고 말 거예요."

웃음기 하나 없는 진지한 얼굴로 남자는 손가락을 여자의 입술 위에 올리고는 뜨거운 시선으로 여자를 응시했다.

"당신 노래가 사람들 마음속에 살아 있는 한 당신은 영원히 반도 최고의 가희라는 말이오. 윤심덕은 없지만 〈사의 찬미〉는 영원한 것처럼. 이미 당신은 당신 한 사람의 것이 아니오."

굵은 눈물 줄기가 수복의 뺨을 타고 흘러내렸다. 한참 동안 눈물을 쏟아낸 수복이 광진의 손을 조심스럽게 그러쥐자 기다렸다는 듯 광진이 수복의 손을 꽉 잡았다.

"미래가 막막한 안갯속 같겠지만 지금처럼 이렇게 잡은 손을 놓지 않는다면 우리 앞에 또 다른 세상이 펼쳐질 거라 확신하오. 그간 타향살이에 고생 많았소. 우리 둘이 손 꼭 잡고 고향 땅에서 새로운 희망을 찾아봅시다."

얼굴 가득 미소를 머금은 수복은 감격에 겨워 광진의 품속으로 뛰어들었고 광진은 있는 힘껏 수복을 끌어안으며 앙상하게 말라버린 여자의 등을 쓰다듬었다.

어느덧 밤이 내린 평양 거리는 알록달록 조명 꽃이 피어나기 시작했고 이제 막 서로의 손을 잡은 연인은 어깨를 감싸 안으며 찬란한 빛 한가운데로 발걸음을 내디뎠다. 다시, 시작이었다.

에필로그

끝낼 수 없는 이야기를 마치며

갑작스러운 은퇴 선언 후 오랜 시간 이화동 이층집을 지키며 수복을 기다렸지만 그녀는 끝내 돌아오지 않았고 경성 종로통 네거리에서 나는 홀로 조선의 독립을 맞았다.

그들에 관한 소식이 여기저기서 들려왔지만 나는 내 눈과 귀로 확인하지 않은 풍문은 그저 바람결에 흘려보내려 무진 애를 썼다. 하지만 언제부터인가 두 사람의 관계를 인정할 수밖에 없었다. 참을 수 없는 격한 감정에 휩싸여 스스로 청춘을 망가뜨리기 시작한 건 그때부터였다.

1945년의 그날을 어떻게 잊을 수 있을까.

역사는 1945년을 지독한 일제 치하에서 해방된 독립의 해로 기록하겠지만, 나의 1945년은 두 사람으로부터 철저하게 버림

받은 고통의 시간으로 각인되었다. 그때 나는 내 인생 최고로 쓴 독주를 식도로 흘려보내야 했고 전쟁을 겪은 뒤에는 두 번 다시 그들을 만날 수 없다는 현실 앞에 또 한 번 무너져야 했다. 평양으로 달려가 두 사람의 얼굴을 마주하고 어떻게 그럴 수 있냐며 따지기라도 했다면 폐허가 된 내 마음이 조금은 위로받지 않았을까. 끝내 아무것도 하지 못하고 구경꾼으로 전락해 버린 내 신세가 치욕스럽고 혐오스러웠다.

모두가 암흑기라고 했던 그 시절, 아이러니하게도 나는 내 인생 최고의 남자를 만나 사랑을 했고 두 번 다시 느끼지 못할 최고의 우정을 경험했다. 그때가 내 인생의 황금기였음을 고백한다. 찬란했던 그 시절로 돌아가고픈 불가능한 욕심이 나를 기행으로 인도했는지 모르겠다.

만약 다시 태어나 그때 그 시절로 돌아간다면 나는 조그만 산골로 들어가 이름 없는 여인으로 살고 싶다. 인적이 드문 초야에 묻혀 내가 사모하는 단 한 사람과 밤늦도록 술잔을 부딪치며 마음을 나누고 싶다.

부록

왕수복 연보
왕수복이 부른 노래

왕
수
복
연*
보

🌸 1910~1920년대
기생의 삶을 시작하다

1917년   본명은 왕성실. 4월 23일 평안남도 강동에서 태어났다. 아버지
사후 할머니의 뜻에 따라 이름을 '수복'으로 바꾸었다.

1926년   명륜 여자 공립보통학교에 입학했으나 학비를 내지 못해 삼 학
년 때 퇴학을 당했다.

1928년   3년제인 평양 기생학교에 입학했다. 김미라주의 지도로 전통
가곡과 가사, 그 외 다양한 기예를 학습했다.

---

*   신현규 교수의 저서 《평양기생 왕수복 ─ 10대 가수 여왕되다》(경덕출판사, 2006)를 참고하
여 작성하였다.

🌸 1930년대
평양 기생학교 최우등 출신 일패 기생, 유행가 가수 되다

1931년 평양 기생학교를 최우등으로 졸업했다. 평양 기생학교 교장 김 미라주의 실습 보조 교사로 2년간 활동했다. 기성 권번 출신 기 생으로 이름을 날렸다.

1933년 콜롬비아 레코드사에서 〈울지 말아요〉, 〈한탄〉을 취입했다. 기 생 출신의 첫 레코드 가수 활동이었다. 포리도루 레코드사로 이 적해 전속 가수로 활동했다. 포리도루에서 취입한 〈고도의 정 한〉, 〈인생의 봄〉 레코드 판매량이 백만 장을 돌파했다.

1934년 경성방송국에서 조선말로 부른 〈고도의 정한〉, 〈아리랑〉 등이 일본에 중계되었다.

1935년 잡지 삼천리가 주최한 '전조선 인기가수투표'에서 1,903표로 전체 1위에 올랐다. 기적 반납 후 일본 유학을 준비했다.

1936년 동경 음악학교(우에노 음악학교)에 입학했다. 벨트라멜리 요시코 에게 벨칸토 창법을 개인 교습 받았다.

1938년 함귀봉, 김영길 등이 출연한 '무용과 음악의 밤' 행사에 메조소 프라노로 출연해 〈아리랑〉을 서양식 창법으로 불렀다.

1939년   일본 신문과의 인터뷰에서 이탈리아 유학 계획과 무용가 최승희처럼 세계로 나아가고 싶다는 포부를 밝혔다.

🌸 1940년대
이효석, 김광진과 만나 사랑을 나누다

1942년   이효석이 왕수복과의 자전적 이야기를 담은 소설 〈풀잎〉을 발표한 후 얼마 지나지 않아 사망했다. 왕수복이 임종을 지켰다. 조선 음악 예술계를 은퇴했다.

1945년   여류시인 노천명의 약혼자이자 유부남인 김광진과 연인으로 발전했다. 조선음악가동맹 중앙위원회 민요 강사로 활동했다.

1947년   첫째 딸 김정귀와 둘째 아들 김세왕을 출산했다.

🌸 1950~1960년대
북한에서 활발한 활동을 펼치다

1953년   중앙라디오 방송위원회 전속 가수로 활동을 재개했다.

1955년   국립 교향악단의 성악 가수로 활동했다. 북한이 소련에 보낸 파견예술단에 포함되어 순회공연에 참가했다. 우즈베키스탄 공화국의 타슈켄트에서 〈봄맞이 아리랑〉 등을 불렀다.

1957년 남편 김광진이 김일성종합대학 경제학 부장 교수로 임명됐다.

1959년 조선민주주의인민공화국의 공훈배우 칭호를 받았다.

1960년대 조선음악가동맹 중앙위원회 위원 활동을 시작했다. 경제·선전·예술 운동에 적극적으로 참여하였다. 남편 김광진이 과학원 경제법학연구소 소장, 과학원 상무위원 등을 거쳐 사회과학원 경제연구소장으로 임명됐다. 김광진은 이후 조국평화통일위원회의 직책을 맡았다.

1965년 판문점에서 남편 김광진과 관광하는 모습이 유엔 측 언론에 보도되었다. 이때, 함께 활동했던 이난영의 사망 소식을 듣고 크게 슬퍼했단 소식이 전해졌다. 북한 예술단 소속으로 카자흐스탄에서 〈아리랑〉을 불렀다.

🌸 1970~1990년대
북한의 대표적인 민요 가수로 활동하며 제자들을 양성하다

1977년 김정일 국방위원장이 '환갑생일상'을 보냈다.

1981년 김광진이 사망했다. 그는 애국열사릉에 묻혔다.

1983년 윤이상음악연구소에서 민요 가수로 활동했다.

1987년 김정일 국방위원장이 '칠순생일상'을 보냈다.

1997년 김정일 국방위원장이 '팔순생일상'을 보냈다. 윤이상음악당에
        서 민요독창회를 개최했다.

🌸 2000년대
화려한 삶, 막을 내리다

2003년 6월 1일, 파란만장한 생애를 마쳤다.

2004년 4월, 북한 국립묘지 애국열사릉으로 이장되었다.

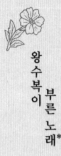

왕수복이 부른 노래*

 유행가

1933년
한탄 / 울지말아요 / 월야의강변 / 워띠부싱 / 연밥따는아가씨 / 패성의
가을밤 / 망향곡 / 생의한

- 콜롬비아

고도의정한 / 인생의봄 / 젊은마음 / 술파는소녀 / 춘원 / 외로운꽃 / 추
억의애가 / 대동강은좋아요

- 포리도루

---

* 동국대학교 문학학술원 한국음반아카이브연구소 홈페이지(sparchive.co.kr)를 참고하여
왕수복이 발표한 노래를 장르별, 연도별로 구분하여 정리하였다.

1934년

어스름달밤 / 언제나봄이오랴 / 청춘회포 / 봄은왔것만 / 그리운고향 /
못잊어요 / 눈물의달 / 봄노래 / 청춘을찾아 / 청춘한 / 몽상의봄노래 /
그여자의반생 / 순애의노래 / 내일가서요 / 왕소군의노래 / 그어데로 /
새길걷는날

- 포리도루

1935년

남양의한올 / 바다의처녀 / 덧없는인생 / 봄은가누나 / 출범 / 시냇가의
추억 / 어부사시가 / 항구의여자 / 부두의비가 / 옥적아울지마라 / 어머
니 / 청춘비가 / 오늘도울었다오 / 눈물의부두

- 포리도루

1936년

올고갈길을왜왔던가 / 아가씨마음 / 지척천리 / 사공의아내 / 믿음도허
무런가 / 상사일념 / 무정 / 세월만가네 / 부서진거문고 / 화월삼경 / 눈
물 / 이마음외로워 / 유랑의노래 / 달맞이

- 포리도루

1937년

처녀열여덟은 / 알아주세요

- 포리도루

1938년

바다의하소

- 포리도루

 민요(신민요)

1933년

신방아타령

- 콜롬비아

1934년

조선타령 / 개나리타령 / 그리운강남

- 포리도루

1936년

그리워라그옛날이 / 포곡성 / 마지막아리랑

- 포리도루

1938년

아리랑눈물고개

- 포리도루

🌸 북한 발표곡

<u>1955년</u>

능수버들 / 경기긴아리랑(민요) / 본조아리랑(민요)

- 조선레코드

🌸 그 외 노래

항구의이별(가요극) / 그여자의일생(근대극) / 걸작집형매(가요극) / 걸작집
상사초(가요극)

- 포리도루

참고문헌

서적

- 신현규,《평양기생 왕수복 — 10대 가수 여왕되다》, 경덕출판사, 2006.
- 박찬호,《한국 가요사 1》, 미지북스, 2009.
- 신현규,《기생, 푸르디푸른 꿈을 꾸다 — 일제 강점기 기생의 이야기》, 북페리타, 2014.
- 이경호,《대중가요 유성기 음반 가이드북》, 안나푸르나, 2018.

논문 및 문헌

- 장유정,〈20세기 전반기 기생 소재(素材) 대중가요의 노랫말 분석〉, 서울대학교 규장각한국학연구원, 2005.
- 이준희,〈일제시대 음반검열 연구〉, 서울대학교 규장각한국학연구원, 2007.
- 홍종욱,〈보성전문학교에서 김일성종합대학으로: 식민지 지식인 김광진의 생애와 경제사 연구〉, 역사학보, 2016.

• 김동식, 〈1920~30년대 대중잡지에 나타나는 음식 표상 ―『건곤』과 『삼천리』를 중심으로〉, 한국학연구 제44집, 2017.

• 김인덕, 〈공간 이동과 재일코리안의 정주와 건강 ―『大阪と半島人』와 『민중시보(民衆時報)』를 통한 오사카(쓰루하시(鶴橋))의 1930년대를 중심으로〉, 성균관대학교 인문학연구원, 2019.

인용

• 이효석, 〈낙엽을 태우면서〉, 《조선문학독본》, 1938.

• 이효석, 〈풀잎〉, 《춘추》, 1942.

• 노천명, 〈이름 없는 여인이 되어〉, 《별을 쳐다보며》, 희망출판사, 1953.

반도의 디바

왕수복

초판 1쇄 인쇄 2021년 03월 10일
초판 1쇄 발행 2021년 03월 17일

지은이 이윤경
펴낸이 류태연
편집 박해민, 김지인 | **디자인** 김민지 | **마케팅** 이재영

펴낸곳 렛츠북
주소 서울시 마포구 독막로3길 28-17, 3층(서교동)
등록 2015년 05월 15일 제2018-000065호
전화 070-4786-4823 **팩스** 070-7610-2823
이메일 letsbook2@naver.com   **홈페이지** http://www.letsbook21.co.kr
블로그 https://blog.naver.com/happypaper1 **인스타그램** @muloreumdal_book

ISBN 979-11-6054-447-3 03810

**물오름달은 렛츠북의 문학 임프린트입니다.